KB068029

해학과 풍류의 시인

김 삿 갓 시집

권영한 역

전원문화사

머 리 말

나는 김립(金笠, 김삿갓)의 시를 참 좋아한다. 좋아하기 때문에 감히 시선(詩仙)의 시를 편저(編著)할 만용을 부리게 된 것인지도 모르겠다.

어릴 때 할아버지께서 애송하시는 것을 뜻도 잘 모르고 외웠을 때나, 그 뒤 나이가 들면서 선배들과 친구들이 즐겨 애송하는 것을 들었을 때나, 혹은 많은 사람들의 입에 오르내리는 것을 들을 때마다 나는 깊은 감명을 받았다.

그러나 시대가 바뀌어 한글 세대가 많아지면서부터 주옥같은 김립(金笠)의 시에 관심을 갖는 이가 적어짐을 안타깝게 생각해서 여기 과감하게 《김삿갓 시집》을 펴내기로 결심하였다.

이 책은 한문을 잘 모르는 사람들이나 한문을 공부하려는 사람들이 쉽게 읽을 수 있고, 동시에 한문 공부도 될 수 있게 토와 주석을 달았고, 어려운 한자는 모두 독음과 뜻을 일일이 해석해서 쉽게 읽을 수 있도록 하였다. 또한 동시에 한문 공부도 될 수 있도록 편리하게 편찬하였다.

김립(金笠 ; 1807~1863)의 본명은 김병연(金炳淵)이고, 자는 난고(蘭皐), 별호는 '삿갓' 또는 김립이다. 순조(純祖) 7년 권세 가문인 장동 김씨(壯洞金氏) 집안에 태어났다. 그러나 선천(宣川) 부사였던 할아버지 김익순(金益淳)이 홍경래의 난 때 투항한 죄로 집안이 멸족을 당하게 되었다. 이때 6세인 병연(炳淵)은 노비 김성수(金聖洙)의 도움으로 형 병하(炳河)와 함께 황해도 곡산으로 피신을 해서 공부하며 자랐다.

그 뒤 죄는 김익순에게만 한하고 그 자손에게는 미치지 않으며, 멸족에서 폐족으로 사면되어, 형제는 다시 어머니에게로 돌아갔다. 어머니는 자식들이 폐족으로 멸시받는 것이 싫어서 강원도 영월로 이사를 가서 숨어살았다. 이 사실을 모르는 병연(炳淵)은 과거에 응시해서 〈논정가산충절사탄김익순죄통우천(論鄭嘉山忠節死嘆金益淳罪通于天)〉이라는 그의 할아버지를 조롱하는 시제로 장원급제하였다. 그러나 자신의 내력을 어머니로부터 듣고는 조상을 욕되게 한 죄인이라는 자책과 폐족자에 대한 멸시 등으로 20세 무렵부터 처자식을 내버려둔 채 방랑의 길에 올랐다.

이때부터 그는 푸른 하늘을 볼 수 없는 죄인이라고 머리에 커다란 삿갓을 쓰고 지팡이를 벗삼아 석양에 비치는 산 그림자를 노래하고, 하늘을 지붕 삼고 술을 벗삼아 방랑 길에 올랐다. 한 조각 흘러가는 구름과 같이 일생을 방랑하며 파격적인 해학시를 읊으면서 슬픈 일생을 보낸 불우한 시인이다.

그의 한시는 풍자와 해학을 담고 있어 전통적인 한시의 신성함 혹은 권위에 대한 도전, 그 양식 파괴 등 과감한 시도로써 더욱 강렬하게 우리 가슴에 여운을 남기고 있다.

이 한 권의 책이 시선 김립(詩仙 金笠)을 이해하고, 그의 시를 이해하고, 그의 사상과 삶을 이해하는 데 조금이라도 도움이 되었으면 무한한 영광으로 생각하는 바이다.

끝으로 이 책의 발간을 위해 많은 도움을 주신 안동대학 이효걸(李孝杰) 교수와 그의 부인 김안자(金安子) 여사에게 깊은 감사를 드리는 바이다.

青南　權寧漢

차 례

◐ 인심·인정(人心·人情)

다정 · 다사(多情 · 多事)

🌓 연연사사(然然事事)

🌓 인생·무상(人生·無常)

流浪 三千里
(유랑 삼천리)

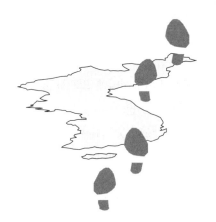

嘆飮野店(탄음야점)······ 주막에서

千里行裝付一柯	천리행장부일가
餘錢七葉尙云多	여전칠엽상운다
囊中戒爾深深在	낭중계이심심재
野店斜陽見酒何	야점사양견주하

천리 갈 머나먼 행장 지팡이 하나에 의지하고
남은 돈 7푼이 오히려 많은 편.
너만은 주머니 속에 깊이깊이 있으라 타일렀건만
들 주막 석양에 술을 보니 어찌하리.

[註] 정처 없이 방랑하는 그에게 가진 것이라고는 없다. 삿갓과 지팡
이 하나에 몸을 의지하고 가는 곳이 고향이요, 자는 곳이 집이
다. 전 재산 7푼은 비상용으로 남겨두고자 하였건만, 들 주막 석
양에 술을 보니 어찌하리.

◆ 柯 ······ 나뭇가지 가, 도끼자루 가
◆ 行裝(행장) ······ 여행할 때에 쓰이는 모든 기구.
◆ 七葉(칠엽) ······ 엽전 7푼.
◆ 深深在(심심재) ······ 깊이깊이 숨어 있으라.

姜座首逐客(강좌수축객)

祠堂洞裡問祠堂	사당동리문사당
輔國大匡姓氏姜	보국대광성씨강
先祖遺風依北佛	선조유풍의북불
子孫愚流學西羌	자손우류학서강
主窺簷下低冠角	주규첨하저관각
客立門前嘆夕陽	객립문전탄석양
座首別監分外事	좌수별감분외사
騎兵步卒可當當	기병보졸가당당

사당동리(祠堂洞里)에서 사당(祠堂) 집을 물으니
보국대광(輔國大匡)인 성(姓)이 강(姜)씨더라.
선조의 유풍은 불교(佛敎)가 분명한데
자손(子孫)은 어리석게도 오랑캐 교육을 받았구나.

주인은 처마에서 관각(冠角)을 낮추어 엿보고
나그네는 문전에서 석양을 탄식한다.
좌수별감의 신분이 너에게는 분수 밖이며
기병이나 보졸(步卒)쯤이 마땅하도다.

[註] 김삿갓(金笠)이 해가 질 무렵 사당동리(祠堂洞里)의 사당(祠堂)
집을 찾아가서 하룻밤 자기를 청하였으나, 강씨(姜氏) 성을 가진
보국대광(輔國大匡)이 딱 잡아떼며 거절했다. 그리고 김삿갓이
갔나 안 갔나를 확인하기 위해 관각(冠角)을 나직이 쓰고 문 밖
을 엿보는 꼴을 풍자해서 쓴 시이다.

◇ 羌 …… 오랑캐 강
◇ 窺 …… 엿볼 규
◇ 簷 …… 처마 첨, 차양 첨
◇ 嘆 …… 탄식할 탄, 한숨쉴 탄
◈ 祠堂(사당) …… 조상의 신주를 모셔 놓은 집.
◈ 輔國大匡(보국대광) …… 고려시대 무관의 벼슬 이름.
◈ 北佛(북불) …… 배불(排佛) 사상이 농후한 때라 조상(祖上)이 중이
라고 욕하는 말.
◈ 西羌(서강) …… 서쪽 오랑캐.
◈ 冠角(관각) …… 정자관.
◈ 座首(좌수) …… 조선시대 향소(鄕所)의 우두머리(향장).
◈ 別監(별감) …… 고을의 좌수(座首)에 버금가는 자리.
◈ 分外事(분외사) …… 분수 밖의 일.
◈ 騎兵(기병) …… 말을 탄 병사.
◈ 步卒(보졸) …… 보병, 졸병.

過安樂城見忤(과안락성견오)

安樂城中欲暮天	안락성중욕모천
關西孺子聳詩肩	관서유자용시견
村風厭客遲炊飯	촌풍염객지취반
店俗慣人但索錢	점속관인단색전
虛腸曳來頻有響	허장예래빈유향
破窓透冷更無穿	파창투냉갱무천
朝來一吸江山氣	조래일흡강산기
試問人間辟穀仙	시문인간벽곡선

안락성 안에 해는 저물어 가는데
관서(關西)의 시골선비 글자랑으로 어깨를 으쓱댄다.
마을 풍속 고약해 손님을 꺼려서 밥 줄 생각 안 하고
주막 풍속 야박해 돈부터 내라 하네.

빈창자에는 우레 끓는 소리 자주 나고
다 뚫어진 창구멍으로 모든 냉기가 들어온다.
아침 되면 강산의 대기를 흠뻑 마시고
나를 신선으로 아는가 물어 보리라.

〔註〕안락성(安樂城) 안에서는 시골선비들의 잔치가 해 지는 줄도 모르고 한창이다. 그러나 나그네 푸대접은 이만저만이 아니며, 한 끼 식사도 주지 않아 저녁을 굶고 잔다. 안내된 냉방에는 문종이가 다 찢어져서 찬바람이 들어온다. 그러나 김삿갓은 자기가 바로 굶은 신선이라고 너털웃음을 터뜨린다.

◇ 辟 ······ 부를 벽
◇ 忤 ······ 거스를 오, 미워할 오
◇ 聳 ······ 솟을 용
◇ 肩 ······ 어깨 견
◇ 厭 ······ 싫어할 염, 미워할 염, 막힐 염
◇ 遲 ······ 늦을 지
◇ 慣 ······ 익숙할 관, 버릇 관
◇ 索 ······ 찾을 색
◇ 曳 ······ 끌 예, 고달플 예
◇ 頻 ······ 잦을 빈
◇ 響 ······ 울릴 향
◇ 穿 ······ 통할 천, 뚫을 천, 구멍 천
◆ 關西(관서) ······ 마천령 서쪽 지방인 평안 남북도와 황해도 북부지방.
◆ 孺子(유자) ······ 유생(孺生).
◆ 更無穿(갱무천) ······ 다시 더 뚫을 곳이 없다.
◆ 一吸(일흡) ······ 한번 들이마시고.
◆ 江山氣(강산기) ······ 강산의 정기.
◆ 辟穀(벽곡) ······ 곡식을 먹지 않고 솔잎·대추·밤 등을 먹고 사는 일.
◆ 辟穀仙(벽곡선) ······ 생식하는 신선.

吉州(길주)

吉州吉州不吉州	길주길주불길주
許可許可不許可	허가허가불허가
明川明川人不明	명천명천인불명
漁佃漁佃食無魚	어전어전식무어

고을 이름을 길주(吉州) 길주 하지만 길(吉)한 고을이 아니요,
성씨를 허가(許哥) 허가 하지만 허가(許可)는 아니하네.
명천(明川) 명천하지만 사람은 밝지 못하고
어전(漁佃) 어전하지만 고기 먹는 집은 없도다.

[註] 함경도 길주(吉州)는 허씨(許氏)가 많이 산다. 고을 이름은 길주
　　 인데 인심이 야박해서 길(吉)한 주(州)가 아니고, 성씨는 허가
　　 (許哥)인데 나그네에게 하룻밤 침식을 허가(許可)할 줄 모른다.
　　 이 고약한 인심을 풍자해서 지은 시.

◇ 佃 ······ 밭 맬 전
◈ 吉州(길주) ······ 함경북도 길주군의 한 읍.
◈ 明川(명천) ······ 함경도의 지명.
◈ 漁佃(어전) ······ 함경도의 지명.

覓字韻(멱자운)

許多韻字何呼覓	허다운자하호멱
彼覓有難況此覓	피멱유난황차멱
一夜宿寢縣於覓	일야숙침현어멱
山村訓長但知覓	산촌훈장단지멱

허다한 운자 가운데 하필이면 멱(覓)자를 부르는가?
먼젓번 멱(覓)자도 어려운데 하물며 또 멱자(覓字)랴?
하룻밤 숙식이 오직 멱자(覓字)에게 달렸구나.
산촌의 훈장님 단지 멱자만 아는구나.

〔註〕산골 서당에 가서 하룻밤 자고 가기를 청했다. 훈장은 행색이 남루한 김삿갓을 보고 글도 모르는 양반 거지인 줄 알고 시를 지어야 재워 준다고 했다. 그리고 연이어 4번이나 覓(찾을 멱)을 운자로 불렀다. 이를 알아차린 김삿갓은 드디어 '산골훈장 아는 것이라고는 단지 멱자(覓字)뿐이구나.' 하고 욕하며 지은 시다.

◆ 覓 …… 찾을 멱
◆ 縣 …… 달릴 현, 탈 현, 고을 현

逢雨宿村家(봉우숙촌가)······ 촌집에서 비를 만남

曲木爲椽簷着塵	곡목위연첨착진
其間如斗僅容身	기간여두근용신
平生不慾長腰屈	평생불욕장요굴
此夜難謀一脚伸	차야난모일각신
鼠穴通煙渾似漆	서혈통연혼사칠
逢窓茅隔亦無晨	봉창모격역무신
雖然免得衣冠濕	수연면득의관습
臨別慇懃謝主人	임별은근사주인

구부러진 나무로 가래를 만들고 처마는 땅에 붙었는데
그 사이에 좁은 방은 겨우 몸이 들어갈 만하더라.
평생 동안 긴 허리를 굽히고자 아니하였건만
오늘밤은 한쪽 다리마저 펴기도 어렵구나.

쥐구멍으로 연기가 들어오니 칠야(漆夜)같이 어둡고
봉창마저 쑥과 짚으로 가렸으니 새벽조차 없도다.
그러나 의관이 젖음을 면하였으니
떠날 때 은근히 주인께 사례하였도다.

〔註〕 어느 촌락에서 저녁 때 비를 만났다. 하룻밤 자기를 청하니 한
　　　말[一斗]의 용적밖에 되지 않는 좁은 방으로 안내되었다. 다리
　　　도 펼 수 없는 방에서 비를 피하며 하룻밤을 자며 지은 시이다.

◇ 椽 …… 석가래 연
◇ 塵 …… 티끌 진, 먼지 진, 더러울 진, 때 낄 진
◇ 渾 …… 흐릴 혼, 세찰 혼
◇ 漆 …… 옷 칠, 옻나무 칠, 검을 칠, 캄캄할 칠
◇ 茅 …… 띠 모
◇ 僅 …… 겨우 근
◇ 謝 …… 인사할 사, 감사할 사
◆ 簷着塵(첨착진) …… 처마는 땅에 붙었다.
◆ 容身(용신) …… 몸이 들어가다.
◆ 逢窓(봉창) …… 작은 광 창문.
◆ 慇懃(은근) …… 겸손하고 조용하다.

宿農家(숙농가)

終日緣溪不見人	종일연계불견인
幸尋斗屋半江濱	행심두옥반강빈
門塗女媧元年紙	문도여과원년지
房掃天皇甲子塵	방소천황갑자진
光黑器皿虞陶出	광흑기명우도출
色紅麥飯漢倉陣	색홍맥반한창진
平明謝主登前途	평명사주등전도
若思經宵口味辛	약사경소구미신

종일토록 개울을 따라가도 사람을 못 보았는데
다행히 작은 집을 강가에서 찾았도다.
문은 여과(女媧) 원년(元年)의 종이로 발랐고
방의 먼지는 천황(天皇)씨 갑자(甲子)년에 쓸었더라.

검은 빛깔 그릇들은 순(舜) 임금님 때 만든 거고
붉은색 보리밥은 한(漢)나라 창고의 묵은 보리였더라
날이 밝자 주인께 사례하고 길을 떠났으나
가끔 이날 밤 지낸 일 생각하면 입맛이 씁쓸하다.

[註] 어느 가난하고 불결한 농가에서 하룻밤을 자게 되었다. 문도 바른 지가 오래고 청소는 아득히 먼 날에 했는지 먼지가 가득하다. 밥그릇은 때가 묻어 검은색이 나고 먹는 보리밥도 붉게 변질된 보리로 지은 것이었다. 하룻밤을 자기는 했으나 뒷맛이 씁쓸한 밤이었다.

◇ 緣 …… 인연할 연
◇ 濱 …… 물가 빈
◇ 塗 …… 칠할 도, 바를 도
◇ 虞 …… 즐거울 우, 편할 우
◇ 漢 …… 한(漢)나라 한
◇ 陳 …… 벌릴 진, 묵을 진, 오랠 진, 나라이름 진
◈ 緣溪(연계) …… 개울을 따라가다.
◈ 斗屋(두옥) …… 아주 작은 집.
◈ 女媧(여과) …… 중국 상고시대 임금의 이름. 복희씨(伏羲氏) 누이.
◈ 天皇(천황) …… 중국 상고시대의 삼황(三皇 : 천황씨, 지황씨, 인황씨) 중 한 분.
◈ 甲子(갑자) …… 갑자년.
◈ 虞陶(우도) …… 중국 순나라 때의 도자기.
◈ 平明(평명) …… 날이 밝다.
◈ 經宵(경소) …… 지나간 밤의 일.

元堂里(원당리)

晉州元堂里	진주원당리
過客夕飯乞	과객석반걸
奴出無人云	노출무인운
兒來有故曰	아래유고왈
朝鮮國中初	조선국중초
慶尚道內一	경상도내일
禮義我東方	예의아동방
世上人心不	세상인심불

진주 원당리에서
지나가던 나그네가 저녁밥을 구걸하였더니
종놈이 나와서 사람이 없다 하고
아이는 나와서 유고(有故)하다고 하네.

이것은 조선(朝鮮) 땅에 처음 있는 인심이고
경상도에서도 이곳뿐이로다.
동방예의지국이라고 말하는 우리 나라에서
이런 것은 세상 인심 아니로다.

[註] 보주(晉州) 원당리(元堂里)에 다다른 김삿갓은 어느 부잣집에
가서 저녁 밥을 구걸했다. 종은 나와서 주인이 없다 하고, 아이
는 나와서 집안에 유고(有故) 있어 손을 맞을 수 없다 한다. 어
디를 가나 야박한 인심은 늘 나그네 가슴을 더욱 서럽게 할뿐이
다. 이를 한탄한 시인은 또 한 수 읊으며 정처 없이 석양을 등지
고 길을 떠났다.

◇ 乞 …… 빌 걸, 구걸할 걸
◈ 過客(과객) …… 지나가는 길손.
◈ 無人(무인) …… 사람이 없다, 주인이 없다.
◈ 有故(유고) …… 특별한 사정이나 사고가 있는 것.
◈ 初(초) …… 처음 있는 일.
◈ 一(일) …… 한 곳에만 있는 일.
◈ 人心不(인심불) …… 인심(人心)이 아니다. 착한 마음이 아니다.

邑號開城(읍호개성)

邑號開城何閉門	읍호개성하폐문
山名松嶽豈無薪	산명송악기무신
黃昏逐客非人事	황혼축객비인사
禮義東方子獨秦	예의동방자독진

고을 이름은 개성(開城)인데 어찌 문을 닫으며
산 이름은 송악(松嶽)인데 어찌 땔나무가 없단 말인가
황혼에 나그네를 내쫓는 것은 인사(人事)가 아니니
동방 예의국에 네 혼자 오랑캐 진(秦)나라 놈이구나.

[註] 개성에 가서 어느 집에 하룻밤 자고 가기를 청하니, 문을 닫으며
땔나무가 없어서 방을 데울 수 없으니 다른 집으로 가라고 거절
했다. 이에 서러움이 북받친 나머지 지은 시이다.

◇ 豈 …… 어찌 기
◈ 開城(개성) …… 성문을 열다(성문을 여는 고을).
◈ 閉門(폐문) …… 문을 닫다.
◈ 松嶽(송악) …… 송악산(소나무가 많은 산).
◈ 逐客(축객) …… 손님을 쫓아 버리다.

二十樹下(이십수하)

二十樹下三十客	이십수하삼십객
四十家中五十食	사십가중오십식
人間豈有七十事	인간기유칠십사
不如歸家三十食	불여귀가삼십식

스무나믄 살 아래인 서러운 나그네가
마흔 놈 집에서 쉰밥을 얻어먹으니
인간 세상에 어찌 일흔 일이 또 있으리오.
집에 돌아가서 선밥 먹는 것만 못하네.

[註] 어느 집에 가서 밥을 청하니 먹지도 못하는 쉰밥을 준다. 세상 인심의 야박함과 객지에서의 서러움이 북받쳐 읊은 글이다.

◈ 二十樹下(이십수하) …… 스무나믄 살 아래(20세 정도 아래 나이).
◈ 三十客(삼십객) …… 서른 객(서러운 나그네).
◈ 四十家(사십가) …… 마흔 집(망할 놈의 집).
◈ 五十食(오십식) …… 쉰밥(상한 밥).
◈ 七十事(칠십사) …… 일흔 일(이러한 일).
◈ 三十食(삼식식) …… 선밥(설익은 밥).

粥一器(죽일기)

四脚松盤粥一器	사각송반죽일기
天光雲影共徘徊	천광운영공배회
主人莫道無顔色	주인막도무안색
吾愛靑山倒水來	오애청산도수래

네 발 달린 소나무 상에 놓인 죽 한 그릇
하늘빛과 구름 그림자 함께 감도는구나
주인께서는 무안하다는 말 하지 마시오
나는 본래 청산이 물에 비치어 거꾸로 다가오는 것을 좋아하느니.

[註] 어느 집에 가서 밥을 청하니 주인은 너무 가난해서 김삿갓에게
   단지 멀건 죽 한 그릇을 차려 준다. 다른 것을 대접할 수 없어서
   무안해하는 주인에게 감사하며 지은 시이다.

◇ 道 …… 길 도, 이치 도, 말할 도, 말미암을 도
◈ 天光(천광) …… 아름다운 하늘의 빛.
◈ 徘徊(배회) …… 감돌다.
◈ 莫道(막도) …… 말하지 마라, 하지 마라.

風俗薄(풍속박)

斜陽叩立兩柴扉	석양고립양시비
三被主人手却揮	삼피주인수각휘
杜宇亦知風俗薄	두우역지풍속박
隔林啼送不如歸	격림제송불여귀

석양에 두서너 집 문을 두드리며 섰으나
주인은 모두 손을 휘두르며 나를 물리치는구나.
두견새 역시 야박한 풍속을 아는지라
수풀을 사이에 두고 돌아가는 것이 좋다고 울어대네.

[註] 서산에 해질 무렵 하룻밤 자고 가기를 청하는 나그네에게 손을
저으며 완강히 거절하는 야박한 인심. 두견새도 그것을 아는 듯
멀리 숲 속에서 '돌아감만 못하다'고 울어대네.

◇ 叩 …… 두드릴 고, 무를 고
◇ 柴 …… 나무 시
◇ 却 …… 물리칠 각, 막을 각, 사양할 각
◈ 杜宇(두우) …… 두견새

静物

(정물)

看鏡(간경) ······ 거울을 보며

白髮汝非金進士	백발여비김진사
我亦靑春如玉人	아역청춘여옥인
酒量漸大黃金盡	주량점대황금진
世事纔知白髮新	세사재지백발신

머리가 흰 너는 김진사가 아니냐
나 역시 청춘에는 옥같이 고운 사람이었다.
주량은 점점 늘었으나 돈은 다하였고
세상 일 알 만하니 백발이 되었도다.

[註] 어느 날 거울을 보니 젊은 청춘의 옥(玉) 같은 얼굴은 간데 없
고 백발이 성성한 늙은 모습이 비친다. 방랑생활 한평생에 는 것
은 주량이요, 얻은 것은 세상일인데 벌써 황혼이 다가왔구나.
아! 무상한 인간의 일생이여.

◇ 盡 ······ 다할 진
◇ 纔 ······ 겨우 재, 잠깐 재
◉ 玉人(옥인) ······ 옥(玉)같이 고운 젊은 사람. 착한 사람.
◉ 黃金(황금) ······ 돈.

苽(과)…… 참외

外貌將軍衛   외모장군위
中心太子燕   중심태자연
汝本地氣物   여본지기물
何事體天圞   하사체천단

외모는 위청(衛靑) 장군과 같이 험상궂고
속은 연태자(燕太子) 마음같이 부드럽구나.
너는 본시 땅의 기를 받은 물건인데
무슨 까닭으로 하늘 둥근 것을 닮았는가.

[註] 참외 하나를 봐도 예사로 보지 않는 시인의 마음이 잘 묘사되어
있다.

◇ 圞 …… 둥굴 단
◉ 衛 …… 위청장군(衛靑將軍). 중국 전한(前漢) 무제(武帝) 때의 무
장(武將). 흉노 정벌에 많은 공을 세운 사람.
◉ 太子燕(태자연) …… 중국 전국시대 연(燕)나라 왕희(喜)의 아들.
진(秦)에 인질로 갔다가 도망쳐 온다. 착한 마음을 가진 사람의 대
명사.

冠(관)

首飾端儀勝插花	수식단의승삽화
織織密孔僅容沙	직직밀공근용사
紵篁合體均圓滿	저황합체균원만
漆墨成章極潤纓	칠묵성장극윤영
文物攸同箕子國	문물유동기자국
規模曰自大明家	규모왈자대명가
一曲滄浪纓可濯	일곡창랑영가탁
至今傳唱楚江歌	지금전창초강가

머리에 관을 쓰는 예절은 꽃을 꽂는 것보다 좋도다.
가늘고 빽빽한 구멍은 모래알도 겨우 빠지도록 촘촘하고
모시와 참대를 써서 잘도 만들었도다.
옻칠과 먹빛이 이룬 문채는 너무나 아름답구나.

이 관의 역사는 먼 옛날 기자시대에 있고
그 모양은 명(明)나라 집안에서 비롯되었도다.
그래서 창랑(滄浪) 물이 맑으면 갓끈을 빨 만하다는
초강(楚江)의 노래가 지금까지도 전해지고 있는 거다.

[註] 갓은 머리에 쓰는 의관이다. 모시와 대나무를 잘게 쪼개서 섬세
하게 만든 관은 양반과 선비의 위엄을 상징하는 장신구로써 늘
머리 위에서 떠나지를 않는다. 그러나 갓을 안 쓰고 삿갓만을 쓰
고 평생을 보낸 김삿갓의 눈에 비친 갓은 어떠했을까?

◇ 僅 …… 겨우 근, 조금 근, 거의 근
◇ 紵 …… 모시 저
◇ 篁 …… 재포기 황, 대수풀 황
◇ 章 …… 문채 장
◇ 纓 …… 갓끈 영
◇ 攸 …… 곳 유, 자득할 유, 휙 달릴 유, 멀 유
◆ 僅容沙(근용사) …… 모래알이 겨우 빠져나간다.
◆ 文物(문물) …… 갓이 생긴 문화적 근원.
◆ 箕子(기자) …… 고조선 시대 전설상의 기자 조선의 시조.
◆ 箕子國(기자국) …… 기자가 다스리던 고조선국.
◆ 明(명) …… 명(明)나라.
◆ 大明家(대명가) …… 명나라 집안.
◆ 纓可濯(영가탁) …… 굴원(屈原)의 어부사(漁夫辭)에서 유래된
말이다.

滄浪濁兮可以濯吾足(창랑탁혜가이탁오족)
滄浪淸兮可以濯吾纓(창랑청혜가이탁오영)

◆ 楚(초) …… 중국 춘추전국시대 양자강 유역에 있던 나라.
◆ 楚江(초강) …… 초나라의 강.

攪車(교차)······ 씨아

揮手一人力	휘수일인력
生花二木德	생화이목덕
耳出蒼蛙聲	이출창와성
口吐白雲色	구토백운색

손을 휘두르는 것은 한 사람의 힘이요
꽃을 피우는 것은 두 나무의 덕이로다.
귀에서는 청개구리 소리를 내고
입에서는 흰 구름을 토하는 씨아.

[註] 목화의 씨앗을 빼는 '씨아'는 한 손으로 손잡이를 돌리며 목화를 두 나무 사이에 물리면 뒤편으로 씨가 빠진 솜이 나온다. '씨아'의 귀에서는 나무가 마찰하는 시끄러운 소리가 나고, 씨가 빠진 목화는 마치 흰 구름이 일듯 뭉게뭉게 나온다. 그 모습을 그린 시이며, 대구가 잘된 명시이다.

◇ 攪 ······ 손 놀릴 교, 어지러울 교, 흔들릴 교
◇ 蛙 ······ 개구리 와
◆ 蒼蛙(창와) ······ 청개구리.

棋(기)······바둑

縱橫黑白陣如圍	종횡흑백진여위
勝敗專由取捨機	승패전유취사기
四皓閑枰忘世坐	사호한평망세좌
三淸仙局爛柯歸	삼청선국란가귀
詭謀偶獲擡頭點	궤모우획대두점
誤着還收擧手揮	오착환수거수휘
半日輸贏更挑戰	반일수영갱도전
丁丁然響到斜暉	정정연향도사휘

검은 돌 흰 돌이 종횡으로 에워싸고 포위하고 진을 친다.
승패는 오직 집을 점령하는 기회에 달렸도다.
한(漢)나라의 네 신선이 이 바둑으로 세상을 잊었고
나무꾼은 신선노름 구경하다 도끼자루 썩는 줄도 몰랐더라.

우연히 속임수로 요석을 잡기도 하고
잘못 두었다가는 물러 달라 손을 휘휘 내젓는다.
한나절이나 승부를 다투고도 또다시 도전하고
쨍쨍 돌 놓는 소리 석양까지 이르네.

[註] 세상사 모두 잊고 온종일 바둑을 두는 두 사람을 보고 서로
　　 다투며 재미있게 두어 가는 광경이 눈으로 보는 듯 잘 묘사
　　 되어 있다. 신선놀음에 도끼자루 썩는 줄 모른다는 고사를 생
　　 각하게 한다.

◇ 枰 …… 바둑판 평, 장기판 평
◇ 爛 …… 씻을 란, 찬란할 란, 이슬 란
◇ 詭 …… 속일 궤
◇ 擡 …… 움직거릴 대
◇ 輸 …… 보낼 수
◇ 贏 …… 성 영, 남을 영, 풀 영, 아득할 영
◆ 由(유) …… ~로 말미암아, ~에 근거하여.
◆ 機(기) …… 집을 차지하는 기회.
◆ 四皓(사호) …… 상산사호(商山四皓)의 준말. 중국 진시황(秦
　始皇) 때 국란(國亂)을 피하여 산서성 상산(商山)에 들어가 숨
　어 버린 네 사람의 은사(隱士). 곧 동원공(東園公), 기리계(綺里
　季), 하황공(夏黃公), 각리선생(角里先生)을 말한다. 호(皓)는
　희다는 뜻인데, 이들 네 은사는 모두 눈썹과 머리칼이 희므로
　사호(四皓)라고 하였다.
◆ 三淸(삼청) …… 도교(道敎)에서 신선(神仙)이 산다는 옥청궁
　(玉淸宮)·상청궁(上淸宮)·태청궁(太淸宮) 등 3궁을 일컬음.
◆ 丁丁(정정) …… 박둑돌이 쨍쨍 울리는 소리의 묘사.
◆ 然(연) …… ~와 같이, 이렇게 하면, 그렇게.

燈(등)

用似焚香慾返魂	용사분향욕반혼
方生方死隔晨昏	방생방사격신혼
虞陶聖德從今覺	우도성덕종금각
燧鑽神功自古存	수찬신공자고존
滿腹出灰留客恨	만복출회유객한
終身吞炭報誰冤	종신탄탄보수원
青樓煮酒曾何日	청루자주증하일
天下英雄哇可言	천하영웅와가언

흰 향을 피우는 것은 혼을 부르고자 하는 것
등잔불 혼도 새벽에 죽었다가 저녁에 되살아난다.
등잔 속에는 요순의 성덕을 지금도 밝혀 볼 수 있고
수인씨(燧人氏)의 공덕 또한 예로부터 잊지 않고 있도다.

뱃속 가득한 그을음을 토해서 나그네 가슴에 한을 남기고
종신토록 숯을 토함은 뉘 원통함을 갚으려는 것인가.
아! 청류에서 술을 태워 마시던 날이 언제였던가
천하 영웅들 등불과 벗하여 웃으며 온 밤을 지새더라.

[註] 요순시대에 순 임금이 처음 만든 등잔은 불을 발견한 수인씨의
   공덕으로 지금까지 밤을 밝혀 준다. 그러나 방안에 홀로 깜박이
   는 등잔불은 무슨 한이 그렇게 많은지 온 밤을 지새워 시커먼
   그을음을 토해 낸다. 마치 한이 서려 세상을 등지고 사는 김삿갓
   의 가슴속처럼.

◇ 燧 …… 불 수, 나무 문질러 불낼 수, 햇빛으로 불낼 수
◇ 鑽 …… 뚫을 찬
◇ 呑 …… 삼킬 탄, 멸할 탄, 에워쌀 탄
◇ 寃 …… 원통할 원
◇ 煮 …… 삶을 자
◇ 曾 …… 일찍 증. 부사로서 '마침내', '결국', '드디어'.
◇ 哇 …… 음란한소리 와, 막힐 와, 토할 와
◈ 焚香(분향) …… 향을 피우는 것.
◈ 慾(욕) …… 조동사로서 '~하려고 한다', '~하려고 생각한다'.
◈ 返魂(반혼) …… 혼을 이 세상으로 다시 부르는 것.
◈ 方(방) …… 부사로서 동작의 진행이나 상태를 나타냄. '마침 ~하
   고 있다'.
◈ 虞(우) …… 순 임금 국호 우.
◈ 虞陶(우도) …… 순 임금이 만든 도자기.
◈ 從(종) …… 연사로서 '가령 ~일지라도'.
◈ 燧(수) …… 수인씨. 중국 고대 전설에 나오는 황제. 처음 불을 발
   견해 불의 기술을 가르쳤고, 식물의 조리법을 가르쳤다 함.
◈ 煮酒(자주) …… 술을 삶는다, 즉 술로 불을 붙인다(독한 술로).

燈火(등화)

檠長八尺掛層軒	경장팔척괘층헌
其上玉盃磨出崑	기상옥배마출곤
未望月何圓夜夜	미망월하원야야
非春花亦吐村村	비춘화역토촌촌

對筵還勝看白日	대연환승간백일
挑處能爲逐黃昏	도처능위축황혼
雖謂紅燈光若是	수위홍등광약시
時時寧照覆傾盆	시시녕조복경분

팔 척이나 되는 높은 처마에 걸린 등
그 속에 옥분(玉盆)은 곤륜산(崑崙山)에서 캐온 옥으로 만든 것
보름달도 아닌데 어째서 밤마다 둥글며
봄도 아닌데 마을마다 웬 꽃은 피었는가.

자리를 깔고 앉았으면 백일(白日)을 보는 것보다 더 좋고
심지를 돋우면 능히 황혼을 쫓는구나.
그러나 홍등가의 빛이 이같이 밝다 하니
수시로 그런 등잔 못 비치게 꺼 버릴걸.

［註］ 달은 보름이 돼야 밝은데 어찌 등은 매일 밤 밝히며, 꽃은 봄이
라야 고운데 등불은 어찌 사시사철 밤에까지도 아름답게 피는
것일까? 등을 돋우면 황혼마저 쫓겨가니 다가오는 백발도 등이
쫓아 버릴 수 있지 않을까. 등불 앞에 하염없이 앉아 한잔 술을
벗삼으며, 가는 세월을 생각하는 시인의 마음이 잘 묘사된 시이
다.

◇ 檠 …… 등잔대 경
◇ 筵 …… 돗자리 연
◇ 挑 …… 돋울 도
◇ 覆 …… 뒤집힐 복
◇ 傾 …… 기울 경
◆ 層軒(층헌) …… 높은 처마, 처마가 높은 집.
◆ 崑(곤) …… 곤륜산(崑崙山), 중국 전설의 산이며 황하(黃河)의
원류이고 옥(玉)이 많이 나오며, 불사의 선녀 서왕모가 산다고 하는
서방의 낙토(樂土).
◆ 望月(망월) …… 보름달.
◆ 夜夜(야야) …… 밤마다 밤마다.
◆ 村村(촌촌) …… 마을마다 마을마다.
◆ 紅燈(홍등) …… 홍등가, 창녀들이 있는 거리.

網巾(망건)

網學蜘蛛織學蛬　　망학지주직학공
小如針孔大如鏊　　소여침공대여공
須臾捲盡千莖髮　　수유권진천경발
鳥帽接罹摠附庸　　조모접리총부용

그물 뜨는 법은 거미와 여치에게 배웠구나.
작은 것은 바늘구멍 같고 큰 것은 침구멍처럼 촘촘하도다.
잠깐 동안에 천 개의 터럭을 다 짜 버리며
새 깃털과 아교풀 모두 부속품으로 쓰는구나.

〔註〕 어느 곳에서 김삿갓의 재주를 시험하려고 잘 쓰이지도 않는 어
　　 려운 자 공(蛬), 공(鏊), 용(庸)자를 운자로 써서 망건에 대한
　　 시를 지으라고 주문을 했는데, 이에 즉시 대답한 절묘한 시다.

◇ 蜘 …… 거미 지
◇ 蛛 …… 거미 주
◇ 蛬 …… 여치 공
◇ 鏊 …… 도끼구멍 공, 침구멍 공
◇ 臾 …… 꾀일 유
◇ 罹 …… 만날 리, 걸릴 리
◈ 鳥帽(조모) …… 새의 머리 깃털.
◈ 接罹(접리) …… 접착제.

木枕(목침)

撑來偏去伴燈斜	탱래편거반등사
做得黃梁向粟誇	주득황량향속과
爲體方圓經匠巧	위체방원경장교
隨心轉側作朋嘉	수심전측작붕가
五更冷夢同流水	오갱냉몽동류수
一劫前生謝落花	일겁전생사락화
兩兩鴛鴦雙畵得	양양원앙쌍화득
平生合我一鰥家	평생합아일환가

목침을 끌어당겨 등잔 옆에 비스듬히 베고 누우니
세상사 아무 것도 부러울 것 없도다.
생김새는 목수의 솜씨로 모나고 둥그나
마음대로 굴러서 벨 수 있으니 늘 좋은 친구가 되어 주네.

새벽에 꾼 매정한 꿈은 물같이 흘러 보냈고
오랜 전생의 일들은 지는 꽃처럼 아름답더라.
한 자웅 원앙의 그림을 쌍으로 그려 놓았으니
평생에 나같이 외로운 홀아비 집에 합당하도다.

[註] 등잔불 아래 목침을 베고 누웠으니 메조가 조를 보고 뽐내듯이 세상 만사 부러울 것이 없다. 원하는 대로 이리저리 마음대로 굴러가며 벨 수 있으니 홀아비 집에는 너무나 합당하다.

◇ 撐 …… 취할 탱, 버릴 탱, 다스릴 탱
◇ 偏 …… 치우칠 편
◇ 做 …… 지을 주
◇ 粟 …… 조 속
◇ 鰥 …… 홀아비 환
◈ 撐來(탱래) …… 가져오다.
◈ 黃粱(황량) …… 메조.
◈ 五更(오갱) …… 하룻밤을 다섯으로 나눈 시각 중 다섯째 부분을 말하며 지금의 오전 3~5시경.
◈ 劫(겁) …… 아주 긴 시간의 단위.
◈ 一劫(일겁) …… 가로 세로 높이가 각각 40리나 되는 바위에 3년마다 한 번씩 하늘의 선녀가 내려와서 춤을 출 때 그 옷자락으로 바위가 모두 닳아서 없어지는 데 소요되는 긴 시간을 말한다.
◈ 兩兩(양양) …… 두 마리씩.

氷(빙)

塵襪仙娥石履僧	진말선아석리승
凌波滑步遞如鷹	능파활보체여응
層心易裂嫌銅馬	층심이열혐동마
潔體無瑕笑玉蠅	결체무하소옥승
雪氣凝中橫索鏡	설기응중횡색경
月光穿底見紅燈	월광천저견홍등
也知造物多神術	야지조물다신술
亘作銀橋濟衆藤	선작은교제중등

버선을 신은 선녀와 돌 신을 신은 스님이
물 위를 매같이 빨리 걸어서 건너가는구나.
얼음의 마음씨는 쉬 변하는 것이니 동마(銅馬)의 발굽을 싫어하고
옥같이 깨끗한 살갗에 흠이 나는 것을 싫어하도다.

흰눈의 설기가 엉킨 그 속에 흰 거울 같은 맑은 얼음장
달빛이 강속까지 뚫고 간 곳엔 붉은 등불이 보인다.
알지어다, 조물주의 오묘하고 무궁무진한 재주
은으로 다리를 놓아 뭇 사람을 건너게 하는 뜻을.

[註] 얼음은 조물주가 은으로 놓은 다리다. 그러나 얼음의 마음은 옥 같이 맑고 깨끗해서 더럽혀지는 것을 싫어한다. 그러기에 잡된 것이 올라서면 깨지고 만다. 누가 물 위로 걸어갈 수 없다고 했는가? 얼음 위로 걸어가는 것이 바로 물 위로 걷는 것인데…….

◇ 襪 ⋯⋯ 버선 말
◇ 娥 ⋯⋯ 선녀 아, 예쁠 아
◇ 遞 ⋯⋯ 역말 체, 갈말들일 체.
◇ 鷹 ⋯⋯ 매 응
◇ 嫌 ⋯⋯ 싫어할 혐
◇ 潔 ⋯⋯ 깨끗할 결
◇ 瑕 ⋯⋯ 붉은 옥 하
◇ 凝 ⋯⋯ 엉킬 응
◇ 亘 ⋯⋯ 펼 선, 구할 선
◈ 塵襪仙娥(진말선아) ⋯⋯ 선녀가 물결 위로 진말(塵襪)을 신고 버선에 물이 묻지 않게 건너간다는 중국의 고사.
◈ 層心(층심) ⋯⋯ 쉬 변하는 얼음층의 마음.
◈ 銅馬(동마) ⋯⋯ 중국 광무제 때 일어난 도적 떼의 이름.
◈ 玉蠅(옥승) ⋯⋯ 백옥창승(白玉蒼蠅)의 준말이며, 백옥(白玉)은 파리가 더러운 것을 갈기는 것을 싫어한다는 말.
◈ 也知(야지) ⋯⋯ 알지어다.

松餠(송편)

手裡廻廻成鳥卵	수리회회성조란
指頭個個合蚌唇	지두개개합방진
金盤削立峰千疊	금반삭립봉천첩
玉箸懸登月半輪	옥저현등월반륜

손바닥으로 뱅뱅 돌려 새알을 만들고
손가락으로 꼭꼭 눌러 조개 입술같이 만든다.
금쟁반에 수북히 송편을 빚어 놓고
옥젓가락으로 반달 같은 송편을 집어먹는다.

[註] 명절이 되면 늘 서러운 것이 나그네 마음이다. 송편을 빚는 것을
보며 고향을 생각하고, 두고 온 처자를 생각하며 몰래 가슴 태우
는 김삿갓의 송편에 관한 시이다.

◈ 蚌 ······ 조개 방
◈ 唇 ······ 입술 진
◈ 削 ······ 깎을 삭
◈ 廻廻(회회) ······ 송편을 만들 때 손을 뱅뱅 돌리는 동작.
◈ 個個(개개) ······ 회회(廻廻)의 대구. 손으로 송편을 꼭꼭 누르는 것.

眼鏡(안경)

江湖白首老如鷗	강호백수노여구
鶴膝烏精價易牛	학슬오정가이우
環若張飛蹲蜀虎	환약장비준촉호
瞳成項羽沐荊猴	동성항우목형후
憂疑濯濯穿籬鹿	우의탁탁천리녹
快讀關關在猪鳩	쾌독관관재저구
少年多事懸風眼	소년다사현풍안
春陌堂堂倒紫騮	춘맥당당도자류

강호의 늙은이가 백구같이 늙어서
안경과 오정(烏精)의 가치가 소보다 더 귀하도다.
안경 고리는 범을 걸쳐 탄 촉(蜀)나라의 장비와 같고
둥근 테는 원숭이를 목욕시킨 초(楚)나라의 항우 같도다.

울을 뚫고 달아난 노루도 잘 보이고
즐거이 물가에서 노는 돼지와 비둘기도 잘 보인다.
소년들은 쓸데없이 다투어 풍안(風眼)을 쓰니
봄 언덕에 조랑말을 거꾸로 타고 가는 격이다.

[註] 나이가 많은 늙은이에게는 안경이 소보다 더 값진 것이다. 안경을 쓰면 뚫어진 울타리도 잘 보이고, 멀리 물가에 비둘기도 잘 볼 수가 있다. 그러나 소년들은 일없이 안경을 쓰고 건방을 떠는데, 이는 마치 말을 거꾸로 타는 것과 같이 순리에 어긋나는 일이다.

◇ 蹲 …… 걸터앉을 준, 모을 준
◇ 瞳 …… 눈동자 동
◇ 荊 …… 굴싸리 형, 곳이름 형
◇ 猴 …… 원숭이 후
◇ 濯 …… 씻을 탁
◇ 猪 …… 돼지 저
◇ 陌 …… 밭뚝길 맥, 저자거리 맥
◇ 騮 …… 절따말 류(꼬리가 검은 절따말)
◆ 江湖(강호) …… 은자(隱者)나 시인 묵객들이 현실을 도피해서 사는 시골이나 자연.
◆ 白首(백수) …… 백두(白頭)라고도 하며, 노인을 뜻함.
◆ 鶴膝(학슬) …… 둘로 접을 수 있는 안경다리.
◆ 烏精(오정) …… 검은 수정으로 만든 안경 알.
◆ 張飛(장비) …… 중국 삼국시대 촉나라의 장수.
◆ 項羽(항우) …… 중국 진나라 말기의 장수.
◆ 風眼(풍안) …… 바람이나 티끌을 막기 위해 쓰는 안경.

硯(연)······벼루

腹坦受磨額凹池	복탄수마액요지
拔乎凡品不礫奇	발호범품불책기
濃研每値工精日	농연매치공정왈
寵任常從與逸時	총임상종여일시
楮老敷容知漸變	저노부용지점변
毛公尖舌見頻滋	모공첨설견빈자
元來四友相須力	원래사우상수력
圓會文房似影隨	원회문방사영수

배는 평평하여 먹을 갈아내고 이마는 움푹한 못
보통의 돌로 만든 것이며 귀한 돌은 아니로다.
진하게 먹을 갈 때 마냥 보람을 느끼고
항상 즐겁고 흥겨울 때 너를 만나리.

종이를 펴놓고 글을 쓰면 그 모습이 점점 변해 가며
뾰족한 붓의 혀끝 자주자주 적시는 것 보게 되리.
원래 문방사우는 서로 의지하고 돕는 것
필요할 때 모여 옴이 그림자 따르듯 하도다.

[註] 글을 쓰는 사람이라면 누구나 좋은 벼루를 갖고 싶어한다. 우리 나라의 벼루 돌로는 옹진석(甕津石)과 위원석(渭原石)이 그런 대로 좋다고 한다. 생각하면 벼루의 운명은 기구하다. 내 얼굴에 일없이 다른 사람의 손이 오면 몹시 불쾌한데, 벼루는 평생을 심 한 곤욕을 치르며 산다. 그 시커먼 먹으로 시도 때도 없이 면상 을 문질러 젖히고도 한이 안 차는지, 간지러운 붓끝으로 또 얼굴 을 문질러 댄다. 그러나 어쩌리, 문방사우는 늘 그림자처럼 친해 야 한다 하니 꾹꾹 참을 수밖에.

◇ 坦 …… 너그러울 탄, 평탄할 탄
◇ 凹 …… 오목 요
◇ 拔 …… 뺄 발
◇ 磔 …… 능자할 책, 찢을 책
◇ 濃 …… 걸죽할 농
◇ 寵 …… 사랑할 총
◇ 逸 …… 놓일 일, 잃을 일, 도망할 일
◇ 楮 …… 종이 저, 닥나무 저
◇ 尖 …… 뾰족할 첨
◇ 頻 …… 자주 빈, 즐거울 빈, 견줄 빈, 찡그릴 빈
◇ 滋 …… 부를 자
◈ 楮老(저노) …… 종이.
◈ 四友(사우) …… 문방사우(종이, 먹, 붓, 벼루).

煙竹(연죽) 一 ······ 담뱃대

身體長蛇項似鳶	신체장사항사연
行之隨手從隨筵	행지수수종수연
全州來去千餘里	전주래거천여리
幾度蒼山幾度船	기도창산기도선

긴 몸은 뱀 같고 목은 솔개 같구나
걸을 땐 손에 있고 앉으면 자리까지 따라오네
전주를 오가는 천리 넘는 머나먼 길
산을 넘기 몇 번이고 배를 타기 몇 번인가.

[註] 정처 없이 방랑하는 몸, 갈 곳도 없고 못 갈 곳도 없다. 풀밭에
주저앉아 무심히 하늘을 쳐다보니 고향 떠난 지가 그 몇 해인가.
반기는 사람 없는 타향을 지금도 헤매는 자신의 운명이 저 하늘
의 구름과 다를 바 없다. 무심히 내려다보니 손에 든 담뱃대와
지팡이만이 오직 충직한 길동무요, 늘 함께 하는 벗이다. 그래서
담뱃대를 두고 시 한 수를 지었다.

◇ 項 ······ 목뒤 항, 목덜미 항
◇ 鳶 ······ 솔개 연

煙竹(연죽) 二 ······ 담뱃대

圓頭曲項又長身　　원두곡항우장신
銀飾銅裝價不貧　　은식동장가불빈
時吸靑煙能作霧　　시흡청연능작무
每焚香草暗消春　　매분향초암소춘

寒燈旅館千愁伴　　한등여관천수반
細雨江亭一味新　　세우강정일미신
班竹年年爲爾折　　반죽년년위이절
也應堯女泣湘濱　　야응요녀읍상빈

둥근 머리 굽은 목에 길기도 한 몸
은장식 동장식 값도 싸지 않으리.
때때로 푸른 연기 빨면 안개가 자욱
향초가 탈 때마다 봄도 사라져.

쓸쓸한 여관에서 너와 함께 시름 잊고
비 내리는 강변 정자에선 네 맛이 각별하다.
해마다 너를 위해 반죽(班竹)을 잘라내니
응당 요녀(堯女)가 상강(湘江)에서 울리라.

[註] 내뿜는 담배 연기 속에 타는 가슴의 시름도 함께 뱉어 버린다.
한 서린 나그네와 잠시도 떨어지지 않는 담뱃대만이 나그네의
시름도 알리. 물같이 바람같이 흘러만 가는 인생, 결국 구름인
것을! 연기인 것을!

◇ 飾 …… 꾸밀 식
◇ 裝 …… 꾸밀 장
◇ 霧 …… 안개 무, 자욱한 담배 연기.
◈ 價不貧(가불빈) …… 값이 싸지 않다.
◈ 香草(향초) …… 향기로운 담배.
◈ 寒燈(한등) …… 쓸쓸히 비치는 등불.
◈ 班竹(반죽) …… 담뱃대로 쓰이는 얼룩점이 있는 대나무. 중국 동
정호(洞庭湖) 부근 湘江(상강)이 그 명산지임.
◈ 堯女(요녀) …… 중국 요(堯) 임금의 둘째 딸. 아황여왕(娥皇女王)
으로 알려진 인물. 반죽은 이 아황여황이 상강 물에 빠져 죽을 때 흘
린 눈물이 참대에 뿌려져서 반점이 되었다고 하는 전설이 있음.

簾(염)······ 발

最宜城市十街樓	최의성시십가루
遮却繁華取闐幽	차각번화취랑유
三更皓月玲瓏照	삼경호월영롱조
一陣紅埃隱映浮	일진홍애은영부
漏出琴聲風乍動	누출금성풍사동
覘看山影霧初收	점간산영무초수
林蔥萬類眞顔色	임총만류진안색
盡入窓櫳半掛鉤	진입창롱반괘조

발은 번잡한 시가지 십자로 누각에 가장 잘 어울리도다.
번잡한 것을 가리고 그윽한 것을 살리기 때문이다.
삼경에는 밝은 달을 영롱하게 비치고
한바탕 붉은 먼지는 은연중에 막아 준다.

바람이 잠깐 움직일 때 거문고 소리 새어 나오고
산 그림자 엿보니 안개도 그쳤더라.
숲 속에서 청청하게 자라남이 진면모인데
몽땅 창가로 끌려와서 이렇게 매달렸구나.

[註] 산야에 묻혀 사는 사람들에게는 발이 필요 없다. 숨기고 가릴 것이 없는데, 왜 발이 필요하단 말인가. 그래서 발은 번잡한 시가지, 사람들이 많이 오가는 곳에 필요하며 그 번잡한 곳을 조금이라도 그윽하게 만드는 데 쓰인다. 발에 비친 영롱한 달은 산 속의 달만 하랴, 발 사이로 흘러나오는 거문고 소린들 산새 소리에 비기랴. 원래 발을 만드는 갈대는 숲 속에 있어야 제격인데, 이렇게 몽땅 잡혀와서 대롱대롱 처마 끝에 매달려 있구나.

◇ 簾 …… 발 렴
◇ 宜 …… 마땅할 의
◇ 却 …… 물리칠 각, 사양할 각
◇ 閬 …… 소슬대문 랑, 휑뎅그렁할 랑
◇ 映 …… 비칠 영, 밝을 영
◇ 乍 …… 잠깐 사, 별안간 사
◇ 覘 …… 엿볼 점, 기다려볼 점
◇ 蔥 …… 푸를 총, 파뿌리 총
◇ 櫳 …… 난간 롱, 창 롱
◈ 城市(성시) …… 성으로 둘러싸인 시가지.
◈ 三更(삼경) …… 하룻밤을 다섯 등분한 것 가운데 세 번째. 11시에서 새벽 1시 사이의 시간.
◈ 玲瓏(영롱) …… 광채가 아름답게 빛나는 것.
◈ 一陣(일진) …… (구름이나 바람이) 한바탕 몰아치는 상태.

影(영)······ 그림자

進退隨儂莫汝恭	진퇴수농막여공
汝儂酷似實非儂	여농혹사실비농
月斜岸面驚魁狀	월사안면경괴상
日午庭中笑矮容	일오정중소왜용
枕上若尋無覓得	침상약심무멱득
燈前回顧忽相逢	등전회고홀상봉
心雖可愛種無信	심수가애종무신
不映光明去絶蹤	불영광명거절종

나를 따라 오고 감이 너보다 더 공손한 자 없구나.
너와 나는 비슷해도 네가 나는 아니로다.
달밤 언덕에 비친 너는 놀랍도록 괴상하고
정오 때 마당에 비친 너는 우스운 꼴의 난쟁이.

자리에 누워 너를 찾으면 찾아볼 길 없다가도
등잔 앞을 돌아보면 홀연히 또 만난다.
진정한 마음으로 사랑을 주려 하나 끝내 믿음이 없고
빛이 없으면 어디로 갔는지 종적조차 감추네.

〔註〕 방랑 삼천 리 어디를 가나 꼭 따라다니는 그림자. 해를 등지고
　　 가면 앞서고 해를 안고 가면 뒤따라오는 충직한 동반자. 그러나
　　 그림자는 내가 아닌 것이, 달밤 언덕에 비친 것을 보면 괴상한
　　 괴물이고, 정오 때 내려다보면 형편없는 난쟁이다. 평생을 함께
　　 다녀도 한마디 말이 없고, 흠뻑 정을 주려 해도 늘 믿음성이 없
　　 다. 아무리 가까이 지내다가도 빛만 없으면 종적을 감추고 영영
　　 나타나지 않으니…….

◇ 儂 …… 나 농
◇ 酷 …… 혹독할 혹, 심할 혹
◇ 魁 …… 괴수 괴, 클 괴
◇ 覓 …… 찾을 멱
◇ 忽 …… 문득 홀

萱草(훤초)······ 원추리

觀萱占曆是唐虞	관훤점역시당우
創始軒皇化鼎湖	창시헌황화정호
春夏秋冬相遞永	춘하추동상체영
弦望晦朔各分弧	현망회삭각분호
都包高庳玄黃理	도포고비현황리
備載坎離紫白圖	비재감리자백도
三十六旬成十二	삼십육순성십이
均其大小尹奇餘	균기대소윤기여

'낭'을 보고 달력으로 삼은 것은 중국 순 임금 때이며
황제(黃帝)가 정호(鼎湖)에서 돌아가신 때부터더라.
춘하추동의 변화가 영원히 번갈아 일어나며
그믐과 초승은 달의 둥근 선으로 나누이더라.

높고 낮은 우주의 묘한 이치를 몽땅 포함하고
감리(坎離)의 오묘한 이치도 갖추고 있도다.
일 년 360일이 열두 달을 이루니
크고 작은 달을 고르게 하고 남는 것은 윤달이더라.

[註] 태곳적 달력이 없었던 시절에는 낭[萱]이라는 식물의 변화를 보고 달력을 삼았다고 한다. 곧 '낭'은 매월 15일까지 매일 잎이 한 껍질씩 자라나고, 16일이 지나면 그것이 매일 한 껍질씩 시들어서, 그믐이 되면 완전히 없어져 버린다고 한다. 고대에는 이것을 보고 달력 대신으로 했다 한다.

◇ 萱 ······ 원추리 훤
◇ 庳 ······ 낮을 비
◈ 唐虞(당우) ······ 중국 고대 순나라 임금 때.
◈ 軒皇(헌황) ······ 고대 중국의 황제. 신농씨(神農氏) 다음 임금이며, 육서(六書), 병법(兵法), 율법(律法), 의료(醫療)를 처음 제정한 사람이라고 함.
◈ 鼎湖(정호) ······ 중국 하남성 형산(荊山) 아래의 지명. 황제(黃帝)가 동(銅)으로 마구를 만든 다음 용을 타고 승천했다는 장소.
◈ 弦望(현망) ······ 반달과 둥근 달.
◈ 晦朔(회삭) ······ 그믐과 초승.
◈ 高庳(고비) ······ 높고 낮음.
◈ 坎離(감리) ······ 주역에서 말하는 감괘(坎卦)와 이괘(離卦). 우주 만물이 운행하는 모든 이치를 상징한다.

溺缸(요항)······ 요강

賴梁深夜不煩扉	뢰거심야불번비
令作團隣臥處圍	영작단린와처위
醉客持來端膝跪	취객지래단슬궤
態娥挾坐惜衣收	태아협좌석의수
堅剛做體銅山局	견강주체동산국
灑落傳聲練瀑飛	쇄락전성련폭비
最是功多風雨曉	최시공다풍우효
偸閑養性使人肥	투한양성사인비

요강의 덕분으로 밤중에 드나들지 않아도 되고
편히 누운 자리에 가까이 있어 고맙기도 하다.
취객(醉客)도 그 앞에선 단정히 무릎을 꿇고
어여쁜 아가씨도 타고 앉으면 조심조심 속옷을 걷는다.

단단한 생김새는 구리가 분명하며
쏴 하고 오줌 누는 소리 폭포 소리 같도다.
공로가 가장 큰 것은 비바람 부는 새벽이니
실로 요강은 느긋한 성품을 길러 사람을 살찌게 하노라.

[註] 넓은 세상에는 여러 가지 많은 형태의 변기가 있으리라. 그러나 우리 나라의 요강보다 더 편리한 것이 또 있으랴. 침실 머리맡에 있으면서 필요할 때 언제고 볼일을 성사시켜 준다. 방마다 달린 수세식 양변기가 좋다 해도 한밤중에 물 내리는 소리는 옆방 사람들의 잠을 깨우지만 요강은 전혀 그럴 염려가 없다. 옛날 양반님네 품고 자던 애첩이 요강을 타고 앉아 쏴 하고 누는 오줌 소리 듣고 춘정을 일으키는 낭만은 요강만이 전해 주는 사랑의 선물이리라.

◇ 溺 …… 오줌 뇨
◇ 缸 …… 항아리 항
◇ 賴 …… 힘있을 뢰
◇ 渠 …… 도랑 거, 깊고넓을 거
◇ 煩 …… 괴로울 번
◇ 令 …… 하여금 령, 연사(連詞)로서 '가령 ~한다면', '만약 ~가 된다면'으로 쓰인다.
◇ 團 …… 모을 단
◇ 跪 …… 꿇어앉을 궤
◇ 態 …… 태도 태
◇ 挾 …… 감출 협
◇ 做 …… 지을 주
◈ 挾坐(협좌) …… 감추며 앉는다.

笠(립)…… 삿갓

浮浮我笠等虛舟	부부아립등허주
一着平生四十秋	일착평생사십추
牧堅輕裝豎野犢	목견경장수야독
漁翁本色伴白鷗	어옹본색반백구
醉來脫掛看花樹	취래탈괘간화수
興到携登翫月樓	흥도휴등완월루
俗子衣冠皆外飾	속자의관개외식
滿天風雨獨無愁	만천풍우독무수

떠돌고 떠도는 내 삿갓 빈 배와 같구나
한 번 쓴 뒤 사십 평생 함께 서로 지냈도다.
본시는 더벅머리 목동이 소를 몰 때 쓰는 거고
백구를 벗하는 늙은 어부가 고기잡이할 때 쓰는 것.

술 취하면 구경하던 꽃나무에 걸었고
흥이 나면 벗어 들고 누각에도 함께 갔다.
남들의 의관은 모두가 장식물일 뿐이지만
내 삿갓은 비바람도 걱정 근심 없애 주네.

[註] 실속 없이 방황하는 주인을 따라 함께 떠도는 삿갓도 실속 없는 빈 배와 같다. 본래 삿갓은 비를 가리기 위해 쓰는 것인데, 우연히 한 번 쓰고 난 뒤 40평생 한 번도 벗은 일이 없다. 그러나 다른 어떤 세속의 의관보다 좋은 것은 억수같이 퍼붓는 비바람이라도 삿갓만 있으면 아무런 걱정이 없기 때문이다.

◇ 竪 …… 세울 수, 더벅머리 수
◇ 犢 …… 송아지 독
◇ 携 …… 잡을 휴, 끌 휴
◇ 翫 …… 구경할 완, 익숙할 완
◈ 浮浮(부부) …… 가볍고 가벼운, 뜨고 또 뜨는.
◈ 一着(일착) …… 한 번 쓰고 난 다음.
◈ 秋(추) …… 춘추(春秋), 즉 세월.
◈ 俗子(속자) …… 속된 사람들, 많은 사람들.
◈ 外飾(외식) …… 겉치레, 장식.

將棋(장기)

詩友酒朋意氣同	시우주붕의기동
戰場方設一堂中	전장방설일당중
飛包越處軍威壯	비포월처군위장
猛象蹲前陣勢雄	맹상준전진세웅
直走輕車先犯卒	직주경차선범졸
橫行駿馬每窺宮	횡행준마매규궁
殘兵散盡連呼將	잔병산진련호장
二士難存一局空	이사난존일국공

글친구와 술친구 뜻이 맞아서
대청 한가운데 장기판을 벌렸구나.
포(包)가 날아 넘는 곳엔 위세 등등하고
사나운 상(象) 도사린 앞엔 진세(陣勢) 웅장하도다.

곧장 잘 달리는 날렵한 차(車)가 먼저 졸(卒)을 잡고
옆으로 잘 가는 빠른 마(馬)는 매양 궁(宮)을 엿본다.
잔병 모두 흩어진 후 연거푸 장(將)을 부르니
겨우 남은 두 마리 사(士)도 감당 못 하고 한 판을 지고 마네.

〔註〕이 시는 술친구와 글친구들이 대청 마루에서 한바탕 장기판을 벌이는 것을 잘 묘사한 시이다. 차(車)와 졸(卒), 마(馬)와 상(象) 등의 활약상이 너무나 잘 묘사되어 있다. 읽으면 읽을수록 떠들썩한 장기판의 분위기가 전해 오는 것만 같다.

◇ 方 …… 마침내 방
◇ 蹲 …… 걸터앉을 준
◇ 窺 …… 엿볼 규
◆ 詩友(시우) …… 글로써 사귀는 친구.
◆ 酒朋(주붕) …… 술친구.
◆ 戰場(전장) …… 장기를 두는 싸움판.
◆ 飛包(비포) …… 포(包)가 넘어서 날아가는 것.
◆ 猛象(맹상) …… 무서운 상(象).
◆ 蹲前(준전) …… 도사리고 있는 앞.
◆ 輕車(경차) …… 발이 빠른 차(車).
◆ 犯卒(범졸) …… 졸(卒)을 잡아먹는다.
◆ 駿馬(준마) …… 빠른 말.
◆ 呼將(호장) …… 장을 부른다.
◆ 二士(이사) …… 두 마리의 사(士).
◆ 一局(일국) …… 장기나 바둑의 한 판.
◆ 空(공) …… 지고 만다.

錢(전) …… 돈

周遊天下皆歡迎	주유천하개환영
興國興家勢不輕	흥국흥가세불경
去復還來來復去	거부환래래부거
生能捨死死能生	생능사사사능생

온 천하를 돌아다녀도 모두 너를 환영하고
나라와 집을 흥하게 하니 네 힘이 크구나.
갔다가도 다시 오고 왔다가도 다시 가며
살 놈도 능히 죽이고 죽는 놈도 능히 살리는구나.

〔註〕 실로 돈은 누구에게나 환영받는 존재다. 온 천하 어디를 가도 돈을 싫어하는 사람은 없다. 생각하면 별것 아닌 것이 집안도 나라도 흥하게 하는 힘을 가졌으니 가볍게만 볼 수 없다. 뿐만 아니고 살 사람도 죽이고, 죽을 사람도 살릴 수 있는 무궁한 힘을 가진 것이 또한 돈이기도 하다. 이와 같은 돈의 무궁한 힘을 읊은 시다.

◇ 興 …… 흥할 흥
◇ 捨 …… 버릴 사
◆ 周遊(주유) …… 사방으로 돌아다님.
◆ 天下(천하) …… 온 세상.

竹(죽)······ 대나무

此竹彼竹化去竹	차죽피죽화거죽
風打之竹浪打竹	풍타지죽랑타죽
飯飯粥粥生此竹	반반죽죽생차죽
是是非非付彼竹	시시비비부피죽
賓客接待家勢竹	빈객접대가세죽
市井賣買歲月竹	시정매매세월죽
萬事不如吾心竹	만사불여오심죽
然然然世過然竹	연연연세과연죽

이대로 저대로 되어 가는 대로
바람 부는 대로 물결치는 대로
밥이면 밥 죽이면 죽 생기는 대로
옳으면 옳고 그르면 그른 대로 그대로 붙어두세.

손님 접대는 집안 형편대로
시장에서 매매하는 것은 시세대로
세상만사 내 마음대로 안 되니
그렇고 그렇고 그런 세상 그런 대로 살리라.

[註] 김삿갓은 재미있고 재치 있는 시를 지은 분으로서도 유명하다. 여기 이 시도 竹(대나무 죽)을 우리말의 '대나무' 뜻을 따서 '대로'라고 읽는 방법으로 재미있는 해학 시를 지었다. 어쩌면 이 시에 담긴 내용이 진정한 김삿갓의 마음일지도 모른다. 그렇고 그런 세상, 밥이면 밥 죽이면 죽, 되는대로 먹고, 그저 그런 대로 한평생 살아가사고 한 그의 속마음일지도 모른다.

◆ 此竹(차죽) ······ 이대로.
◆ 彼竹(피죽) ······ 저대로.
◆ 化去竹(화거죽) ······ 되어 가는 대로.
◆ 飯飯(반반) ······ 밥이면 밥.
◆ 粥粥(죽죽) ······ 죽이면 죽.
◆ 付彼竹(부피죽) ······ 저대로 붙여두고.
◆ 市井(시정) ······ 시장.
◆ 吾心竹(오심죽) ······ 내 마음대로.
◆ 然然然世(연연연세) ······ 그렇고 그렇고 그런 세상.
◆ 過然竹(과연죽) ······ 그런 대로 지내리.

紙(지)…… 종이

闊面藤牋木質情	활면등전목질정
舖來當硯點毫輕	포래당연점호경
耽看蒼籙千編積	탐간창록천편적
誕此青天萬里橫	탄차청천만리횡
華軸僉名皆後進	화축첨명개후진
文房列座獨先生	문방열좌독선생
家家資爾糊窓白	가가자이호창백
永使圖書照眼明	영사도서조안명

잎이 넓은 등나무로 만든 종이의 본질은 본질(木質)이나
벼루 옆에 펴놓고 붓으로 점과 획을 그린다.
겹겹이 쌓인 천 권의 책을 모두 읽었고
이것을 쭉 펴놓으면 만리 하늘까지 뻗으리.

소중히 여기는 화축(華軸)도 모두 종이로 만든 것이요,
문방사우 가운데서도 종이가 으뜸이로다.
집집마다 창에 발라 환한 빛을 얻고
길이 책을 만들어 문맹(文盲)을 밝혀 준다.

[註] 문방사우 가운데 가장 으뜸인 종이는 본래 나무로 만든 것이다. 그러나 그 종이가 천 권의 책을 모두 읽어서 이 세상 모든 이치에 통달했고, 그 읽은 분량을 펼치면 하늘 끝까지 닿을 거다. 사람들이 소중히 여기는 화축이나 교지, 편지, 지폐 등도 따지고 보면 모두 한 장 종이에 불과하다. 겨울이 오면 집집마다 문에 종이를 발라서 방을 밝히고, 서당에서는 종이로 책을 만들어 길이 문맹자를 없애 주니 종이는 고맙기도 하다.

◇ 闊 …… 넓을 활
◇ 牋 …… 종이 전
◇ 舖 …… 펼 포
◇ 硯 …… 벼루 연
◇ 毫 …… 가늘고긴 호
◇ 誕 …… 넓을 탄
◇ 僉 …… 여럿 첨
◉ 華軸(화축) …… 10장 정도로 묶은 작은 책.
◉ 永使(영사) …… 길이 쓰다.
◉ 眼明(안명) …… 문맹을 없앤다.

織錦(직금) ······ 비단 짜기

煙梭出沒輕似鳧	연사출몰경사부
響入秦天野半烏	향입진천야반오
聲催月戶鳴機蟀	성최월호명기솔
巧學風簷繹絡蛛	교학풍첨역락주
但使織成紅錦貝	단사직성홍금패
何須願得白裘狐	하수원득백구호
曝晒於陽光鶴鶴	폭쇄어양광학학
吳門誰識絹如駒	오문수식견여구

북이 드나드는 모양은 물오리처럼 날렵하고
소리는 진(秦)나라 밤하늘에 우는 까마귀 소리 같기도 하고
달빛 비친 창 밖에서 우는 귀뚜라미 소리 같기도 한데
베 짜는 재주는 처마 끝의 그물 짜는 거미와도 같도다.

다만 이로써 홍금패(紅錦貝)를 짤 수 있다면
어찌 백구호(白裘狐) 얻기를 원하리오.
햇볕에 바래어 널면 학과 같이 희니
오(吳)나라를 지나던 안자(顔子)도 흰 망아지인 줄 속았네.

[註] 베를 짜는 베틀을 보면 들락날락하는 북이 정말로 날렵하기도 하다. 그때마다 나는 소리는 달 밝은 가을 밤 창 밖에서 우는 귀뚜라미 소리 같기도 하다. 베를 짜는 베틀을 보고 김삿갓의 상상력은 실로 무한에 가까울 정도로 비약해서 멀리 진나라의 까마귀도 생각하고 안자(顔子)의 고사까지 생각한다. 그러나 시대는 그를 따뜻이 받아 주지 않아 한을 품고 방랑하며 한세상을 지내게 했다.

◇ 鳧 …… 물오리 부
◇ 蟀 …… 귀뚜라미 솔
◇ 繹 …… 실 뽑을 락
◇ 絡 …… 얽을 역
◇ 蛛 …… 거미 주
◇ 裘 …… 가죽옷 구, 대물릴 구
◇ 曝 …… 볕쪼일 폭
◇ 晒 …… 볕쪼일 쇄
◇ 駒 …… 망아지 구
◆ 煙梭(연사) …… 북.
◆ 紅錦貝(홍금패) …… 홍색의 고운 비단.
◆ 白裘狐(백구호) …… 백구호는 여우의 발 겨드랑에 있는 흰털인데, 중국(中國)에선 예로부터 이것을 보물로 생각할 만큼 희귀한 물건.
◆ 絹如駒(견여구) …… 난 때 오(吳)나라를 지나던 안자(顔子)가 흰 비단을 발에 걸쳐놓은 것을 보고 흰 망아지 같다고 한 말해서 온 고사.

窓(창)

十字相連口字橫	십자상련구자횡
間間棧道峽如巴	간간잔도협여파
隣翁順熟低首入	인옹순숙저수입
稚子難開擧手爬	치자난개거수파

십자(十字)와 구자(口字) 모양의 창살이 서로 이어졌는데
그 사이사이 좁은 길이 험한 파촉(巴蜀)의 잔도(棧道) 같도다.
이웃 노인은 익숙해서 머리 숙여 들어오고
어린아이 열지 못해 손을 들어 만지더라.

[註] 복잡하게 얽힌 문살의 모양이 눈에 보이는 것만 같다. 이웃집 노
인은 늘 드나들므로 머리를 숙여 이마를 부딪히지 않고 잘도 들
어오는데, 어린아이는 손이 닿지 않아 문을 열지 못하는 모양이
잘 묘사되어 있다.

◇ 棧 ······ 사다리 잔
◈ 棧道(잔도) ······ 험한 벼랑 같은 곳에 선반을 매듯이 만든 길.
◈ 巴(파) ······ 파촉(巴蜀), 중국 사천성 중경지방을 가리키는 말(험
한 산악지방).

太(태)······콩

字在天皇第一章	자재천황제일장
穀中此物大如王	곡중차물대여왕
介介全黃蜂轉蜜	개개전황봉전밀
團團或黑鼠瞋眶	단단혹흑서진광
新抽臘甀盤增菜	신추랍증반증채
潤入晨廚鼎減糧	윤입신주정멸양
當時若漏周家粟	당시약루주가율
不使夷齊餓首陽	불사이제아수양

콩은 글자로서도 천황씨(天皇氏) 제일장 가장 앞에 있고
크기로서도 곡식 가운데 왕(王)이도다.
알알이 모두 누런 것은 벌이 꿀을 바른 것 같고
둥글둥글한 몸에 박힌 검은 점은 쥐 눈알 같더라.

시루에 길러서 새로 빼내면 밥상의 나물이 되고
불려서 부엌에 가져가면 솥에 양식이 절감된다.
만일 좁쌀을 안 먹던 주(周)나라 시대에 콩이 있었다면
백이숙제(伯夷叔齊)가 수양산(首陽山)에서 굶주리지 않았으리라.

〔註〕 콩은 곡식 가운데 가장 크고 귀중한 것이다. 콩태자(太)가 천황씨(天黃氏)라는 책 제일장에도 나오는 것을 봐도 곡식 가운데 콩이 으뜸이라고 하는 것을 알 수 있다. 콩이 누런 것은 벌들이 꿀을 바른 것 같고, 콩의 눈이 검은 것은 마치 쥐가 눈을 부릅뜨는 것과도 같다. 콩나물을 만들면 나물 없는 겨울에 훌륭한 채소가 되고 물에 불려서 밥을 지으면 양식이 절약된다. 주나라 때 만일 콩이 있었다면, 백이숙제가 수양산에서 굶어 죽지 않았을 것이다.

◇ 瞋 …… 눈부릅뜰 진
◇ 眶 …… 눈두덩 광, 눈자위 광
◇ 抽 …… 빼낼 추
◇ 臘 …… 섣달 랍
◇ 甑 …… 시루 증
◈ 介介(개개) …… 한 개 한 개.
◈ 周家(주가) …… 주(周)나라.
◈ 首陽(수양) …… 백이(伯夷)와 숙제(叔齊)가 들어가서 고사리를 캐 먹고 살다가 죽었다고 하는 산.

筆(필)······ 붓

四友相須獨號君	사우상수독호군
中書總記古今文	중서총기고금문
銳精隨世昇沈別	예정수세승침별
炎舌由人巧拙分	염설유인교졸분
畵出蟾烏照日月	화출섬오조일월
模成龍虎動風雲	모성룡호동풍운
管城歸臥雖衰禿	관성귀와수쇠독
寵擢當時最有勳	총탁당시최유훈

사우(四友)가 서로 의지하고 있는데, 오직 너만 군왕이라 함은
그대 붓은 고금의 천 권 만 권의 글을 썼기 때문이리라.
너의 재주에 따라 출세함과 낙오함이 따라오고
너의 뜨거운 혀끝의 기교로써 인품도 분별된다.

두꺼비와 까마귀를 일월 아래 선명히 그려내고
용호를 그리면 마치 산 놈처럼 풍운이 일어난다.
할 일을 다 하고 몽당붓이 되었건만
지난날의 그 공로 가장 크다 하도다.

[註] 문방사우(文房四友)는 벼루와 먹과 붓 그리고 종이이다. 그러나 이들 가운데 오직 붓을 군왕(君王)이라고 하는 것은 붓은 예로 부터 천 권 만 권의 책을 쓴 공이 있기 때문이다. 역사상 붓을 잘 놀려 출세한 사람은 몇이나 되고, 또한 붓을 잘못 놀려 몸을 망친 사람은 또한 몇이나 될까? 어쩌면 김삿갓 그 자신도 붓을 잘못 놀린 사람이 아닐까. 자고로 남자는 삼단(三端 ; 세 가지 끝)을 조심하라 했다. 즉, 혀끝, 붓끝 그리고 ×끝. 할 일을 다 해서 몽당붓이 되어도 그 공로를 인정해서 고이 보관하는 것은 선비들의 정 때문일 것이다.

◇ 炎 …… 뜨거울 염
◇ 拙 …… 못쓰게될 졸
◇ 蟾 …… 두꺼비 섬
◇ 禿 …… 대머리 독
◇ 勳 …… 공이 있을 훈
◈ 四友(사우) …… 문방사우(文房四友 : 종이, 붓, 먹, 벼루). 당나라 의 한유(韓愈)가 처음 부른 데서 비롯되었음.
◈ 君(군) …… 으뜸.
◈ 中書(중서) …… 중서군(中書君), 붓의 별명.
◈ 管城(관성) …… 관성자(管城子), 붓을 일컫는 말.

火爐(화로)

頭似虎豹口似鯨	두사호표구사경
詳看非虎亦非鯨	상간비호역비경
若使雇人能盛火	약사고인능성화
可煮虎頭可煮鯨	가자호두가자경

머리는 호랑이요 입은 고래 같으나
자세히 보면 범도 아니요, 또한 고래도 아니로다.
만일 머슴이 불만 잘 피워 놓으면
호랑이도 고래도 구워 먹을 수 있도다.

[註] 놋쇠로 만든 화로의 머리는 호랑이 같기도 하고 고래 같기도 하
다. 그러나 그 화로에 불이 있어야만 방이 따뜻하고 화롯가에 갈
생각이 난다. 불이 없는 싸늘한 화로는 한갓 쇠붙이지 진정한 화
로의 구실을 못 한다. 불이 꺼진 화로를 보고 김삿갓은 그것이
마치 자신의 삶과도 같은 것이라고 생각하고 시 한 수를 읊었다.

◇ 鯨 …… 고래 경
◈ 虎豹(호표) …… 호랑이와 표범.
◈ 詳看(상간) …… 자세히 보면.

人心・人情
(인심・인정)

可憐妓生 (가련기생)

可憐行色可憐身   가련행색가련신
可憐門前訪可憐   가련문전방가련
可憐此意傳可憐   가련차의전가련
可憐能知可憐心   가련능지가련심

가련한 행색의 가련한 몸이
가련(可憐)의 문전에 가련(可憐)을 찾아왔도다.
가련한 이 마음 가련(可憐)에게 전하니
가련(可憐)은 능히 가련한 이 마음 알리라.

[註] 이 시는 가련(可憐)이라는 기생에게 애틋하고 가련한 정을 호소
하는 사랑의 시인데, 매 구절마다 가련(可憐)이라는 말이 두 구
절씩 들어 있다. 같은 가련(可憐)이지만 하나는 기생 이름인 가
련(可憐)이고, 다른 하나는 말 그대로 '가련하다'라는 뜻의 가련
이다. 그 두 말을 교묘하게 엮어서 만든 절묘한 시이며, 김삿갓
의 재치와 낭만을 엿볼 수 있는 명시이다.

◆ 行色(행색) …… 길을 떠나기 위해서 차리고 나선 모양. 행동을 하
는 태도.
◆ 能知(능지) …… 잘 알 것이다.

街上初見(가상초견) 一 …… 거리에서 처음 만나

街上相逢時目明	가상상봉시목명
有情無語似無情	유정무어사무정
踰墻鑿穴非難事	유장착혈비난사
己許農夫更不更	기허농부갱불갱

길에서 처음 만난 그대의 빛나는 아름다운 눈
정이 있으나 말이 없으니 무정한 듯하도다.
그대 찾아 담을 넘고 벽을 뚫는 것은 어렵지 않으나
이미 농부에게 바친 몸 다시 돌이킬 수 있으랴.

[註] 방랑 길에는 이런 일 저런 일, 일도 많다. 어느 시골길에서 우연
히 아름다운 여인을 만났다. 빛나는 여인의 눈동자에서 사랑을
감지하였으나, 통 말이 없으니 속마음을 알 수 없다. 담을 넘어
여인의 침실로 몰래 찾아가는 것은 문제없지만, 이미 농부의 아
내가 된 몸, 또 다른 남자를 맞이할 수야 있겠는가.

◆ 踰 …… 넘을 유
◆ 鑿 …… 뚫을 착

街上初見(가상초견) 二 ······ 거리에서 처음 만나

金笠	幽風七月誦分明	유풍칠월송분명
	客駐征驂忽有情	객주정참홀유정
	虛閣夜深人不識	허각야심인불식
	半輪殘月己三更	반륜잔월기삼경
女人	難掩長程十目明	난엄장정십목명
	有情無語似無情	유정무어사무정
	踰墻鑿穴非難事	유장착혈비난사
	己與農夫誓不更	기여농부서불갱

(김립) 7월의 그윽한 바람 타고 노랫소리 들려 오니
　　　나그네는 가던 길 멈추고 정겹게 듣도다.
　　　빈집에 밤은 깊어 아무도 모르니
　　　달도 기울어 삼경인데 찾아간들 어떠리.

(여인) 먼길 가는 데는 뭇 사람 눈 피하기 어려운 법
　　　정이 있으되 말이 없으니 무정한 줄 아소서.
　　　담을 넘고 벽을 뚫는 것은 어려운 일 아니나
　　　이미 농부와 맺은 맹세 다시 고칠 수 있으리오.

[註] 가상초견(街上初見)이라는 제목의 시가 두 편이 전해지고 있다. 하나는 김삿갓이 혼자 지은 시고, 다른 하나는 지금 여기 소개하는 여인과 함께 지은 시다. 길을 가다가 낭랑한 소리로 글을 읽는 여인의 소리를 듣고 넌지시 수작을 걸어 본 김삿갓에게 여인은 남의 눈을 피하기 어려울 뿐만 아니라 이미 농부의 아내가 된 몸이니 이부종사할 수 없다고 하며 은연중에 거절한다. 전편에 정이 철철 넘치는 아름다운 남녀의 대화형식의 시이다.

◆ 誦 …… 글읽을 송
◆ 驂 …… 멍에바꿀 참
◆ 踰 …… 넘을 유
◆ 鑿 …… 뚫을 착
◈ 幽風(유풍) …… 조용히 부는 바람.
◈ 客駐(객주) …… 나그네가 갈 길을 멈추다.
◈ 虛閣(허각) …… 사람이 없는 집.
◈ 長程(장정) …… 머나먼 길.
◈ 十目(십목) …… 여러 사람들의 눈.
◈ 踰墻鑿穴(유장착혈) …… 맹자(孟子)에 있는 문구로서, 남의 집 부녀자를 보려고 울을 뛰어넘고 구멍을 판다라는 뜻.
◈ 誓(서) …… 아내가 되기로 맹세한 일.

見乞人屍(견걸인시)······ 거지의 시체를 보고

不知汝姓不識名	부지여성불식명
何處靑山子故鄕	하처청산자고향
蠅侵腐腐暄朝日	승침부부훤조일
烏喚孤魂吊夕陽	오환고혼조석양
一尺短節身後物	일척단공신후물
數升殘米乞時糧	수승잔미걸시양
奇語前村諸子輩	기어전촌제자배
携來一簣掩風霜	휴래일체엄풍상

성도 이름도 모르는 너
어느 산 밑이 네 고향인고?
아침에는 썩은 몸에 파리가 득실거리고
저녁에는 까마귀가 외로운 혼 울어 주네.

짤막한 지팡이는 유일한 유물이고
몇 되 남은 곡식은 구걸해 온 식량일세.
앞마을 청년에게 부탁하니
한 삼태기 흙을 날라 시신이나 묻어 주게.

[註] 어느 고을을 지나다가 길가에 변사한 거지의 시신을 발견했다. 이름도 성도 고향도 모르는 그 거지의 시신은 죽은 지 오래되어 파리가 들끓고 벌레들이 달려든다. 이 세상에 남긴 유일한 유산이라고는 한 자 남짓한 짧은 지팡이뿐이며, 몇 되 되지 않는 곡식은 구걸해 온 먹을 양식인가 보다. 결국 한 줌 흙으로 돌아가는 인생. 인생이란 결국 바람인 것을! 구름인 것을! 김삿갓은 왠지 그 거지의 죽음이 남의 일 같지 않아 고이 장사를 지내 주었다.

◇ 喧 …… 지껄일 훤, 시끄러울 훤
◇ 笻 …… 지팡이 공
◇ 簅 …… 삼태기 체
◆ 喚(환) …… 울어 주다.
◆ 身後物(신후물) …… 죽은 뒤에 남긴 유물.
◆ 寄語(기어) …… 부탁해서 말을 하니.
◆ 掩風霜(엄풍상) …… 바람과 서리를 가려 준다, 즉 시신을 묻어 준다.

老嫗(노구)

臙脂粉等買耶否	연지분등매야부
冬柏香油亦在斯	동백향유역재사
老嫗當窓梳白髮	노구당창소백발
更無一言出門遲	갱무일언출문지

연지 분 등 화장품 사지 않으려오?
향기 좋은 동백기름도 여기 있어요.
노파는 창가에 앉아 흰머리를 빗을 뿐
아무 말 없이 나오려는 기색도 없네.

〔註〕 앞의 구절은 화장품 행상이 화장품을 권하는 내용이고, 뒤의 구
절은 냉담한 노파의 태도를 나타낸 내용의 글이다. 백발의 노파
에게는 이미 화장품은 관심 밖의 것이다. 예쁘고 아름답게 꾸미
고자 하는 것도 젊어서 한때이지, 호호백발 늙은이가 되면 이것
도 저것도 모두 관심이 없어진다. 마음마저 늙어 버린 한 늙은
여인의 심정을 잘 묘사한 시다.

◆ 嫗 …… 할미 구, 여자 구
◆ 梳 …… 머리빗질 소
◈ 臙脂粉(연지분) …… 화장품.
◈ 耶(야) …… 어기사(語氣詞)로서 '~입니까?', '~인가?'
◈ 斯(사) …… 대사(代詞)로서 '이', '이것', '이런'.

老人自嘲(노인자조)

八十年加又四年	팔십년가우사년
非人非鬼亦非仙	비인비귀역비선
脚無筋力行常蹶	각무근력행상궐
眼乏精神坐輒眠	안핍정신좌첩면
思慮言語皆忘佞	사려언어개망녕
猶將一縷氣之線	유장일루기지선
悲哀歡樂總茫然	비애환락총망연
時閱黃庭門景篇	시열황정문경편

80세 하고도 또 4년을 지냈으니
사람도 귀신도 아니요, 그렇다고 신선도 아니로다.
다리에는 힘이 없어 걸핏하면 넘어지고
눈은 어둡고 정신이 없어서 앉으면 조네.

생각하고 말함이 모두가 망령이나
그래도 아직 한 가닥 가냘픈 기운이 남아서,
희로애락 모든 감정 흐리멍덩하지만
때때로 황정(黃庭)의 문경편(門景篇)은 잘도 외우네.

[註] 사람은 늙으면 모두 이렇게 될까. 80세가 넘으니 눈은 어둡고 기력은 없고 정신도 몽롱해서 산송장이 된다. 팔다리에 힘이 없어 걸핏하면 넘어지고 아무 일도 할 수 없다. 사람인지 귀신인지 분간 못 하는 망령된 노인과 하룻밤을 함께 잔 김삿갓이 노인을 풍자해서 지은 시이다.

◇ 蹶 …… 쓰러질 궐, 미끄러질 궐, 뛸 궤
◇ 輒 …… 번번이 첩, 오로지할 첩
◇ 閱 …… 읽을 열, 외울 열
◆ 常蹶(상궐) …… 걸핏하면 넘어진다.
◆ 眼乏(안핍) …… 눈이 어둡고 침침하다.
◆ 忘倿(망영) …… 정신이 흐리멍덩하다.
◆ 猶(유) …… 부사(副詞)로서 '여전히', '또한', '아직도'.
◆ 將(장) …… 부사(副詞)로서 '~하려 한다', '~하려 하고 있다'.
◆ 一縷(일루) …… 한 올의 실. 즉 몹시 약해서 간신히 유지되는 상태.
◆ 線(선) …… 가느다란 줄.
◆ 氣之線(기지선) …… 가냘픈 한 가닥 기운.
◆ 茫然(망연) …… 아무 생각 없이 멍한 상태.
◆ 黃庭(황정) …… 황정경(黃庭經)의 도가(道家)의 경(經)이며, 위부인(魏婦人)이 전한 〈황제내경경(黃帝內景經)〉, 왕희지(王羲之)가 베껴서 거위와 바꾸었다는 〈황제외경경(黃帝外景經)〉, 〈황정둔갑록신경(黃廷遁甲錄身慶)〉, 〈황정옥축경(黃庭玉軸經)〉의 네 가지를 말한다.

弄詩(농시)

六月炎天鳥坐睡(趙坐首)　　유월염천조좌수
九月凉風蠅盡死(承進士)　　구월량풍승진사
月出東嶺蚊簷至(文僉知)　　월출동령문첨지
日落西山烏向巢(吳鄉首)　　일락서산오향소

6월 더운 날에 새는 앉아 졸고
9월 찬바람에 파리가 다 죽더라.
달이 동쪽 하늘에 뜰 때 모기는 처마 밑으로 오고
해가 서산에 질 때 까마귀는 둥지로 돌아간다.

［註］ 조좌수(趙坐首), 승진사(承進士), 문첨지(文僉知), 오향수(吳鄉
首) 네 노인이 술판을 벌린 곳에 김삿갓이 찾아갔다. 푸짐히 술
한잔 따라 줄 법도 하련만 노인들은 인색하기 그지없었다. 이에
분개한 김삿갓은 조좌수(趙坐首), 승진사(承進士), 문첨지(文僉
知), 오향수(吳鄉首)의 음을 교묘히 써서 읊은 풍자시를 지었다.

◆ 炎天(염천) …… 몹시 더운 날씨.
◆ 坐首(좌수) …… 조선시대 향소(鄉所)의 우두머리.
◆ 凉風(양풍) …… 서늘한 바람.
◆ 進士(진사) …… 소과에 처음 합격한 선비 첨지중추부사(僉知中樞府
事)의 준말이며 중추부(中樞府)의 정3품 당산관.
◆ 鄉首(향수) …… 향리의 우두머리.

多睡婦(다수부) ······ 잠 많고 게으른 여자

西隣愚婦睡方濃	서린우부수방농
不識蠶工況也農	불식잠공황야농
機閑尺布三朝織	기한척포삼조직
杵倦升粮半日舂	저권승량반일춘
弟衣秋盡獨稱搗	제의추진독칭도
姑襪冬過每語縫	고말동과매어봉
蓬髮垢面形如鬼	봉발구면형여귀
偕老家中却恨逢	해로가중각한봉

이웃집 부인은 잠도 흔하고 어리석어
누에치는 일도 할 줄 모르니 농사일인들 알 리 없다.
베틀에 앉기 싫어 한 자 베를 사흘에 걸려 짜고
절구질하기 싫어 한 되 양식 찧는 데 반나절이나 걸린다.

시동생 옷은 가을이 다 가도록 짓는다 말만 하고
시어미 버선도 겨울이 다 가도록 입으로만 짓는다.
흐트러진 머리와 때묻은 얼굴은 마치 귀신 같으니
함께 사는 가족들 이 여자 만난 것을 한탄하더라.

[註] 서쪽 이웃집에 어리석고 게으른 여자가 살고 있다. 누에치기와 길쌈은 물론이고 농사일도 할 줄 모른다. 남들은 얼마 만에 베 한 자를 짜는데, 이 여자는 3일씩이나 걸려도 다 못 짜고, 절구 질하기 싫어 한 됫박 곡식을 찧는데 반나절이나 걸린다. 시동생 옷과 시어머니의 버선은 바느질이 하기 싫어 겨울이 다 지나가 도록 말로만 짓는다. 몸단장도 하지 않아 때묻은 얼굴은 귀신 같 고 틈만 있으면 졸기만 한다. 남편은 이 여자를 배필로 만난 것 을 무척 한스럽게 생각한다. 무엇 때문에 화가 났는지 김삿갓은 이 부인을 극도로 욕하는 내용의 시를 지었다.

◇ 濃 …… 두터울 농
◇ 況 …… 하물며 황
◇ 機 …… 베틀 기
◇ 杵 …… 절구공이 저
◇ 粮 …… 양식 량
◇ 搗 …… 다듬을 도, 찧을 도
◇ 襪 …… 버선 말
◇ 却 …… 물리칠 각
◆ 方(방) …… 부사(副詞)로서 동작의 진행이나 상태의 지속을 나타 냄. '마침 ~하고 있다.'
◆ 蓬髮(봉발) …… 텁수룩하게 흩어진 머리.
◆ 偕老(해로) …… 부부가 평생을 함께 사는 것.

使臣(사신)

似君奇士自東來　　　사군기사자동래
華夏諸人詎可輕　　　화하제인거가경
歌送希音空郢市　　　가송희음공영시
劒騰雙寶盪延平　　　검등쌍보탕연평

凄凉鶴柱誰仙塚　　　처량학주수선총
莽陽龍堆是帝城　　　망양룡퇴시제성
遮莫上書登北闕　　　차막상서등북궐
卽今天子不求卿　　　즉금천자불구경

그대 같은 재주꾼이 동으로부터 오니
중국 사람인들 어찌 가벼이 여길손가?
귀하고 아름다운 노래를 부르니 영시(郢市)가 야단이고
두 자루의 보검을 쳐드니 연평(延平) 나루가 들끓는다.

처량한 높은 기둥은 어느 분의 무덤인가
넓고 넓은 사막 이것이 임금의 성이로다.
글을 올리고는 대궐에는 가지 말라
지금 천자가 그대를 반기지 않을 것이니.

[註] 사신으로 가는 사람에게 그의 뛰어난 재주에 탄복해서 중국 사
　　람인들 가벼이 여기지는 않겠지만, 임금은 작은 나라에서 간 사
　　신이라고 업신여길 것이니 글만 올리고 굴욕적인 면회는 하지
　　말라는 내용의 시이다.

◇ 詎 …… 어찌 거, 모를 거
◇ 郢 …… 초나라의 땅이름 영
◇ 騰 …… 오를 등
◇ 盪 …… 씻을 탕, 진동할 탕
◇ 莽 …… 풀우거질 망
◇ 堆 …… 흙무더기 퇴
◈ 奇士(기사) …… 기이한 재주를 가진 사람.
◈ 華夏(화하) …… 중국 사람이 중국을 자랑으로 일컫는 말.
◈ 希音(희음) …… 희귀하고 아름다운 노래.
◈ 雙寶(쌍보) …… 쌍보검(雙寶劒)의 준말이며 용천검(龍泉劒)과 태
아검(太阿劒)을 가리킨다.
◈ 延平(연평) …… 연평진(延平津)의 준말. 진(晉)나라 뇌환(雷換)이
용천검(龍泉劒)과 태아검(太阿劒) 두 명검을 갖고 있었는데, 하나는 자
기가 갖고 다른 하나는 장화(張華)에게 주었다. 장화(張華)가 죽은 다
음 그 검의 행방을 알 수 없게 되었는데, 후일 뇌환(雷換)의 아들이 아
버지의 검을 차고 연평진(延平津)을 지나가니 검이 스스로 물 속에 들
어가서 장화(張華)의 검과 함께 두 마리의 용이 되었다는 고사가 있는
나루터.
◈ 凄凉(처량) …… 황폐하여 쓸쓸하다.
◈ 仙塚(선총) …… 높은 무덤.
◈ 龍堆(용퇴) …… 천산남로(天山南路)의 사막.
◈ 北闕(북궐) …… 북쪽 대궐.

山中村學長(산중촌학장)······ 산골 훈장

山村學長太多威	산촌학장태다위
高着塵冠鋪唾排	고착진관삽타배
大讀天皇高弟子	대독천황고제자
尊稱風憲好朋儔	존칭풍헌호붕주
每逢兀字憑衰眼	매봉올자빙쇠안
輒到巡杯籍白鬚	첩도순배적백수
一飯黌堂生色語	일반횡당생색어
今年過客盡陽州	금년과객진양주

산골 훈장님 위엄이 너무 거창해서
낡은 관 높이 쓰고 가래침을 마구 뱉네.
큰 소리로 사략(四略)을 읽는 아이가 높은 제자요
풍헌이라고 하는 자가 가까운 친구더라.

모르는 글자 볼 때마다 눈 어둡다는 핑계 대고
주석에서는 늙었다고 빙자해서 술잔을 먼저 받네.
서당밥 한 그릇 낸 뒤 생색내며 하는 말이
금년 과객은 모두 서울 손님뿐이다 하네.

[註] 김삿갓이 어느 시골 서당에 들렀다. 별로 학식도 교양도 없는 훈장이 무척이나 뻐기고 사람을 경멸한다. 고작 사략(四略)을 가르치면서도 모르는 글자만 나오면 노안을 빙자해서 피하고, 주석에서는 스스로 나이 많다고 술잔을 먼저 받는다. 겨우 서당에서 밥 한 그릇을 대접하고도 너무나 생색을 내는 것이 얄미워서 즉석에서 지은 시이다.

◇ 儔 …… 짝 주
◇ 憑 …… 의지할 빙
◇ 輒 …… 홀연 첩, 빈번 첩
◇ 黌 …… 글방 횡, 서당 횡.
◈ 太多威(태다위) …… 위엄을 많이 부린다.
◈ 塵冠(진관) …… 먼지 묻은 관, 낡은 관.
◈ 挿唾(삽타) …… 삽(挿)은 농기구인 '가래 삽'자인데 이것을 우리말로 '가래'라고 읽고, 타(唾)는 '춤 타'이니 '춤'이라는 뜻을 따서 삽타(挿唾)를 '가래침'이라고 해석함.
◈ 天皇(천황) …… 사략(四略) 속에 처음 부분인 천황편(天皇篇). 사략은 중국 역사를 간단히 적은 책이며 천황편에서 춘추편까지 있다.
◈ 風憲(풍헌) …… 조선시대 향리의 일을 맡아보던 향소직의 하나.
◈ 兀字(올자) …… 모르는 글자.
◈ 白鬚(백수) …… 흰 수염, 나이가 많다는 뜻.
◈ 陽州(양주) …… 서울.

喪配自輓(상배자만)······ 아내의 만사

遇何晚也別何催	우하만야별하최
未卜其欣只卜哀	미복기흔지복애
祭酒惟餘醮日釀	제주유여초일양
襲衣仍用嫁時裁	습의잉용가시재
窓前舊種少桃發	창전구종소도발
簷外新巢雙燕來	첨외신소쌍연래
賢否卽從妻母問	현부즉종처모문
其言吾女德兼才	기언오녀덕겸재

만나기는 어이 그리 늦고 이별은 어찌 이리도 빠른고
만남의 기쁨 누리지도 못하고 이별의 슬픔만을 맞는구나.
제주는 그대 혼인 때 마시다 남은 술이요
수의(壽衣)는 그대 혼례 때 입던 옷이로다.

창 앞에 심은 복숭아는 꽃이 만발하였고
처마 끝 보금자리에는 제비 한 쌍이 왔도다.
그대 착한가를 장모에게 물었더니
내 딸은 덕과 재주 모두 겸했다고 울먹이며 말하네.

[註] 결혼식을 올린 신부가 신방을 꾸미기도 전에 죽어 버렸다. 백 년을 함께 잘 살자 하던 신랑의 슬픔은 이만저만이 아니다. 두 사람의 만남은 어이 그다지도 힘이 들었고, 헤어짐은 어이 그리 쉽고도 빨리 오고 말았단 말인가. 하염없이 창 밖을 내다보니 복사꽃은 만발했고, 한 쌍의 제비는 보금자리를 마련한다. 애틋한 마음 달랠 길 없어 장모에게 그 딸 착하고 마음씨가 고왔느냐고 물어 보니 "내 딸은 재색을 겸비하고 나무랄 데 없는 아이였다." 하며 눈물을 흘린다. 김삿갓은 이런 사연을 보고, 신랑을 대신해서 지은 시이다.

◇ 催 …… 재촉할 최
◇ 卜 …… 기대할 복
◇ 欣 …… 기쁠 흔
◇ 醮 …… 초례제 초
◈ 襲衣(습의) …… 껴입는 옷, 즉 수의.
◈ 雙燕(쌍연) …… 한 쌍의 제비.
◈ 妻母(처모) …… 장모.
◈ 吾女(오녀) …… 내 딸.

暗夜訪紅蓮(암야방홍련)······ 밤에 홍련을 찾다

探香狂諜半夜行	탐향광첩반야행
百花深處摠無情	백화심처총무정
慾探紅蓮南浦去	욕채홍련남포거
洞庭秋波小舟驚	동정추파소주경

미친 나비가 꽃향기 따라 한밤에 찾아가니
모든 꽃 깊이 숨어 무정하더라.
홍련(紅蓮)을 캐고자 남포(南浦)로 가니
동정호(洞庭湖) 거센 물결에 작은 배가 놀라더라.

[註] 김삿갓은 홍련(紅蓮)이라는 기생에게 마음이 쏠렸다. 밤이 깊어
지자 술 한잔에 얼근히 취한 그의 발길은 어느덧 홍련(紅蓮)의
집 대문 밖에 가 있었다. 그리고 그녀를 그리는 그의 마음을 시
로써 읊었다.

◆ 半夜(반야) ······ 한밤중.
◆ 百花(백화) ······ 많은 꽃.
◆ 紅蓮(홍련) ······ 김삿갓이 사모하는 여인의 이름.
◆ 南浦(남포) ······ 평안남도 남서쪽에 있는 항구 도시. 이 시에서는
다음에 나오는 동정과 대구를 이루기 위해 쓴 말이며, 상징하는 뜻
은 '먼 곳까지 왔다.'라는 의미다.
◆ 洞庭(동정) ······ 동정호(洞庭湖), 중국의 큰 호수의 이름.

兩班論(양반론)

彼兩班此兩班	피양반차양반
班不知班何班	반부지반하반
朝鮮三姓其中班	조선삼성기중반
駕洛一邦在上班	가락일방재상반
來千里此月客班	내천리차월객반
好八字今時富班	호팔자금시부반
觀其兩班厭眞班	관기양반염진반
客班可知主人班	객반가지주인반

저 양반 이 양반 하고 양반타령만 하니
반반 도대체 무슨 반이 양반인지 알 수가 없네.
예로부터 내려오는 삼성(三姓)이 조선서는 가장 양반이고
그 중에서도 가락 김씨가 으뜸 양반이라오.

나는 천리 먼길을 찾아온 이 달의 나그네 양반이요,
돈이 많아 팔자 좋은 그대들 부자 양반
그따위 양반들이 진짜 양반을 몰라보니
주인 양반의 주제를 손님 양반이 알겠구나.

[註] 어느 마을에 이르니 돈 많은 노인들이 술판을 벌리고서 서로 양반 자랑을 한다. 뿌리를 캐 보니 별것도 아닌 양반들이 서로 자기가 양반이라고 자랑하는 꼴을 보고 이를 풍자해서 지은 시이다. 이 시의 특색은 기존의 한시 형식인 글자 수나 운자를 무시하고, 모든 구절의 끝을 모두 반(班)자로 끝맺었다는 데 있다.

◇ 厭 …… 싫어할 염
◈ 駕洛(가락) …… 가야(伽倻)나라를 일컫는 말. 여기서는 김삿갓이 자기의 김씨(金氏)를 일컫는 말, 즉 자기가 가장 고귀한 양반이라는 뜻.
◈ 一邦(일방) …… 한 나라.
◈ 上班(상반) …… 가장 으뜸인 양반.
◈ 富班(부반) …… 부자 양반.

嚥乳(연유) ······ 젖을 빨다

父嚥其上 婦嚥其下	부연기상 부연기하
上下不同 其味則同	상하부동 기미칙동
父嚥其二 婦嚥其一	부연기이 부연기일
一二不同 其味則同	일이부동 기미칙동
父嚥其甘 婦嚥其酸	부연기감 부연기산
甘酸不同 其味則同	감산부동 기미칙동

시아버지가 그 위 것을 빨고 며느리는 그 아래 것을 빠는데
위아래는 같지 않으나 그 짜릿한 맛은 같도다.

시아버지는 둘을 빨고 며느리는 하나를 빠니
하나와 둘은 다르나 그 짜릿한 맛은 같도다.

시아버지는 그 단 것을 빨고 며느리는 신 것을 빠니
달고 신 것은 같지 않으나 그 짜릿한 맛은 같도다.

[註] 홀 시아버지는 과부 며느리의 유방을 빨고 며느리는 시아버지의
×를 빨며 불륜의 관계를 맺는 것을 보고 분개해서 지은 시이다.

沃溝金進士(옥구 김진사)

玉溝金進士	옥구김진사
與我二分錢	여아이분전
一死都無事	일사도무사
平生恨有身	평생한유신

옥구에 사는 김진사가
내게 엽전 두 푼을 던져 주네.
한 번 죽으면 이런 수모 도대체 없으련만
평생에 이 몸뚱이 살아 있는 것이 한스럽구나.

[註] 옥구 김진사의 집을 찾아갔더니 그는 남루한 김삿갓을 거지인
줄 잘못 알고 그에게도 거지에게 주던 버릇대로 엽전 두 닢을
던져 주었다. 김삿갓은 분하고 속상해서 즉석에서 욕하는 시를
지었다.

◇ 都 …… 도무지 도
◈ 玉溝(옥구) …… 전라북도 옥구군의 한 고을.
◈ 與我(여아) …… 나에게 주었다.
◈ 一死(일사) …… 한 번 죽으면.

辱說某書堂(욕설모서당)······ 어느 서당을 욕함

書堂來早知	서당내조지
房中皆尊物	방중개존물
生徒諸未十	생도제미십
先生來不謁	선생내불알

서당에 아침 일찍 와서 알아보니
방안에는 모두 존귀한 분들뿐이고
생도는 모두 열 사람도 못 되는데
선생은 와 보지도 않더라.

［註］ 김삿갓이 어느 시골 서당에 갔더니 생도들의 거동이 괘씸한데다
가 선생도 나오지 않아 이 시를 지어 놓고 나왔다. 음대로 읽어
보면 큰 욕이 된다.

서당은 내 좆이요
방중은 개 좆물인데
생도는 제미십이요
선생은 내 불알이라.

◇ 謁 ······ 뵈올 알
◈ 乃 ······ 어조사, ~이에.

辱尹家村(욕윤가촌)

東林山下春草綠　　동림산하춘초록
大丑小丑揮長尾　　대축소축휘장미
五月端陽愁裡過　　오월단양수리과
八月秋夕亦可畏　　팔월추석역가외

동림산 아래 봄 풀이 푸르르니
큰 소, 작은 소 모두 긴 꼬리를 휘두르네.
오월 단오에는 잡힐까 두려워서 근심 속에 보내고
팔월 추석 또한 죽을까 봐 두려워한다.

[註] 동림산(東林山) 아래는 윤씨(尹氏)들이 많이 사는 집성촌이다.
김삿갓은 그 동네에 가서 걸식을 하였으나, 몹시 서운하게 거절
을 당했다. 거절당한 것이 문제가 아니라, 사람 대접 안 해 주는
것에 화가 나서 성 윤자(尹字)를 욕하는 시를 지었다.

◇ 丑 …… 소 축, 축자(丑字)에 꼬리를 달면 윤자(尹字)가 되니 윤(尹)
을 소로 욕하는 것.
◇ 畏 …… 두려울 외
◈ 揮長尾(휘장미) …… 꼬리를 휘두른다.
◈ 端陽(단양) …… 단오.

元生員(원생원)

日出猿生原(元生員)	일출원생원
猫過鼠盡死(徐進士)	묘과서진사
黄昏蚊簷至(文僉知)	황혼문첨지
夜出蚤席射(趙碩士)	야출조석사

해가 뜨니 원숭이가 들에 나오고
고양이 지나가니 쥐는 모두 죽더라.
황혼이 되자 모기가 처마에서 기어 나오고
밤에는 벼룩이 자리에 나와 쏘아대네.

[註] 어느 지방의 소위 지방 유지라고 하는 원생원(元生員), 서진사
(徐進士), 문첨지(文僉知), 조석사(趙碩士)들의 하는 꼴이 너무
나 비위에 거슬려서 지은 시이다.

◇ 猿 …… 원숭이 원
◇ 猫 …… 고양이 묘
◇ 鼠 …… 쥐 서
◇ 蚤 …… 벼룩 조
◈ 生員(생원) …… 조선시대 소관인 생원과에 급제한 사람.
◈ 進士(진사) …… 조선시대 소과 초시에 합격한 사람.
◈ 僉知(첨지) …… 첨지중추부사의 준말.
◈ 碩士(석사) …… 관직이 없는 사람의 존칭.

隱士(은사)

超然避世彼山坡	초연둔세피산파
隱映茅盧繞碧蘿	은영모로요벽라
鶴舞琴前閑自足	학무금전한자족
鶯歌簷上興偏多	앵가첨상흥편다
雲遊庵釋評詩到	운유암석평시도
電邁隣家探藥過	전매인가채약과
任我偃臥聯永夏	임아언와련영하
臨風遙和紫芝歌	임풍요화자지가

모든 것 떨치고 저 산언덕에 한가로이 사니
조그마한 움막집을 담쟁이풀이 덮어 주네.
거문고 타는 앞에 학이 와서 춤을 추니 한가함이 족하고
앵무새 처마 위에서 노래를 하니 자못 흥이 넘치누나.

구름에 싸인 암자의 중은 시를 평하러 오고
번개같이 지나가는 자는 약 캐러 가는 이웃 사람이로다
되는대로 나를 맡겨 긴 여름을 보내고
바람에 실어 멀리 '자지(紫芝)의 노래'에 화답하도다.

[註] 세상 일 모두 버리고 산 속에 은둔해서 사는 은사(隱士)의 한가롭고 넉넉한 삶을 그린 시이다. 어쩌면 방랑 생활에 지친 김삿갓의 마음이 찾는 곳도 이러한 안식처일지도 모른다.

◇ 坡 …… 언덕 파
◇ 蘿 …… 담쟁이덩굴 라
◇ 邁 …… 지나갈 매
◇ 偃 …… 누울 연
◇ 繞 …… 얽을 요
◈ 超然(초연) …… 현실에서 벗어나 그런 것에 아랑곳하지 않는 것.
◈ 遁世(둔세) …… 세상을 버리고 사는 것.
◈ 隱映(은영) …… 은은히 비치는 것.
◈ 茅盧(모로) …… 띠풀과 갈대로 덮은 오막집.
◈ 碧蘿(벽라) …… 담쟁이덩굴.
◈ 釋(석) …… 석가모니(釋迦牟尼)의 제자, 즉 스님.
◈ 紫芝歌(자지가) …… 상산 사호(商山 四晧)가 부른 노래. 진(秦)의 난을 피하기 위해 남전산(藍田山)에 들어가서 은거(隱居)한 상산 사호(商山 四晧)를 후일 난이 평정되자 한고조(漢高祖)가 사람을 시켜 하산하기를 여러 차례 권했으나 끝내 산에서 나오지 않고 자지가(紫芝歌)를 지어 보냈다는 고사에서 나온 말.

嘲山老(조산노)······ 산의 노인을 조롱함

(老人)	萬里路長在	만리로장재
	六年今始歸	육년금시귀
	所經多舊館	소경다구관
	太半主人非	태반주인비
(金笠)	巒裡老長在	만리로장재
	粥年今始貴	육년금시귀
	所經多舊冠	소경다구관
	太飯主人非	태반주인비

(노인)　만리 길 머나먼 곳 떠돌아다니다가
육 년 만에 이제 돌아와 보니,
지나가는 곳에 낯익은 집들은 많으나
태반은 옛 주인이 아니로다.

(김립)　늙은이가 산 속에 오래 있으니
나이를 먹어 이제 비로소 귀하게 되었도다.
지나는 곳에 옛 의관이 많거늘
콩밥은 주인의 잘못입니다.

[註] 구름을 벗삼아 떠도는 삿갓이 어딘들 안 가랴. 함경도 어느 산골에 갔더니 글줄이나 읽었다는 주인 노인이 인색하게도 저녁밥으로 콩만 삶아서 준다. 그리고는 자작시를 자랑하기에 김삿갓은 그 노인의 시와 음은 꼭 같으나 뜻이 다르도록 농시를 지었다. 주인은 그제서야 무안해서 닭을 잡고 쌀밥을 지어 잘 접대했다고 한다.

◇ 巒 …… 산봉우리 만
◇ 裡 …… 속 리, 안 리
◇ 粥 …… 팔 육, 미음 죽
◈ 路長(노장) …… 먼 여행길.
◈ 所經(소경) …… 지나가는 곳.
◈ 太半(태반) …… 대부분.
◈ 老長(노장) …… 나이 많은 사람.
◈ 粥年(육년) …… 나이를 팔다, 즉 나이를 먹었다는 뜻.
◈ 太飯(태반) …… 콩만으로 지은 밥, 콩밥.
◈ 主人非(주인비) …… 주인의 잘못이다.

嘲僧儒(조승유)······ 중과 선비를 조롱함

僧首團團汗馬閬	승수단단한마랑
儒頭尖尖坐狗腎	유두첨첨좌구신
聲令銅鈴零銅鼎	성령동령령동정
目若黑椒落白粥	목약흑초락백죽

중의 머리는 둥글고 둥글어서 땀난 말 불알 같고
선비의 머리는 뾰족뾰족해서 앉아 있는 개 좆 같도다.
소리는 망울을 구리 솥에 떨어뜨린 것 같고
눈은 흰죽에 검은 후추를 떨어뜨린 것 같도다.

〔註〕 세상에는 사람이 많으니 좋은 사람도 많고 또한 고약한 사람도
많다. 어느 고을에서 만난 중과 선비가 너무 비위에 거슬려서 이
시를 짓고 마음을 달랬다.

◇ 汗 ······ 땀 한
◇ 尖 ······ 뾰족할 첨
◇ 零 ······ 부서질 령
◇ 椒 ······ 산초나무 초
◈ 若(약) ······ 부사로서 대체로 이와 같음을 나타내고, 그다지 긍정
하지 않는 것이며, 위어(謂語) 앞에 쓴다. '마치', '흡사'의 뜻.

嘲年長冠子(조연장관자)

方冠長竹兩班兒	방관장죽양반아
新買鄒書大讀之	신매추서대독지
白晝猴孫初出袋	백주후손초출대
黃昏蛙子亂鳴池	황혼와자란명지

뿔난 관을 쓰고 장죽(長竹)을 문 양반님이
새로 사 온 맹자(孟子) 책을 큰 소리로 읽는다.
그 모양은 대낮에 갓 태어난 원숭이 새끼 같고
그 소리는 해 질 무렵 연못가에서 울어대는 개구리 같도다.

[註] 어느 양반 집 선비가 새로 사 온 맹자(孟子)를 뽐내며 큰 소리
로 읽는 모양이 너무 우스워서 지은 시이다.

◈ 方冠(방관) …… 모가 뾰족한 관.
◈ 長竹(장죽) …… 긴 담뱃대
◈ 鄒書(추서) …… 맹자(孟子)라는 책. 맹자의 고향이 추(鄒)라는 고
을인 데서 유래된 말.
◈ 猴孫(후손) …… 원숭이.
◈ 初出袋(초출대) …… 갓 출산한.
◈ 亂鳴(난명) …… 어지러이 울다.

嘲幼冠子(조유관자)

畏鳶身世隱冠蓋	외연신세은관개
何人咳嗽吐棗仁	하인해수토조인
若似每人皆如此	약사매인개여차
一腹可生五六人	일복가생오륙인

솔개에게 채일까 두려워서 큰 갓 밑에 숨었구나.
어떤 사람 뱉어 낸 대추씨같이 작기도 해라.
만일에 모든 사람이 이같이 작다면
한 어머니 뱃속에서 대여섯은 태어날 것 같구나.

[註] 11~12세 정도로 어린 꼬마 신랑이 큰 갓을 쓰고 다니는 것이
너무나 우스꽝스러워서 지은 시이다.

◇ 鳶 ...... 솔개 연
◈ 隱冠蓋(은관개) ...... 갓을 덮어서 가린다.
◈ 棗仁(조인) ...... 대추씨.
◈ 一腹(일복) ...... 한 배에.
◈ 可生(가생) ...... 낳을 수 있으리.

嘲地師(조지사)…… 지관을 조소함

可笑龍山林處士	가소용산임처사
暮年何學李淳風	모년하학이순풍
雙眸能貫千峰脈	쌍모능관천봉맥
兩足徒行萬壑空	양족도행만학공
顯顯天文猶未達	현현천문유미달
漠漠地理豈能通	막막지리기능통
不如歸飮重陽酒	불여귀음중양주
醉抱衰妻明月中	취포쇠처명월중

가소롭소 용산 사는 임처사님
늘그막에 왜 풍수학을 배워서
두 눈동자로 온갖 산맥을 꿰뚫듯 하고
두 발로 온갖 골짜기를 헛되이 헤매는가.

보이는 천문(天文)도 오히려 통달 못한 주제에
아득한 지리를 어찌 능히 통할 수 있으리오.
집에 돌아가서 중양절 술이나 실컷 마시고
달 밝은 밤에 아내를 얼싸안는 것만 못하리.

[註] 풍수 노릇을 하는 임처사를 조롱하는 시이다.

◇ 眸 ······ 눈동자 모
◇ 壑 ······ 구렁 학, 골 학
◇ 抱 ······ 안을 포
◈ 處士(처사) ······ 벼슬을 하지 않고 초야에 묻혀 사는 선비.
◈ 暮年(모년) ······ 노년에, 나이가 많아져서.
◈ 李淳風(이순풍) ······ 우리 나라에서 처음 풍수학을 연구한 사람.
◈ 徒行(도행) ······ 쓸데없이 돌아다닌다.
◈ 顯顯(현현) ······ 분명하게 나타난.
◈ 天文(천문) ······ 천체에 일어나는 모든 현상.
◈ 漠漠(막막) ······ 아득한.
◈ 地理(지리) ······ 풍수지리의 준말.
◈ 重陽(중양) ······ 9월 9일 중제.
◈ 衰妻(쇠처) ······ 늙은 처.

准陽過次(주양과차)······ 주양을 지나며

山中處子大如孃	산중처자대여양
緩著紛紅短布裳	완착분홍단포상
赤脚踉踉差過客	적각량량차과객
松籬深院弄花香	송리심원농화향

산중의 처녀가 어른만큼 커서
분홍빛 짧은 치마를 느슨히 입고 있다.
드러난 빨간 다리가 과객을 부끄러워하는 듯
솔 울타리 깊은 속에서 꽃향기를 희롱한다.

[註] 김삿갓이 산이 많은 준양(准陽) 땅을 지나다가 나이 어린 한 처
녀를 만났다. 세속에 때묻지 않고 싱싱한 산골 처녀는 나이에 비
해 너무나 성숙하고 아름다워서 잠시 그 처녀에게서 눈을 뗄 수
없었다. 그래서 그 처녀를 소재로 시 한 수를 지었다.

◇ 著 ······ 입을 착, 나타날 저
◇ 踉 ······ 뛸 량, 천천히걸을 량
◇ 籬 ······ 울타리 리
◆ 准陽(준양) ······ 지명.
◆ 如孃(여양) ······ 성숙한 여인과 같다.
◆ 緩箸(완저) ······ 옷을 느슨히 입다.

贈妓(증기)······ 기생에게

却把難同調	각파난동조
還爲一席親	환위일석친
酒仙交市隱	주선교시은
女俠是文人	여협시문인
太半衿期合	태반금기합
成三意態新	성삼의태신
相携東郭月	상휴동곽월
醉倒落梅春	취도락매춘

그대 처음 대할 때는 어울리기 어렵더니
자리를 함께 하니 절로 더 친하게 되는구나.
주선(酒仙)은 거리에 숨은 인재와 교제하기 좋아하는데
여협(女俠) 그대는 바로 내가 찾던 문장가로세.

서로 뜻이 맞고 정이 통할수록
그대 아름다운 자태 더 새롭기만 하네.
얼싸안고 뜰 아래로 달구경 가니
매화꽃 떨어지는 향기에 취해 쓰러지도다.

〔註〕매화(梅花)라는 기생은 정말로 아름다웠다. 아름다운 용모만큼이나 놀라운 것은 그녀의 글재주였다. 처음 만날 때 쌀쌀맞기 그지없던 매화는 김삿갓의 호방한 성품과 재주에 감동되어 점점 마음을 열어 밤이 지나는 줄도 모르고 함께 봄을 즐겼다. 그리하여 그날 밤 서러운 나그네는 매화꽃에서 봄꿈을 꾸었다.

◆ 却把(각파) …… 잡기 어렵다, 어울리기 어렵다.
◆ 酒仙(주선) …… 술을 좋아하는 사람.
◆ 女俠(여협) …… 마음이 넓고 화통한 여자.
◆ 衿期(금기) …… 서로 마음이 화합하고 정이 통하는 것. 성삼기생(成三妓生)의 얼굴과 달과 술잔에 비친 기생 얼굴. 성삼(成三)은 이태백의 월하독작(月下獨酌)에서 나온 말.

月下獨酌(월하독작)

花間一壺注　꽃 속에 술단지 마주 놓고
獨酌無相親　짝없이 혼자서 술잔 드네.
擧杯邀明月　잔을 들어 밝은 달을 맞이하니
對影成三人　달과 나와 그림자 셋이어라.
月旣不解飮　달님은 본시 술 못 마시고
影徒隨我身　그림자 건성 나를 따르네.

◆ 落梅春(낙매춘) …… 매화(기생 매화)의 봄 향기에 취해 쓰러지도다.

贈老妓(증노기)······ 늙은 기생에게

萬木春陽獨抱陰	만목춘양독포음
聊將殘愁意惟深	요장잔수의유심
白雲古寺枯禪夢	백운고사고선몽
明月孤舟病客心	명월고주병객심
嚬亦魂衰多見罵	빈역혼쇠다견매
唱還唒唽少知音	창환조찰소지음
文章到此猶如此	문장도차유여차
擊節青樓慷慨吟	격절청루강개음

봄을 맞아 온갖 나무 화창한데 그대 홀로 침울하니
묵은 시름 깊이 쌓여 걱정이 깊어선가?
구름 속 고찰에서 참선하는 늙은 중 같다고나 할까
달밤에 배 저어 가는 병든 나그네 마음 같다고나 할까.

근심스러운 얼굴 찡그리니 더욱 보기 싫고
노래는 거칠어져 알아주는 이 없도다.
내 글 요 모양인데 그대 꼴도 그 모양 그 꼴이니
청루에서 장단 치며 우는 것만 같구나.

[註] 꽃도 지면 쓸어버리고 구슬도 빛을 잃으면 버려진다. 젊음이 가
버린 노기에게 남은 것이라고는 청루에서 보낸 숱한 추억과 가
슴아픈 상처뿐이다. 아무도 찾아오는 이도 없고 관심을 가져 주
는 이도 없는 외롭고 쓸쓸한 신세를 지금 와서 한탄한들 무엇하
리. 세월은 돌이킬 수 없고 인생은 한 번 가면 다시 오지 않는
다. 병든 가슴을 안고 부평초처럼 떠도는 김삿갓만은 이 가엾은
노기의 마음을 알아 함께 울어 준다.

◇ 聊 …… 힘입을 요, 다만 요, 조금 요
◇ 嚬 …… 찡그릴 빈
◇ 罵 …… 꾸짖을 매, 욕할 매
◇ 啁 …… 울 조, 새소리 주
◇ 哳 …… 새울 찰
◇ 慷 …… 분개할 강
◇ 慨 …… 분개할 개
◈ 春陽(춘양) …… 화사한 봄.
◈ 愁意(수의) …… 근심스러운 생각.
◈ 枯禪(고선) …… 고고선좌(枯槁禪坐)의 준말, 즉 모든 것을 잊어버
리는 좌선.
◈ 病客心(병객심) …… 병든 나그네 마음.
◈ 魂衰(혼쇠) …… 마음이 상한 사람.
◈ 到此(도차) …… 여기에 이르렀다. 즉 이 지경이다.
◈ 擊節(격절) …… 장단을 집는다.

贈某女(증모녀)······ 여인에게

客枕蕭條夢不仁	객침소조몽불인
滿天霜月照吾隣	만천상월조오린
綠竹靑松千古節	녹죽청송천고절
紅桃白李一年春	홍도백리일년춘
昭君玉骨胡地土	소군옥골호지토
貴妃花容馬嵬塵	귀비화용마외진
人性本非無情物	인성본비무정물
莫惜今霄解汝身	막석금소해여신

나그네의 외로운 잠자리 단꿈을 이룰 수 없네.
밝은 달 가을 하늘에 뜨니 더욱더 간절하네.
대나무와 소나무는 푸른 절개 자랑하나
복사꽃 오얏꽃은 해마다 저버리는 춘정(春情)이로세.

왕소군(王昭君)의 귀한 몸도 오랑캐 땅 흙이 되고
천하 미인 양귀비도 마외(馬嵬) 땅에 티끌되니
인간의 성품 본래가 무정한 것 아니니
오늘 밤 나를 위해 몸 주기를 아까워 말라.

[註] 낮에 만난 아리따운 과부가 눈에 선해서 잠을 이룰 수 없다. 가
을 하늘에 밝은 달이 뜨니 마음은 더욱 간절할 뿐! 소나무와 대
나무는 굳은 절개 천년을 지켜도 늘 그 모양인데, 도화와 오얏꽃
은 봄마다 다시 피어도 곱기만 하다. 그렇게 귀하던 왕소군도 양
귀비도 죽으면 한 줌 흙이 된다. 살아 있을 때 산 사람에게 인정
쓴들 죄될 일이 있으랴. 김삿갓이 간절하게 과수댁에게 호소하며
지은 시이다.

◇ 蕭 ······ 쓸쓸할 소
◇ 條 ······ 사무칠 조
◉ 蕭條(소조) ······ 사무치도록 쓸쓸하다.
◉ 霜月(상월) ······ 가을 달, 서리가 내릴 때 뜨는 달.
◉ 節(절) ······ 절개.
◉ 春(춘) ······ 춘정(春情). 왕소군(王昭君)은 중국 전한 시대의 비
극의 주인공으로 원제(元帝)의 후궁으로 있다가 정략 결혼의 제물이
되어 오랑캐(匈奴) 땅으로 시집가서 호한사단간(呼韓邪單于)의 처가
되었다가 거기서 죽는다.
◉ 貴妃(귀비) ······ 양귀비.
◉ 花容(화용) ······ 꽃다운 모습.
◉ 馬嵬(마외) ······ 양귀비가 죽은 곳의 지명.
◉ 莫惜(막석) ······ 애석해하지 마라.
◉ 今霄(금소) ······ 오늘 밤.
◉ 解汝身(해여신) ······ 너의 몸을 허락하는 것.

贈還甲宴老人 (증환갑연로인)

可憐江浦望	가련강포망
明沙十里連	명사십리련
令人個個拾	영인개개습
共數父母年	공수부모년

아름답다, 강포를 바라보니
깨끗한 모래 십 리나 깔려 있구나.
그 많은 모래알 하나하나 줍게 하여
그 수효만큼 부모 연세를 세게 하고자.

[註] 어떤 집 환갑연에서 자식들의 청으로 지은 시이다. 처음 구절은
환갑과 관계가 없는 듯하나, 뒷구에는 그 많은 모래를 낱낱이 주
워서 한량없는 많은 숫자만큼 부모 연세도 한량없으라고 바라는
뜻이 담겨 있다.

◇ 憐 …… 사랑할 련
◇ 令 …… 시킬 령
◇ 拾 …… 주을 습
◆ 可(가) …… 조동사로서, 허가나 가능성을 나타냄. '~하다'.
◆ 江浦(강포) …… 강과 포구.
◆ 明沙(명사) …… 아주 곱고 깨끗한 모래.
◆ 共數(공수) …… 모든 개수.

盡日垂頭客(진일수두객)

唐鞋崇襪數斤綿	당혜숭말수근면
踏盡淸霜赴暮煙	답진청상부모연
淺綠周衣長曳地	천록주의장예지
眞紅唐扇半遮天	진홍당선반차천
詩讀一卷能言律	시독일권능언율
材盡千金尙用錢	재진천금상용전
朱門盡日垂頭客	주문진일수두객
若對鄕人意氣全	약대향인의기전

당나라 가죽신에 솜 넣은 송나라 버선을 신고
아침 이슬 밟고 가면 저물어야 돌아온다.
푸른색 주나라 옷은 길어서 땅에 끌리고
붉은색 당나라 부채로 하늘을 가리도다.

시 한 권만 읽어도 율(律)을 아는 체하고
천금의 재물을 썼건만 아직도 쓸 돈이 남았다.
양반집 대문을 종일토록 머리 숙여 드나든 손님이
고향 사람 만나면 자기도 양반인 체 으스대더라.

[註] 돈이 많은 어떤 사람이 양반이 아니면서 양반들과 교제를 하느
라고 돈을 물쓰듯하고 매일 양반들 집에 머리를 조아리며 드나
드는 꼴이 너무 눈에 거슬려서 지은 시이다. 시대는 바뀌어도 그
때나 지금이나 돈 많은 사람들이 외제를 좋아하는 모습이 이 시
에 잘 나타나 있다. 지금의 우리도 그런 꼴 보면 비위에 거슬리
는데, 하물며 방랑객 김삿갓의 눈에는 얼마나 꼴사납게 비쳤겠는
가 가히 짐작할 수 있다.

◈ 唐鞋(당혜) …… 당나라 신발, 당나라를 숭배한 나머지 신도 당나
라 신을 신었다.
◈ 崇襪(숭말) …… 송나라 식 버선.
◈ 淸霜(청상) …… 아침 이슬.
◈ 暮煙(모연) …… 해가 저물 때.
◈ 周衣(주의) …… 주나라 옷.
◈ 唐扇(당선) …… 당나라 부채.
◈ 千金(천금) …… 많은 돈.
◈ 朱門(주문) …… 명가 양반집의 붉은 대문.
◈ 垂頭客(수두객) …… 머리를 숙이고 조아리는 손.

秋風訪美人不見(추풍방미인불견)

一從別後豈堪忘	일종별후기감망
汝骨爲粉我首霜	여골위분아수상
鸞鏡影寒春寂寂	난경영한춘적적
風簫音斷月茫茫	풍소음단월망망
早吟衛北歸薺曲	조음위북귀제곡
虛負周南采藻章	허부주남채조장
舊路無痕難再訪	구로무흔난재방
停車坐愛野花芳	정차좌애야화방

한 번 헤어졌다고 어찌 그대를 잊으리
그대 뼈가 가루되어 내 머리의 서리가 되었도다.
거울은 임자를 잃어 봄이 와도 적적한데
불던 퉁소 소리 끊기니 달빛만 망망하다.

일찍이 귀제곡을 즐겨 부르던 그대
이제는 제조곡마저 잊었구나.
옛날 다니던 길 흔적 없어 다시 오기 어려우니
수레를 멈추고 앉아 들에 핀 꽃이나 사랑하리.

〔註〕 가을 바람 불어오는 어느 날 옛날 사귀던 아름다운 여인을 찾아 갔다. 그러나 이를 어쩌리, 그녀는 이미 이 세상의 사람이 아니었다. 그녀가 보던 거울도 임자를 잃어 쓸쓸하기만 하고, 불던 퉁소도 소리가 끊겨 적적하기만 하다. 못지 않게 김삿갓의 가슴도 아팠다. 한 번 이별했다고 쉽게 잊혀지지 않는 것이 사람의 마음! 함께 부르던 노래가 생각난다. 이제는 다시 돌아올 수 없는 먼길을 가 버렸으니 다시는 못 만날 테니 들에 핀 잡꽃이나 사랑하며 마음 달래고 살겠다는 뜻으로 지은 시이다.

◇ 鸞 ······ 난새 란, 난새는 봉황새에 버금가는 새로서 닭과 비슷하나 오색빛 찬란한 털이 있고, 우는소리도 다섯 가지로 낸다고 하는 전설의 새이다.
◇ 簫 ······ 퉁소 소
◇ 痕 ······ 흔적 흔
◈ 堪望(감망) ······ 감히 잊을 것인가.
◈ 鸞鏡(난경) ······ 난새가 새겨진 거울.
◈ 歸薺曲(귀제곡) ······ 노래의 일종.
◈ 采藻章(채조장) ······ 노래의 일종.

惰婦(타부) — …… 게으른 부인

事積如山意自寬	사적여산의자관
閨中日月過無關	규중일월과무관
曉困常云冬夜短	효곤상운동야단
衣薄還道夏風寒	의박환도하풍한
織將至暮難盈尺	직장지모난영척
食每過朝始洗盤	식매과조시세반
時時逢被家君怒	시시봉피가군노
謾打啼兒語萬端	만타제아어만단

할 일이 태산같이 많아도 마음은 바쁘지 않아
집안에서 일없이 세월만 보내도다.
새벽마다 일어나기 싫어 겨울밤이 짧다고 하고
옷이 얇아 여름 바람도 춥다 하네.

베를 짜도 해가 지도록 한 자도 못 짜고
아침밥은 한나절이 돼야만 차리도다.
때때로 남편의 꾸지람을 들을 때면
부질없이 아이를 때리면서 갖은 푸념 다 하네.

[註] 하늘을 지붕삼고 산을 베개삼아 물같이 바람같이 떠도는 김삿갓
이 바라는 것은 너무나 작은 것이다. 그에게는 한 끼의 밥과 하
룻밤 이슬을 피할 조촐한 잠자리만 있으면 족하다. 그러나 세상
은 야박해서 언제고 그에게 그 작은 소망을 쉬 들어주지 않았다.
밥을 주는 것은 아낙들이었다. 그들 중에는 너무나 심통 사나운
사람도 있었으리라. 김삿갓을 울리는 것은 항상 그런 여인이었
다. 화가 난 그는 그럴 때마다 시 한 수로 마음을 달랬다. 여인
을 욕한 시가 많은 것도 그래서이다.

◇ 寬 …… 너그러울 관
◇ 盈 …… 찰 영, 채울 영
◇ 謾 …… 부질 만, 속일 만
◈ 閨中(규중) …… 부녀자가 거처하는 곳.
◈ 日月(일월) …… 세월.
◈ 曉困(효곤) …… 새벽에 일어나기 싫어하는 것.
◈ 至暮(지모) …… 해가 저물 때까지.
◈ 過朝(과조) …… 아침이 지난 한나절.
◈ 洗盤(세반) …… 상을 차린다.
◈ 逢詖(봉피) …… 꾸지람을 듣는다.
◈ 家君(가군) …… 집의 주인, 남편.
◈ 語萬端(어만단) …… 갖은 푸념을 한다.

惰婦(타부) 二······게으른 부인

無病無憂洗浴稀	무병무우세욕희
十年猶着嫁時衣	십년유착가시의
乳連袱兒謀午睡	유련보아모오수
手拾裙虱愛簷暉	수습군슬애첨휘
動身便碎廚中器	동신변쇄주중기
搔手愁看壁上機	소수수간벽상기
忽聞隣家神賽慰	홀문린가신새위
柴門半掩走如飛	시문반엄주여비

병도 없고 근심도 없고 목욕도 빨래도 않는 여자
10여 년 간 입은 옷은 시집올 때 입은 옷
아기 젖 먹인다는 핑계로 낮잠만 일삼고
속옷의 이 잡느라 치마도 걷어붙인다.

부엌일 할 때마다 그릇이 깨지고
머리를 긁적이며 베틀 쳐다보고 걱정만 하나
이웃집에 굿하는 소리만 들려 오면
싸리문 반만 닫고 나는 듯이 달려간다.

〔註〕여자는 바람 앞에선 한 송이 도라지꽃처럼 가냘픈 데가 있어야 남자의 마음을 끄는 매력이 있다. 이 여자는 병도 없고 걱정 근심도 없고 목욕도 안 하니 여자다운 매력이라곤 전혀 없다. 여자의 흉을 모두 나열해 놓은 이 시를 읽어보면 시대의 변천에 따라 여성의 지위와 가치관이 많이 달라졌다는 것을 알 수 있다.

◇ 謀 …… 꾀할 모, 도모할 모
◇ 裙 …… 치마 군
◇ 虱 …… 이 슬
◇ 便 …… 문득 변
◇ 搔 …… 긁을 소
◇ 機 …… 베틀 기
◇ 賽 …… 푸닥거리 새
◇ 柴 …… 싸리 시
◇ 掩 …… 닫을 엄
◈ 嫁時衣(가시의) …… 시집올 때 옷.
◈ 褓兒(보아) …… 보아, 포대기에 싼 어린 아기.
◈ 手拾(수습) …… 손을 잡는다.
◈ 神賽慰(신새위) …… 굿이나 푸닥거리.
◈ 半掩(반엄) …… 잘 닫지도 않고.

惰婦(타부) 三……게으른 부인

惰婦夜摘葉	타부야적엽
纔成粥一器	재성죽일기
廚間暗食聲	주간암식성
山鳥善形容	산조선형용

게으른 아낙 밤에 나물을 캐서
겨우 죽 한 그릇을 끓였구나.
부엌에서 가만히 먹는 소리는
산새가 훌훌 나는 소리와 같구나.

[註] 어느 집에서 잠을 잤는데, 아침이 되어도 식사를 주지 않는다. 알고 보니 주인 여자가 죽을 끓여서 혼자 부엌에서 몰래 먹고 있다. 뜨거운 죽 먹는 소리가 마치 새들이 '훌훌' 나는 소리와 같다고 풍자해서 지은 시이다.

◇ 纔 …… 겨우 재
◈ 暗食(암식) …… 남이 모르게 몰래 먹는 것.
◈ 善形容(선형용) …… 잘 형용하고 있다.

八大詩家(팔대시가)

李謫仙翁骨已霜	이적선옹골이상
柳宗元是但垂芳	유종원시단수방
黃山谷裡花千片	황산곡리화천편
白樂天邊雁數行	백락천변안수행
杜子美人今寂寞	두자미인금적막
陶淵明月久荒凉	도연명월구황량
可憐韓退之何處	가련한퇴지하처
惟有孟東野草長	유유맹동야초장

이백(李白) 옹은 이미 백골이 서리가 되었고
유종(柳宗)도 원래부터 다만 이름이 아름답더라.
황산(黃山) 계곡 속에는 낙화만이 천만 조각 날리고
백락(白樂) 하늘가에는 기러기 떼 구슬프도다.

두자(杜子)의 미인도 지금은 적막하고
도연(陶淵)의 명월도 오래도록 황량하도다.
가련할사 한(韓) 물러가 어디에 갔으며
오직 맹(孟) 동쪽 들판에는 잡초만이 우거졌도다.

[註] 당(唐) • 송(宋)시대에 유명한 시인 이적선(李謫仙,太白), 유종원(柳宗元), 황산곡(黃山谷), 백락천(白樂天), 두자미(杜子美), 도연명(陶淵明), 한퇴지(韓退之), 맹동야(孟東野) 8명의 이름을 써서 시를 지은 시이다.

◇ 但 …… 다만 단
◇ 芳 …… 이름빛날 방
◇ 雁 …… 기러기 안
◆ 이백(李白 ; 701~762) …… 당나라 때의 시인. 중국 최대의 시인. 1100편의 시가 전해지고 있다.
◆ 유종원(柳宗元 ; 773~819) …… 중국 중당기(中唐期)의 시인. 자는 자후(子厚). 유하동(柳河東) 유유주(柳柳州)라고도 함.
◆ 황정견(黃庭堅 ; 1045~1105) …… 중국 송대(宋代)의 시인. 자는 노직(魯直), 호는 산곡(山谷).
◆ 백거이(白居易 ; 772~846) …… 중국 중당기(中唐期)의 시인. 자는 낙천(樂天), 호는 취음선생(醉吟先生), 향산거사(香山居士).
◆ 두보(杜甫 ; 712~770) …… 중국 성당시대(盛唐時代)의 시인. 자는 자미(子美). 호는 소릉(小陵). 중국 최고의 시인.
◆ 도잠(陶潛 ; 365~427) …… 중국 송(宋)대의 시인. 자는 연명(淵明) 또는 원량(元亮), 문 앞에 버드나무 다섯 그루를 심어 놓아 오류(五柳)선생이라고도 하였음.
◆ 한유(韓愈 ; 768~824) …… 중국 당(唐)나라의 문학자. 사상가. 자는 퇴지(退之), 시호는 문공(文公).
◆ 맹교(孟郊 ; 751~814) …… 중국 중당기(中唐期)의 시인. 자는 동야(東野), 시호는 정요선생(貞曜先生).

鶴城訪美人不見(학성 방미인 불견)

瓊雨蕭蕭入雪樓	경우소소입설루
歸尋舊約影無留	귀심구약영무류
盤龍寶鏡輕塵蝕	반룡보경경진식
睡鶴香爐瑞霧收	수학향로서무수
楚峽行雲難作夢	초협행운난작몽
漢宮執扇易生秋	한궁집선이생추
寥寥寂寂江天暮	요요적적강천모
帶月中宵下小舟	대월중소하소주

단비는 촉촉이 내리는데 설루(雪樓)에 홀로 들어가니
돌아와 다시 만나려던 옛님은 그림자도 없네.
님이 쓰던 거울에는 먼지가 앉았고
함께 피우던 향로에는 따뜻한 기운이 가셨도다.

초협(楚峽)에 뜬구름은 꿈을 짓기 어렵고
한궁(漢宮)에 부채로는 가을을 보내기 쉬우리라.
그대 없는 이 강천(江天) 요요적적하게 저물어 가니
달 밝은 이 밤 조각배 타고 나도 떠나리라.

[註] 전운이 항상 감도는 초나라 산골에 뜬구름처럼 정처 없이 떠돌
  아다니는 김삿갓이, 늦더위마저 부채로 식히는 한나라 궁전처럼
  아늑한 학성(鶴城)의 미인 집을 찾아갔으나, 약속한 미인은 없고
  촉촉이 비만 내린다. 어차피 인생이란 한 잎 부평초가 아닌가.
  섭섭한 마음 달래며 달 밝은 밤 조각배 타고 그도 떠나면서 지
  은 애절한 사랑의 시이다.

◇ 瓊 …… 붉을 경, 아름다울 경
◈ 鶴城(학성) …… 학성산(鶴城山) 아래의 마을, 평안북도 장성군 장
  성읍과 장토면에 걸쳐 있는 산.
◈ 瓊雨(경우) …… 단비.
◈ 蕭蕭(소소) …… 바람이나 빗소리가 쓸쓸하다.
◈ 盤龍鏡(반룡경) …… 구리로 만든 거울의 하나. 중국 전국시대의
  것으로 몸을 서린 용의 무늬가 새겨져 있음.
◈ 瑞霧收(서무수) …… 따뜻한 기운이 그쳐졌다.
◈ 楚峽(초협) …… 초나라의 산골짝.
◈ 漢宮(한궁) …… 한나라의 궁전.
◈ 寥寥(요요) …… 몹시 쓸쓸하다.
◈ 寂寂(적적) …… 조용하고 쓸쓸하다.
◈ 江天(강천) …… 멀리 보이는 강가의 하늘.

還甲宴(환갑연)

彼坐老人不似人	피좌노인불사인
疑是天上降眞仙	의시천상강진선
其中七子皆爲盜	기중칠자개위도
偷得王桃獻壽筵	투득왕도헌수연

저기 앉은 노인은 사람 같지 않구나.
하늘 위에 참 신선이 내려오신 것만 같으네.
슬하에 일곱 아들 모두 도둑놈일세.
하늘에 복숭아를 훔쳐 수연에 바치더라.

[註] 김삿갓이 환갑 집에서 흥을 돋우기 위해 지은 시이다. "저기 앉은 노인은 사람 같지 않구나." 하니 아들들이 크게 화를 내었는데, "하늘에서 진짜 신선이 내려온 것 같구나." 하니 금방 갈채를 보낸다. "그 슬하에 있는 일곱 자식들은 모두 도둑놈이다." 하니 이번에는 노인이 화를 냈다. 그러나 마지막 구인 "모두 하늘의 천도복숭아를 훔쳐서 부모 공양 잘했다." 하니 자중은 모두 감탄하여 김삿갓의 재주를 입을 모아 찬탄했다.

◆ 王桃(왕도) …… 이 복숭아를 먹으면 장수한다는 전설이 있음.

佝僂(구루) ······ 꼽추

人皆平直爾何然	인개평직이하연
項在胸中膝在肩	항재흉중슬재견
回首不能看白日	회수불능간백일
倒身僅可見靑天	도신근가견청천
臥如心字無三點	와여심자무삼점
立似弓形失一鉉	입사궁형실일현
慟哭千秋歸去路	통곡천추귀거로
也應棺槨用團圓	야응관곽용단원

사람들은 모두 곧바로 서는데 너는 왜 그 모양이냐.
목은 가슴속에 파묻혔고 무릎은 어깨에 있구나.
고개를 돌려도 해를 보지 못하고
몸을 옆으로 기울여야만 겨우 하늘을 본다.

누우니 심자에 점 셋이 없는 것 같고
서니 줄 없는 활과 같은 꼴이구나.
아! 천추에 원통한 일은 죽어서 돌아갈 때도
응당 둥근 관을 쓸 게 아니냐.

[註] 너무나 꼽추의 아픈 곳을 잘 묘사한 이 시도 사람들이 많이 부르는 명작이다.

◇ 項 …… 목 항
◇ 僅 …… 겨우 근
◈ 佝僂(구루) …… 꼽추.
◈ 慟哭(통곡) …… 큰 소리로 슬피 울다.
◈ 千秋(천추) …… 오래고 긴 세월, 먼 장래.
◈ 棺槨(관곽) …… 널.
◈ 團圓(단원) …… 둥글다.

訓戒訓長(훈계훈장)

化外頑氓怪習餘	화외완맹괴습여
文章大家不平噓	문장대가불평허
蠡盃測海難爲水	여배측해난위수
牛耳頌經豈悟書	우이송경기오서
含黍山間奸鼠爾	함서산간간서이
凌雲筆下躍龍余	능운필하약룡여
罪當笞死姑舍已	죄당태사고사이
敢向尊前語詰踞	감향존전어힐거

두메 산골의 완고한 훈장에게 괴이한 습성이 있어
선대 문장대가를 비방하며 허풍을 떤다.
조개 같은 작은 잔으로 어찌 바닷물을 헤아리며
쇠귀에 경 읽기니 어찌 그 뜻을 깨달으랴.

너는 산골에서 기장이나 먹는 간교한 산골 쥐새끼요
나는 붓으로 구름을 일으키는 용이로다.
마땅히 볼기를 쳐서 죽일 것이로되 네 죄를 용서하나니
감히 존귀한 어른 앞에서 말대꾸하지 말라.

[註] 김삿갓이 강원도 어느 서당을 찾아갔더니 훈장은 학동들에게 의
기양양하게 율(律)의 강의를 하고 있었는데, 주제넘게도 고대의
문장가들을 멸시하는 말을 연발한다. 그리고 하룻밤 자고 가자고
청하는 김삿갓을 보자 또한 그도 멸시해서 여(餘), 허(噓), 서
(書), 여(余), 거(詎)의 운자를 부르며 율을 지으라고 한다. 이
에 분개한 김삿갓은 훈장을 훈계하는 글을 지었다.

◆ 氓 …… 백성 맹
◆ 噓 …… 불 허
◆ 蠡 …… 소라 려
◆ 頌 …… 외울 송, 칭송할 송
◆ 悟 …… 깨달을 오
◆ 黍 …… 기장 서
◆ 凌 …… 업신여길 릉
◆ 姑 …… 아직 고
◆ 舍 …… 노을 사, 베풀 사
◆ 詰 …… 물을 힐, 따져물을 힐
◆ 詎 …… 말법도있을 거

訓長(훈장)

世上誰云訓長好	세상수운훈장호
無烟心火自然生	무연심화자연생
日天日地靑春去	왈천왈지청춘거
云賦云詩白髮成	운부운시백발성

雖誠難聞稱道語	수성난문칭도어
暫離易得是非聲	잠리이득시비성
掌中寶玉千金子	장중보옥천금자
請囑撻刑施眞情	청촉달형시진정

세상에서 누가 훈장을 좋다고 했던가?
연기도 없는 불길이 저절로 마음에 일어나네.
하늘 천 따 지 하는 사이 청춘이 가고
부니 시니 하다 보니 백발이 되었구나.

진정으로 가르쳐도 대접받기 어렵고
잠깐만 자리 떠도 비방이 빗발 같네.
천금같이 귀한 자식 훈장 손에 맡겨 놓고
종아리 쳐서라도 가르쳐 달란 말 진정이던가?

[註] 끝없는 방랑길에 지친 김삿갓은 어느 촌락에서 잠시 훈장을 하면서 겨울을 지낸 일이 있었다. 아무리 열심히 가르쳐도 학동이 공부를 잘 못하면 자기 자식 재주 없다 소리는 안 하고 훈장 탓으로만 돌리고, 어쩌다 볼일이 있어서 잠시라도 자리를 뜨면 흉이 한 바가지다. 적성에 맞지 않는 고정생활을 훨훨 털고 서당을 나서며 지은 글이다.

◆ 誰云(수운) …… 누가 말했던가.
◆ 心火(심화) …… 학동들이 속을 썩여서 일어나는 울화.
◆ 撻刑(달형) …… 종아리를 때려서라도.

戲贈妻妾(희증처첩)······ 처와 첩

不熱不寒二月天　　불열불한이월천
一妻一妾最堪憐　　일처일첩최감련
鴛鴦枕上三頭並　　원앙침상삼두병
翡翠衾中六臂連　　비취금중육비련

開口笑時渾似品　　개구소시혼사품
翩身臥處變成川　　편신와처변성천
東邊未了西邊事　　동변미료서변사
更向東邊打玉拳　　갱향동변타옥권

춥도 덥도 않은 이월 좋은 날에
마누라와 첩이 남편과 함께 정답게 누워 있네.
원앙 베개 위에는 머리가 셋 나란하고
비단 이불 속에는 팔이 여섯 나란하도다.

입을 벌려 웃을 때는 세 입이 품(品)자가 되고
몸을 돌려 누우면 그 모양 천(川)자로다
동쪽 일 끝나기도 전에 서쪽 일을 벌이고
다시 동쪽으로 향하여 옥권(玉拳)을 쳐주네.

[註] 어느 산골에 갔더니 한 집 한 방에서 처와 첩을 데리고 사는 사
　　람을 만났다. 장난기가 많은 김삿갓이 그들을 놀려 주는 익살스
　　러운 시를 짓고 크게 웃었다.

◈ 堪憐(감련) …… 매우 정답다.

◈ 鴛鴦枕(원앙침) …… 원앙새 수가 놓인 베개.

◈ 翡翠衾(비취금) …… 비단 이불.

◈ 品(품) …… 입 셋을 벌리면 품(品)자와 같다고 야유.

◈ 翩身(편신) …… 훌쩍 몸을 돌리다.

◈ 川(천) …… 세 사람이 옆으로 누우면 그 모양이 천(川)자와 같다.

◈ 玉拳(옥권) …… 남자의 성기.

自然·季節
(자연·계절)

上元月(상원월)

看月何事依小樓	간월하사의소루
心身飛越廣寒頭	심신비월광한두
光垂八域人皆仰	광수팔역인개앙
影入千江水共流	영입천강수공류
曠古詩仙曾幾問	광고시선증기문
長生藥兔來應愁	장생약토래응수
圓輪自重今宵出	원륜자중금소출
碧落雲霽廓已收	벽락운제곽이수

굳이 달구경을 작은 누각에서 할 것인가?
몸과 마음을 광한루 위로 날려보내자.
달빛 온 천지에 비치면 모든 사람 바라볼 것이니
달 그림자 강물 속에 들어가 물과 함께 흐르네.

그 옛날 이태백은 몇 번이나 말했던가?
달 속에 옥토끼와 시름 같이 나누자고
둥근 달 이 밤에 두둥실 높이 뜨니
검은 구름 모두 걷혀 푸르기만 하구나.

[註] 달은 온 천지 어디서나 바라볼 수 있고 누구라도 바라볼 수 있다. 비록 작은 누각에서 달구경을 하더라도, 마음만은 광한루 같은 큰 곳으로 날아가서 여유 작작하게 달을 맞이할 수 있는 것이다. 강이 천 개 있으면 그 강에 비친 달 그림자도 천 개요, 하늘이 만 리나 뻗어 있으면 만 리 하늘에도 달은 다 있다. 실로 김삿갓의 상상력은 무궁무진해서 달을 보며 시공을 떠나 한없이 달려가기만 한다.

◇ 霽 …… 비갤 제
◇ 廓 …… 클 곽, 열 곽, 빌 곽
◈ 廣寒(광한) …… 광한루.
◈ 八域(팔역) …… 여덟 개의 지역, 즉 팔도강산.
◈ 影入(영입) …… 달 그림자가 강물 속에 들어가는 것.
◈ 千江(천강) …… 천 개의 강, 즉 모든 강.
◈ 曠古(광고) …… 아득한 옛날.
◈ 詩仙(시선) …… 이태백.
◈ 藥兔(약토) …… 달 속에 옥토끼.
◈ 圓輪(원륜) …… 둥근 모양.

落葉(낙엽)

盡日聲乾啄啄鴉	진일성건탁탁아
虛庭自屯減空華	허정자둔감공화
如戀故香徘徊下	여련고향배회하
可恨餘枝的歷斜	가한여지적력사
夜久堪聽燈外雨	야구감청등외우
朝來忽見水西家	조래홀견수서가
知君去後惟風雪	지군거후유풍설
怊悵離情倍落花	초창이정배락화

온종일 목쉰 까마귀 같은 소리 내며 떨어지는 낙엽
빈 뜰에 가득 쌓이니 아름답던 공간이 좁아졌도다.
낙엽은 옛 살던 나무 못 잊어 나무 밑을 맴돌며
가지가 그리워 한탄하고 흩어지누나.

한밤중에 등불 저편에 비오는 소리 들리더니
아침이 되자 홀연히 강 건너에 집이 보인다.
그대 알리라, 낙엽 진 뒤에 눈보라 몰아칠 것이니
이별의 애절한 정 낙화보다 더한들 이를 어쩌리.

〔註〕 저물어 가는 가을, 종일토록 낙엽 지는 소리가 마치 목쉰 까마귀 울어대는 것처럼 들린다. 곱게 물든 단풍이 땅에 떨어져서 차곡차곡 뜰에 쌓인다. 낙엽은 그래도 나뭇가지가 미련이 있어서 땅 위에 떨어져도 나무 밑을 멀리 벗어나지 않으려 한다. 비 내리는 어느 가을 밤 나뭇잎에 가려서 잘 보이지 않던 강 건너 마을의 불빛이 보인다. 낙엽이 지고 나면 곧 눈보라가 몰아쳐서 온 천지는 꽁꽁 얼고 말 것이다. 늦가을은 낙엽과 함께 저물어 가고, 나그네 가슴에는 겨울을 지낼 걱정으로 가득함을 읊었다.

◇ 啄 …… 쪼을 탁
◇ 屯 …… 모일 둔, 어려울 준
◇ 歷 …… 다할 역
◇ 斜 …… 흩어질 사
◇ 怊 …… 실심할 초, 섭섭할 초
◇ 悵 …… 실심할 창, 슬플 창
◈ 空(공) …… 공간.
◈ 怊悵(초창) …… 서글프다, 실심(失心)하다.

落葉吟(낙엽음) …… 낙엽을 노래함

蕭蕭瑟瑟又齋齋	소소슬슬우재재
埋山埋谷或沒溪	매산매곡혹몰계
如鳥以飛還上下	여조이비환상하
隨風之自各東西	수풍지자각동서
綠其本色黃猶病	녹기본색황유병
霜是仇緣雨更凄	상시구연우갱처
杜宇爾何情薄物	두우이하정박물
一生何爲落花啼	일생하위락화제

낙엽은 쓸쓸하게 우수수 휘날려서
산과 골짜기를 메우며 물에도 떨어지네.
새가 나는 듯 치올랐다 내려앉으며 춤을 추고
바람 따라 자유로이 사방으로 흩어지네.

푸른 것이 나뭇잎의 본색이련만 누런 것은 병든 증거요,
서리도 원수인데 차가운 가을비 더욱더 처참하다.
두견아! 너는 왜 그다지도 정이 박한가?
일생에 어찌 봄에 지는 꽃만 보고 울어 주느냐.

[註] 가을이 되니 나무마다 단풍이 들고 바람 불 때마다 낙엽이 진다. 가지에서 떨어져 나가 산마다 골마다 흩날리는 낙엽을 보니 무상한 인생을 연상한다. 지는 꽃을 보고 울어 주는 두견새는 있어도, 낙엽을 보고 울어 주는 이는 아무도 없다. 김삿갓도 그가 가면 누가 울어 줄까 생각하며 하염없이 낙엽을 보고 읊은 시다.

◇ 吟 …… 읊을 음
◇ 蕭 …… 쓸쓸할 소
◇ 瑟 …… 바람소리 슬
◇ 齋 …… 정결할 재
◇ 猶 …… 같을 유, 가히 유
◇ 凄 …… 처량할 처, 처참할 처.
◈ 蕭蕭(소소) …… 낙엽 떨어지는 모습.
◈ 瑟瑟(슬슬) …… 낙엽 떨어지는 모습.
◈ 齋齋(재재) …… 낙엽 떨어지는 모습.
◈ 沒(몰) …… (물에) 잠기다.
◈ 還上下(환상하) …… 아래위로 순환함.
◈ 東西(동서) …… 동서남북, 즉 온 천지.
◈ 杜宇(두우) …… 두견새.

落花吟(낙화음) …… 낙화를 노래함

曉起飜驚滿山紅	효기번경만산홍
開落都歸細雨中	개락도귀세우중
無端作意移黏石	무단작의이점석
不忍辭枝倒上風	불인사지도상풍
鵑月靑山啼忽罷	견월청산제홀파
鷰泥香逕蹴全空	연니향경축전공
繁華一度春如夢	번화일도춘여몽
坐嘆城南白頭翁	좌탄성남백두옹

새벽에 깨어 보니 온 산이 낙화로 붉게 물들었네.
꽃피고 지는 것이 모두 가랑비에 달렸구나.
무한한 창조의 힘으로 꽃은 바위로 옮겨 붙고
차마 떨어지기 아쉬운 것은 바람에 날리네.

뻐꾸기는 푸른 산 달빛 아래 홀연히 울음을 멈추고
제비는 낙화 향기에 취해 온 하늘을 누비도다.
봄 한때의 영화는 꿈과 같은 것이라고
성터에 걸터앉은 백발노인 가는 세월 탄식하네.

[註] 이 시는 봄이 쉬 지나감을 아쉬워하며 읊은 글이다. 가랑비 내리
는 어느 봄날 아침에 깨어 보니 온 산이 낙화로 붉게 물들어 있
다. 한량없는 천지조화의 힘으로 나뭇가지 위에 있던 꽃이 바위
위로 옮겨 붙었다. 뻐꾹새는 가는 봄이 아쉬운 듯 울음을 그쳤고
무심한 제비만이 온 하늘을 철없이 누빈다. 성터에 걸터앉은 백
발 노인은 한때의 춘몽은 부질없는 것이며, 한 번 가면 다시 못
오는 것이라고 가는 세월을 탄식한다.

◇ 曉 …… 새벽 효
◇ 飜 …… 날 번, 뒤집힐 번
◇ 黏 …… 서로붙을 점, 풀 점
◇ 鵑 …… 자고새 견, 뻐꾹새 견
◇ 罷 …… 파할 파, 그칠 파
◇ 鷰 …… 제비 연
◇ 逕 …… 길 경, 이를 경, 곧을 경
◉ 飜驚(번경) …… 뒤로 넘어질 정도로 크게 놀라는 것.
◉ 開落(개락) …… 꽃이 피고 지는 것.
◉ 作意(작의) …… 창조의 뜻.
◉ 不忍(불인) …… 차마 ～할 수 없다.

伐木(벌목)

虎踞千年樹	호거천년수
龍顛一夕空	용전일석공
杜楠前後無	두남전후무
桓斧古今同	환부고금동
影斷三更月	영단삼경월
聲虛十里風	성허십리풍
出門無所見	출문무소견
搔首望蒼穹	소수망창궁

호랑이가 꿇어앉은 듯한 천 년 묵은 고목이
용이 넘어지듯 하룻밤 사이에 없어졌구나.
'두보' 정원에 녹나무는 한 그루뿐인데
'환퇴'가 쓰던 도끼는 옛날이나 다름없네.

나무가 없어지니 삼경 달에 어린 그림자도 없어지고
불어오는 십 리 바람에 나무 스치는 소리도 없네.
문을 나서도 보이는 것 없으니
머리를 긁적이며 빈 하늘만 보노라.

[註] 수백 년을 자란 아름드리 나무가 하룻밤 사이에 무참히도 베어
지고 없었다. 강산의 옷과 치장이 바로 나무인데, 나무가 무차별
벌목되어서 벌거숭이가 되어 가는 숲을 보고 있으면, 마치 살점
이 떨어져 나가는 듯 마음이 쓰리다. 자연을 누구보다도 더 사랑
하는 김삿갓이 마음이 매우 불편해서 지은 시이다.

◇ 踞 …… 웅크리고 앉을 거
◇ 顚 …… 넘어질 전
◇ 愫 …… 긁을 소
◈ 杜楠(두남) …… 두보(杜甫) 정원에 있던 녹나무. 두보가 외출했을
때 그의 정원에 있던 녹나무를 다른 사람이 몰래 벌목하자 이를 탄
식해서 남목우중소발탄(楠木雨中所拔嘆)이라는 시를 지어 이를 한탄
했다는 고사에서 나온 말.
◈ 楠(남) …… 녹나무, 녹나무과의 상록활엽수. 봄에 흰 꽃이 피고
10월에 열매가 달림. 우리 나라 남부에 분포.
◈ 前後無(전후무) …… 전후에 없다, 즉 하나뿐이다.
◈ 桓(환) …… 환퇴(桓魋), 중국 춘추시대 송나라의 대부(大夫). 향퇴
(向魋)란 별명이 있으며 도끼질을 잘하는 사람으로 알려져 있음. 공자
가 송에 가서 제자와 함께 큰 나무 밑에서 예(禮)의 연습을 할 때 이
들을 죽이려고 그 나무를 도끼로 찍어서 넘어뜨렸다는 고사가 있음.
◈ 影斷(영단) …… 나무의 그림자가 없어짐.
◈ 蒼穹(창궁) …… 창공.

仙人畵像(선인화상)

龍眠活手妙傳神	용면활수묘전신
玉斧銀刀別樣人	옥부은도별양인
萬里浮雲長憩處	만리부운장게처
九天明月遠懷辰	구천명월원회진
庶幾玄圃乘鸞跡	서기현포승란적
太半靑城幻鶴身	태반청성환학신
我慾相隨延佇立	아욕상수연저립
訝君巾履淡非眞	아군건리담비진

'용면'의 조각 솜씨로 신기한 모습 전해지니
옥도끼로 쪼고 은칼로 깎아서 만든 별천지 사람 묘하도다.
만리(萬里) 구름 속은 이 신선 쉬는 곳이요,
구천(九天)의 밝은 달은 이 신선 노는 곳이로다.

몇 번이나 현포(玄圃)에서 '난새'를 탔으며
얼마나 청성(靑城)에서 학을 타고 갔던가?
나도 그대 따르고자 기다리고 있으나
다만 옷자락과 신발 끄는 소리만 들릴 뿐 그대 만날 수 없네.

[註] 잘 만들어진 신선의 화상을 보면서 김삿갓은 자기도 신선이 되어
     서 그들과 함께 어울렸으면 하는 마음이 생겨났다. 그러나 아무리
     기다려도 신선은 오지 않고 불어오는 바람 속에 신선의 옷자락
     끌리는 소리만 들리는 듯할 뿐, 꿈은 끝내 이루어지지 않았다.

◇ 憩 …… 쉴 게
◇ 鸞 …… 난새 란, 봉황에 버금가는 새.
◇ 佇 …… 오래설 저, 기다릴 저
◇ 訝 …… 맞을 아
◈ 龍眠(용면) …… 중국 북송(北宋)의 문인화가 · 조각가, 자는 백시
  (伯時) 호는 용면(龍眠). 용면산에 은거하여 스스로 '용면거사'라고
  말하며 그림과 조각으로 일생을 보냈다.
◈ 九天(구천) …… 고대 중국에서 하늘을 9개로 구분한 호칭.
  중앙→鈞天, 동→蒼天, 서→昊天, 남→炎天, 북→玄天
  북동→變天, 북서→幽天, 남서→朱天, 남동→陽天
◈ 玄圃(현포) …… 옥황상제가 산다는 전설의 선경(仙境).
◈ 乘鸞(승란) …… '난새'를 타고 선경(仙境)으로 가는 것.
◈ 靑城(청성) …… 신선들이 산다는 전설의 하늘 나라.
◈ 幻鶴(환학) …… 학을 타고 선경(仙境)으로 가는 것.

雪(설) 一 ······ 눈

白屑誰飾亂洒天	백설수식란세천
雙眸忽爽霽樓前	쌍모홀상제루전
練舖萬壑光斜月	연포만학광사월
玉削千峰影透烟	옥삭천봉영투연
訪隱人應隨剡掉	방은인응수섬도
懷兄吾易坐講筵	회형오역좌강연
文章大手如逢此	문장대수여봉차
興景高吟到百篇	홍경고음도백편

흰 가루를 누가 어지럽게 온 하늘에 뿌리는고
몰아치던 눈 개니 정자 앞 홀연히 환해지네.
흰 비단 온 골짜기에 펼친 듯 달빛은 환하고
옥을 깎아 세운 듯 산봉우리엔 서기가 감도네.

은사(隱士)를 찾으려면 눈 속이라도 응당 '섬도' 땅으로 가야 하나
못 가는 근심 품고 자리에 앉아서 강론이나 해야겠네.
만일 문장의 대가가 이런 설경 만난다면
흥에 겨워 소리 높여 읊은 시가 백 편에 이르리라.

[註] 눈이 쌓이자 온 천지에 흰 비단을 깔아놓은 듯이 눈이 부신다. 밤이 되자 구름 사이로 나온 달빛은 흰눈에 반사되어 시리도록 맑고 밝다. 이런 아름다운 설경을 보고 은사(隱士)와 함께 담소하려면 그들이 사는 머나먼 '섬도' 땅으로 가야 하나 눈길이 험해서 갈 수 없다. 갈 수 없는 답답한 마음을 안고 자리에 앉아서 설경을 보니 너무나 아름다워서 만일 문장대가가 이것을 본다면 백 편의 시라도 소리 높여 읊을 것이다.

◇ 屑 …… 가루 설
◇ 洒 …… 눈뿌릴 세
◇ 爽 …… 밝을 상
◇ 霽 …… 비개일 제
◇ 練 …… 비단 련
◇ 舖 …… 펼 포
◇ 壑 …… 골짜기 학, 구렁 학
◇ 削 …… 깎을 삭
◇ 烟 …… 안개 연
◇ 剡 …… 깎을 섬
◇ 況 …… 하물며 황
◇ 筵 …… 대자리 연
◈ 剡掉(섬도) …… 지명, 중국 진(秦) · 한(漢) 때에 회계현(會稽縣). 전설에 의하면 은사들이 많다는 지방.
◈ 文章(문장) …… 선비.
◈ 大手(대수) …… 대가.

雪(설) 二 ······ 눈

蕭蕭密密又霏霏	소소밀밀우비비
故向斜風滿襲衣	고향사풍만습의
潤邊獨鶴愁無語	윤변독학수무어
木末寒鴉凍不飛	목말한아동불비
從見江山颺白影	종견강산양백영
誰知天地弄玄機	수지천지농현기
强近店婆因向酒	강근점파인향주
緬然醉臥却忘愁	면연취와각망수

쓸쓸히 휘날리며 쌓이는 함박눈
얄궂은 바람에 날리어 속옷까지 적시는구나.
물가에 외로운 학은 수심에 잠겨 말이 없고
나무 끝에 까마귀는 몸이 얼어 날지를 않네.

사람마다 강산에 날리는 흰눈을 보련만
그 누가 천지의 깊은 조화와 이치를 알리오.
내 굳이 술집 노파에게 술을 청하여
흠뻑 취해 누우니 돌아갈 생각조차 잊었노라.

[註] 눈이 내리니 온 천지가 얼어붙는다. 강가에 학은 수심에 잠겨 말이 없고 나뭇가지에 까마귀는 날 줄을 모른다. 사람마다 하늘에서 내리는 흰눈은 보지만 음양이 조화롭게 맞물려 돌아가는 오묘한 천지의 이치를 잘 아는 자 그 누구던가? 깊은 사색에 잠겨 술 한잔 하니 얼근히 취해 모든 근심 사라지고 집에 돌아갈 것까지 잊었다.

◇ 襲 …… 껴입을 습
◇ 潤 …… 개울가의물 윤
◇ 颺 …… 날릴 양
◈ 蕭蕭(소소) …… 눈이나 비가 흩날리는 모양.
◈ 密密(밀밀) …… 눈이나 비가 흩날리는 모양.
◈ 霏霏(비비) …… 눈이나 비가 흩날리는 모양.
◈ 從(종) …… 연사로서 가설적 양보를 나타냄. '가령 ~일지라도', '설사 ~하더라도'.
◈ 强近(강근) …… 아주 가까이 가서.
◈ 因向(인향) …… 간곡히 부탁한다.
◈ 緬然(면연) …… 우두커니 정신없이.

雪(설) 三 …… 눈

天皇崩乎人皇崩	천황붕호인황붕
萬樹靑山皆被服	만수청산개피복
明日若使陽來吊	명일약사양래조
家家簷前淚滴滴	가가첨전루적적

천황씨가 죽었는가 지황씨가 죽었는가
온갖 나무와 산들 모두 상복을 입었구나.
내일 만일 태양이 조문 온다면
집집마다 처마 앞에 방울방울 눈물 흘리리.

[註] 시인의 눈에는 눈이 와서 온 천지가 흰 것이 마치 천황씨나 지황씨의 죽음으로 상복을 입은 듯이 보인다. 내일 만일 그 소식 듣고 태양이 조문 오면 집집마다 처마에서 천황씨와 지황씨를 위해 한없이 눈물을 흘릴 것이라고 상상한다.

◇ 崩 …… 죽을 붕
◇ 淚 …… 눈물 루
◈ 被服(피복) …… 상복을 입다.
◈ 陽(양) …… 태양.

雪景(설경) 一

送月開簾小碧峰	송월개렴소벽봉
滿庭疑是玉人逢	만정의시옥인봉
冥魂灑入孤江釣	명혼쇄입고강조
冷意添牽暮寺鐘	냉의첨견모사종
却訪梅花淸我興	각방매화청아흥
能令蓓屋素其封	능령배옥소기봉
個邊頗有精神竹	개변파유정신죽
助合詩腸動活龍	조합시장동활룡

지는 달을 보려 발을 걷으니 나타난 앞산의 작은 봉우리
뜰에 흰눈 가득해서 옥인이 온 줄 알았도다.
나그네 어두운 마음 안고 푸른 강물에 낚시 드리우자
쓸쓸한 생각 더해 주는 절간의 저녁 종소리.

매화 찾아 바라보니 내 흥취 살아나고
눈 덮인 마을 집엔 부자 가난 차별 없네.
매화 옆에 절개 높은 대나무 솟아 있어
내 시흥 돋우어서 활용(活龍)되게 해 주네.

[註] 눈이 온 다음, 달밤에 발을 걷으니 앞산에 작은 봉우리들이 마치
옥(玉)을 깎아 세운 듯이 맑고 깨끗해 보인다. 그러나 나그네의
마음은 늘 외롭고 쓸쓸한 법. 벗이 없는 객지에서 홀로 외로이
강에 낚시 드리우니 멀리 산사에서 들려 오는 종소리는 더욱 마
음을 슬프게만 한다. 그러다가 문득 동네를 바라보니 눈에 덮인
집들은 부잣집이나 가난한 사람의 초가집이나 모두 구별 없이
은빛으로 아름답다. 매화 옆에 선 푸른 대나무를 보자 다시 시흥
이 살아나서 시 한 수를 읊게 된다.

◇ 冷 …… 찰 랭
◇ 灑 …… 깨끗할 쇄
◇ 添 …… 더할 첨
◇ 牽 …… 잡아당길 견
◇ 頗 …… 삐뚤어질 파, 주름 파
◈ 碧峰(벽봉) …… 옥을 깎아서 만든 듯한 봉우리.
◈ 入孤江釣(입고강조) …… 유종원(柳宗元, 중국 당나라 때 시인)의
江雪에서 인용. 고주사립옹 독조한강설(孤舟簑笠翁 獨釣寒江雪)라는
구절의 광경을 연상.
◈ 蓓屋(배옥) …… 햇빛이 잘 들지 않는 가난한 사람들의 초막집.
◈ 素封(소봉) …… 생활 정도가 부유한 부잣집.
◈ 活龍(활룡) …… 활발히 움직이는 용.

雪景(설경) 二

飛來片片三月蝶	비래편편삼월접
踏去聲聲六月蛙	답거성성유월와
寒將不去多言雪	한장불거다언설
醉或以留更進盃	취혹이류갱진배

날리는 눈송이 춘삼월 나비 같고
밟히는 눈 소리는 오뉴월 개구리 소리 같네.
주인은 나 못 가게 "추워서 못 가요." 눈 핑계 대며
취하면 혹여 머무를까 또 술잔 권하네.

[註] 눈이 오는데도 길을 떠나려는 김삿갓을 만류하느라 집주인은 "눈
이 와서 너무 추우니 못 갑니다."라고 하며 자꾸 눈 핑계를 댄다.
그래도 떠나려는 삿갓에게 혹시 술이 취하면 마음을 돌릴까 해
서 다시 잔을 권한다. 그 마음이 너무 고마워 지은 시이다.

◇ 蝶 …… 나비 접
◇ 蛙 …… 개구리 와
◈ 片片(편편) …… 눈이 펄펄 날리는 모양.

雪日(설일)······ 눈 오는 날

雪日常多靑日或	설일상다청일혹
前山旣白後山亦	전산기백후산역
推窓四面琉璃壁	추창사면유리벽
分咐寺童故掃莫	분부사동고소막

눈 오는 날 항상 많고 맑은 날은 드물어라.
앞산은 이미 흰데 뒷산 역시 희도다.
창을 여니 사방은 온통 유리벽이라.
아이에게 이르나니, 눈 굳이 쓸지 말라고.

[註] 눈이 많이 오는 함양(咸陽) 땅에 갔다가 소문대로 온 천지가 흰 눈에 싸인 것을 보고 지은 시이다.

◇ 推 ······ 가릴 추
◈ 咸陽(함양) ······ 경상남도 서쪽에 있는 지명. 벽송사(碧松寺), 농월정(弄月亭), 사근산성(沙斤山城), 남계서원(藍溪書院) 등의 명승지가 있음.
◈ 琉璃(유리) ······ 유리, 칠보(七寶) 중의 하나로 청색 빛이 찬란한 아름다운 보석.
◈ 寺童(사동) ······ 심부름하는 아이.
◈ 故(고) ······ 굳이.

雪中寒梅(설중한매)······ 눈 속에 핀 매화

雪中寒梅酒傷妓	설중한매주상기
風前橋柳誦經僧	풍전교류송경승
栗花落花狵尾短	율화락화방미단
榴花初生鼠耳凸	유화초생서이철

눈 속에 핀 매화는 술에 상한 기녀 같고
바람에 휘날리는 다리 밑 버들은 경 외우는 스님 같네.
떨어진 밤꽃은 삽살개 짧은 꼬리 같고
석류꽃 막 피는 꼴은 쥐 귀처럼 뾰족뾰족하도다.

〔註〕 매화와 버들과 밤꽃과 석류꽃을 재치 있게 잘 배합해서 만든 재미있는 글이다. 눈 속에 핀 가련한 매화를 술 때문에 몸 상한 기녀로 표현하고, 바람에 흔들흔들하는 강가의 버들은 경을 외우는 스님과 같다고 표현한 절묘한 시이다.

◇ 誦 ······ 외울 송
◇ 栗 ······ 밤 률
◇ 狵 ······ 삽살개 방
◇ 榴 ······ 석류 류
◇ 凸 ······ 볼록 철

聽曉鍾(청효종)······ 새벽 종소리 들으며

霖雨長安時孟秋	임우장안시맹추
蟜南歸客獨登樓	교남귀객독등루
吼來地上雷霆動	후래지상뢰연동
擊送人間歲月流	격송인간세월류
鳴吠俱淸千戶裡	명폐구청천호리
乾坤忽肅九街頭	건곤홀숙구가두
無窮四十年間事	무궁사십년간사
回首今宵又一悲	회수금소우일비

장마비 내리는 초가을의 장안
남쪽에서 돌아온 나그네 홀로 누각에 오르자
때마침 들려 오는 지상을 뒤흔드는 우렁찬 종소리
인간만사 세월과 함께 흘려 보내 버리듯 울려 퍼지네.

집집마다 개소리 닭소리 맑게 들려 오더니
홀연히 온 천지와 모든 거리 적막에 휩싸이네.
한 많은 지난 40평생
돌이켜 생각하니 오늘 밤 더욱 슬프도다.

［註］ 영남지방을 돌아다니다가 서울로 온 김삿갓은 반겨 주는 이도
　　 갈 곳도 없어서 우선 홀로 정자에 올랐다. 때마침 들려 오는 종
　　 소리는 인간만사 무상함을 뜻하는 듯 시름을 더욱 깊게만 한다.
　　 저녁이 되자 집집마다 개 짖는 소리와 닭 우는소리들이 요란하
　　 게 들려 오더니, 밤이 깊어지자 온 천지와 모든 거리가 적막이
　　 감돌도록 조용해졌다. 홀로 누각에 드러누워 지나온 40평생을
　　 돌이켜 생각하니 가슴속에 한만이 서린다.

◇ 霖 …… 장마 림
◇ 吼 …… 사자우는소리 후
◇ 霆 …… 구름일 연
◇ 吠 …… 개짖을 폐
◉ 長安(장안) …… 수도, 서울을 뜻한다.
◉ 孟秋(맹추) …… 초가을, 음력 7월.
◉ 蟜南(교남) …… 영남지방.
◉ 擊送(격송) …… 쫓아 보낸다.
◉ 鳴(명) …… 여기서는 닭이 운다는 뜻.
◉ 千戶(천호) …… 많은 집.
◉ 乾坤(건곤) …… 온 천지.
◉ 九街頭(구가두) …… 많은 거리.
◉ 無窮(무궁) …… 많은 일들을 겪은 과거사.

秋吟(추음) …… 가을을 노래함

邨裡重陽不記名	촌리중양불기명
故人書到喜平生	고인서도희평생
登樓便有登山意	등루편유등산의
送馬還勝送酒情	송마환승송주정
病起黃花今歲色	병기황화금세색
秋深落木異鄕聲	추심락목이향성
此來相見爲佳節	차래상견위가절
快賞前宵獨月明	쾌상전소독월명

시골에 살아 중양(重陽)이라는 말조차 잊고 있었는데
옛 사람 글에 중양(重陽)을 대하니 너무나도 기쁘구나.
누각에 오르니 산에 오를 생각 드는데
말을 보내 주니 술 보내 주는 정보다 더 고마워라.

앓다가 일어나 보니 노란 국화가 한창이요,
가을은 깊어 낙엽 소리가 마치 별천지 같구나.
또 여기 온 뜻은 아름다운 가을 풍경 보려 함이니
지난밤은 홀로 밝은 달 구경하였도다.

[註] 시골에서 봄여름 계속 병으로 고생하다 보니 중양절도 잊을 뻔
했다. 그때 마침 옛 사람들이 남긴 글을 보고 중양절을 생각하고
알게 되었다. 기운을 차려 누각에 올라가니 산에도 올라가고 싶
은 마음이 생겼지만, 오랜 병으로 걸어갈 기력이 없다. 그런데
친구가 그 뜻을 알고 말을 보내 주니 좋아하는 술을 보내 주는
것보다 더 고맙고 반갑다. 들에 나가 보니 계절은 노란 국화가
만발한 가을이요, 온 산은 단풍으로 물들어서 한 잎 두 잎 낙엽
지는 모습이 마치 별천지에 온 것 같다. 이를 보고 너무나 아름
다운 자연에 도취되어 지은 글이다.

◇ 邨 ······ 마을 촌, 村과 같음.
◈ 重陽(중양) ······ 중양절, 즉 음력 9월 9일. 홀수가 양(陽)이므로,
양이 둘 겹친 명절이라는 뜻.
◈ 不記名(불기명) ······ 중양절이란 이름조차 생각 않고 있었다.
◈ 還勝(환승) ······ 더욱 좋다.
◈ 黃花(황화) ······ 가을에 피는 노란 꽃. 국화.
◈ 落木(낙목) ······ 나뭇잎이 떨어짐.
◈ 異鄕(이향) ······ 다른 고장 같다.

風月(풍월)

(金笠)	風失古行路	풍실고행로
	月得新照處	월득신조처
(女人)	風動樹枝動	풍동수지동
	月昇水波昇	월승수파승

(삿갓) 바람은 이전에 다니던 길을 잊었고
　　　　달은 새로 비칠 곳을 얻었도다.
(여인) 바람이 움직이면 나뭇가지도 따라 움직이고
　　　　달이 높이 뜨면 연못의 파도도 높아지는 것을.

[註] 김삿갓은 오랜만에 옛정이 두터운 여인을 찾아갔다. 소식 없이 수년을 지내 온 무정한 그를 보고 원망하는 여인에게, 물같이 바람같이 떠돌다 보니 찾아올 길조차 잊었다고 했다. 그랬더니 여인은 울먹이면서 "바람이 움직이면 나뭇가지도 함께 따라 움직이듯 달이 높이 뜨면 파도도 높아지듯 내 정은 더욱 깊어만 가는데 이 무정한 님아 그럴 수가 있나요." 하고 눈물을 흘리면서 김삿갓의 여윈 가슴에 얼굴을 파묻었다.

◇ 昇 …… 오를 승
◆ 古行路(고행로) …… 옛날에 다니던 길.

夏雲多奇峰(하운다기봉)

一峰二峰三四峰	일봉이봉삼사봉
五峰六峰七八峰	오봉육봉칠팔봉
須叟更作千萬峰	수수갱작천만봉
九萬長天都是峰	구만장천도시봉

한 봉우리 두 봉우리 셋, 네 봉우리
다섯, 여섯, 일곱, 여덟 봉우리
삽시간에 천만 봉우리가 새로 생겨나
온 하늘 아래 온통 산봉우리뿐이로구나.

[註] 김삿갓이 개성루에 올라 사방을 바라보니 아름다운 금강의 봉우리들이 수없이 많이 보인다. 남쪽으로는 능허봉(凌虛峰)과 영랑봉(永郎峰), 동쪽으로는 일출봉(日出峰)과 월출봉(月出峰), 북으로는 백옥봉(白玉峰)과 옥선봉(玉善峰) 등 수많은 봉우리들이 하늘을 찌를 듯 솟아 있다. 하나 둘 셋……, 봉우리들을 세어 가는데, 갑자기 구름이 걷히니 온 천지에 보이는 것이라고는 모두가 봉우리뿐이어서 셀 수도 없다. 다만 아름다운 금강산의 경치에 취해 넋을 잃을 뿐이다.

◈ 九萬長天(구만장천) …… 구만리장천(九萬里長天), 끝없이 높고 넓은 하늘을 일컬음.

動 物

(동물)

鷄(계) 一 …… 닭

擅主司晨獨擅雄	천주사신독천웅
緯冠蒼距拔於叢	위관창거발어총
頻驚玉兎旋藏白	빈경옥토선장백
每喚金烏卽放紅	매환금오즉방홍
欲鬪怒瞋瞳閃火	욕투노진동섬화
將鳴奮鼓翅生風	장명분고시생풍
多高五德標於世	다고오덕표어세
逈代桃都響徹空	형대도도향철공

새벽을 다스리는 것은 오로지 수탉에게 달렸는데
붉은 벼슬 푸른 발톱이 유난히도 크구나.
달을 놀라게 해서 흰빛을 감추게 하고
해를 재촉하여 밝은 빛을 풍기게 하네.

싸우려고 성낼 때는 두 눈에 불이 붙고
목청 빼고 홰를 치면 날개에서 폭풍 이네.
오덕(五德)으로 이름 높아 세상의 모범되고
먼 옛날에는 무릉 하늘에서 울어 길을 가르쳤도다.

〔註〕 벼슬과 발톱이 유난히 큰 수탉은 새벽을 관장하는 왕이다. 그가 울어 대면 달이 놀라서 흰빛을 감추고, 해는 서둘러 하늘에 떠서 밝은 빛을 뿌린다. 싸우려고 성낼 때는 두 눈에 불이 활활 나고, 한 번 날개를 벌려 홰를 치면 폭풍 같은 바람이 일 정도로 사나우나, 사람도 갖추기 힘드는 오덕(五德)을 지녔기에 예로부터 많은 칭송을 받고 있다.

◇ 擅 …… 제마음대로할 천
◇ 緯 …… 진한적색 위
◇ 距 …… 닭며느리발톱 거
◇ 瞋 …… 눈부릅뜰 진
◇ 閃 …… 번쩍번쩍할 섬
◇ 翅 …… 날개 시
◇ 逈 …… 멀 형
◇ 徹 …… 거둘 철
◈ 玉兔(옥토) …… 달.
◈ 金烏(금오) …… 태양.
◈ 五德(오덕) …… 한시외전(漢詩外傳)에 닭은 문무용인신(文武勇仁信)의 다섯 가지 덕을 구비하고 있다고 하였다. 닭의 붉은 벼슬은 문관의 기상이요[文], 날카로운 발톱은 무관의 위엄이요[武], 싸움에는 용감하고[勇], 모이를 보면 서로 불러서 함께 먹는 것은 인자함이요[仁], 밤중에도 자지 않고 시각을 알리는 것은 신의[信]의 표현이라고 하는데, 이들 다섯을 닭의 오덕(五德)이라 한다.
◈ 逈代(형대) …… 먼 옛날.
◈ 桃都(도도) …… 무릉도원(武陵桃源).

鷄(계) 二 …… 닭

搏翼天塒回斗牛　　박익천시회두우
養塒物性異沙鷗　　양시물성이사구
爾鳴秋夜何山月　　이명추야하산월
玉帳寒淚營楚猴　　옥장한루영초후

날개로 홰를 치면 북두성, 견우성이 돌아 천시(天時)를 알리니
닭장 안에서 자란 너의 성품 갈매기와 다르구나.
가을 밤 어느 산의 달을 보고 울었기에
옥장한영(玉帳寒營) 초패왕을 눈물짓게 하였는고.

〔註〕 날개로 홰를 쳐서 북두성, 견우성 등 모든 별들을 움직여 천시를
돌게 하니, 분명 닭은 갈매기 따위와는 비교도 안 된다. 가을 밤
달을 보고 울면 그 소리 처량해서 항우 같은 장사도 눈물짓게
했던 닭을 잘 묘사하고 있다.

◇ 搏 …… 손으로칠 박
◇ 塒 …… 닭의홰 시
◇ 斗 …… 북두성(北斗星), 북극성(北極星) 두
◇ 牛 …… 견우성(牽牛星) 우
◆ 沙鷗(사구) …… 물가 모래 위에 있는 갈매기.
◆ 玉帳(옥장) …… 장수가 거처하는 막사의 미칭.
◆ 楚猴(초후) …… 초패왕 항우(項羽)를 가리킴.

狗(구)······ 개

稟性忠於主饋人	품성충어주궤인
呼來斥去任其身	호래척거임기신
跳前搖尾偏蒙愛	도전요미편몽애
退後垂頭却被嗔	퇴후수두각피진
職察奸偸司守固	직찰간투사수고
名傳義塚領聲頻	명전의총령성빈
褒勳自古旋帷蓋	포훈자고선유개
反愧無力尸位臣	반괴무력시위신

타고난 성품 충성스러워 밥 주는 이 잘 섬기고
부르면 오고 물리치면 가고 시키는 대로 하네.
꼬리를 흔들며 앞으로 오니 귀여움 독차지하고
호통치면 뒤로 물러 다소곳이 꾸지람들을 줄 아네.

하는 일은 간사한 도둑 살펴 집 잘 지키고
때로는 주인 없는 변사체 알려 칭찬도 받네.
예로부터 그 공로 기리려 유장(帷帳)을 베푸니
능력 없이 벼슬하는 신하가 도리어 부끄럽네.

[註] 사람과 가장 가까이 살며 주인에게 충직한 개를 칭송한 글이다.
때로는 주인이 없는 변사체의 손이나 발을 물고 와서 변사체가
있다는 것을 알려서 칭찬을 받기도 하고, 혹은 특별히 공이 큰
개는 비석을 세워서 그 공을 후세에 전하기도 한다. 그러므로 사
당에 모셔지는 신하들 중에는 개 보기에 부끄러운 사람도 있다
는 것을 비유하고 그들에게 경각심을 불러일으키고 있다.

◇ 饋 …… 진지올릴 궤
◇ 蒙 …… 입을 몽
◇ 嗔 …… 노할 진
◇ 愧 …… 부끄러울 괴
◈ 稟性(품성) …… 타고난 성질.
◈ 饋人(궤인) …… 군왕의 음식에 독이 있나 없나를 검사하는 사람.
그는 음식을 먼저 개에게 먹여 본다.
◈ 蒙愛(몽애) …… 사랑을 받는다.
◈ 被嗔(피진) …… 꾸지람을 받는다.
◈ 奸偸(간투) …… 간사한 도적.
◈ 義塚(의총) …… 연고가 없는 사람의 시체를 묻은 무덤.
◈ 帷蓋(유개) …… 장막을 치다, 즉 사당에 모셔 제사를 지낸다는 뜻.
◈ 尸位(시위) …… 시위소찬(尸位素餐)의 준말. 재능도 소질도 없으
면서 한갓 자리만 차지하고 있는 관리.

老牛(노우)······ 늙은 소

瘦骨稜稜滿禿毛	수골릉릉만독모
傍隨老馬兩分槽	방수노마양분조
役車荒野前功遠	역차황야전공원
牧竪青山舊夢高	목수청산구몽고
健耦常疎閑臥圃	건우상소한와포
苦鞭長閱倦登皐	고편장열권등고
可憐明月深深夜	가련명월심심야
回憶平生謾積勞	회억평생만적로

파리한 뼈 앙상하고 털은 빠져 엉성한데
곁에 있는 늙은 말과 한 마구간을 나누어 쓰는구나.
황야에서 무거운 수레를 끌던 전일의 공로는 먼 옛일이고
목동과 다니던 청산에는 옛 꿈만 가득 차 있도다.

힘든 쟁기질도 이제는 면해서 밭에 누워지내고
모진 채찍에 오래 시달렸기에 언덕도 잘 못 오르네.
아, 가련하다! 밝은 달과 함께 깊어 가는 밤에
평생 쌓은 부질없는 노고만 쓸쓸히 회상하네.

[註] 젊을 때 힘차게 끌던 수레도 쟁기질도 이제는 모두 면하고 편히
밭에 누워서 지내지만, 몸의 살은 빠져 뼈만 앙상하게 남았고 윤
기 나던 털은 모질어지고 벗겨지고 말았다. 무상한 일생은 인간
에게나 동물에게나 모두 다를 바가 없다. 달 밝은 깊은 밤에 지
난날을 생각하니 기뻤던 일 슬펐던 일 모두가 한바탕 꿈에 불과
하다.

◊ 瘦 …… 파리할 수
◊ 稜 …… 모질 릉
◊ 禿 …… 모지라질 독, 대머리 독
◊ 槽 …… 말먹이통 조, 구유 조
◊ 功 …… 공로 공, 일할 공
◊ 竪 …… 서있을 수
◊ 耦 …… 쟁기 우
◊ 閱 …… 지낼 열, 겪을 열
◊ 皐 …… 언덕 고, 높을 고
◊ 謾 …… 속일 만, 느릴 만, 부질없을 만
◈ 役車(역차) …… 수레를 끄는 일.
◈ 回憶(회억) …… 돌이켜 생각한다.

猫(묘) 一 …… 고양이

三百郡中秀爾才	삼백군중수이재
乍來乍去不飛埃	사래사거불비애
行時見虎暫藏跡	행시견호잠장적
走處逢狵每打腮	주처봉방매타시
獵鼠主家雖得譽	엽서주가수득예
捉鷄隣里豈無猜	착계인리기무시
南街北巷啼歸路	남가북항제귀로
能怯千村夜哭孩	능겁천촌야곡해

온갖 짐승 중에 네 재주가 으뜸이라
오고 감에 먼지 하나 날리지 않네.
가다가 호랑이를 만나면 잠시 자취를 감추고
뛰다가 개를 보면 마냥 뺨을 치며 놀리네.

주인집 쥐를 잡아 칭찬 들었으나
이웃집 닭을 잡으니 어찌 미움 사지 않으리.
남쪽 북쪽 온 동네 울며 돌아다니며
밤에 우는 아이들 겁먹고 그치게 하네.

[註] 고양이의 습성을 잘 묘사한 글이다. 자기보다 더 강한 호랑이가
    나타나면 종적을 감추었다가도 만만한 삽살개를 만나면 마냥 볼
    을 때리면서 놀려댄다. 주인집의 쥐를 잡아서 칭찬을 받기도 하
    나 이웃집의 닭을 물어 죽여서 늘 말썽이고 미움을 받기도 한다.
    밤에는 온 마을을 누비며 울어대는데, 그 소리가 괴상해서 우는
    아이들이 모두 겁에 질려서 울음을 그친다.

◇ 乍 …… 잠깐 사, 별안간 사
◇ 埃 …… 티끌 애
◇ 狵 …… 삽살개 방
◇ 腮 …… 뺨 시, 볼 시
◇ 獵 …… 사냥할 엽
◇ 捉 …… 잡을 착
◇ 猜 …… 시기할 시, 두려워할 시
◇ 巷 …… 골목 항
◇ 怯 …… 겁낼 겁, 무서워할 겁
◇ 孩 …… 아이 해
◈ 三百郡中(삼백군중) …… 많은 동물들 가운데.
◈ 得譽(득예) …… 칭찬을 받다.
◈ 夜哭孩(야곡해) …… 밤에 울어대는 어린아이.

猫(묘) 二 …… 고양이

乘夜橫行路北南	승야횡행로북남
中於狐狸傑爲三	중어호리걸위삼
毛分黑白渾成繡	모분흑백혼성수
目挾靑黃半染藍	목협청황반염람
貴客床前偸美饌	귀객상전투미찬
老人懷裡傍溫衫	노인회이방온삼
那邊雀鼠能驕慢	나변작서능교만
出獵雄聲若大談	출렵웅성약대담

밤을 타고 온 길을 싸다니니
여우 이리와 더불어 밤의 세 걸물이로다.
검은 털에 흰 털 박혀 수놓은 듯 무늬 곱고
푸르고 누런 눈동자엔 남빛조차 어리네.

귀한 손님 밥상에서 맛난 반찬 훔쳐내고
노인 품속에 안겨 따뜻한 비단옷 걸친다.
참새나 쥐 따위가 어찌 교만할 수 있으랴
사냥할 때 그 날쌤 큰소리칠 만하다.

[註] 소는 열심히 일을 하고 닭은 시간을 알리고 알을 낳아 주며 개
　　는 집을 지켜 준다. 그런데 고양이는 하는 일이 별로 없으면서도
　　얌체 노릇만 골라 한다. 귀한 손님 밥상에서 맛있는 음식을 훔쳐
　　먹고 노인들 품속에 기어 들어가서 따뜻한 비단옷에 파묻혀 편
　　안히 잠을 잔다. 그러나 참새나 쥐를 사냥할 때의 그 날쌘 동작
　　은 비호 같으며 밤거리를 쏘다니는 여우나 이리 못지 않다.

◆ 狐 ······ 여우 호
◆ 狸 ······ 이리 리
◆ 渾 ······ 흐릴 혼, 섞일 혼
◆ 繡 ······ 수놓을 수
◆ 傍 ······ 의지할 방, 가까이할 방
◆ 衫 ······ 옷 삼
◆ 那 ······ 어찌 나
◆ 染 ······ 물들일 염
◈ 乘夜(승야) ······ 밤을 타고.
◈ 若大談(약대담) ······ 큰소리칠 만하다.

鳳凰(봉황)

鳳飛靑山鳥隱林　　봉비청산조은림
龍登碧海魚潛水　　용등벽해어잠수

봉황새가 청산에 날아오니 새들이 숨고
용이 벽해에 나타나니 고기들이 물 속에 숨도다.

[註] 세상에는 소인배들이 너무나 많다. 참새 떼들이나 물 속에 잡어 같은 무리들이 어찌 감히 고고한 용이나 봉황 같은 김삿갓의 뜻을 알 수 있으리오. 이 시는 그러한 소인배들을 한탄하면서 지은 글이다.

◇ 隱 …… 숨을 은
◇ 龍 …… 용 룡
◇ 潛 …… 잠길 잠
◈ 鳳(봉) …… 봉황(鳳凰), 예로부터 중국의 전설에 나오는 상상의 새. 몸의 전반신은 기린, 후반신은 사슴, 목은 뱀, 꼬리는 물고기, 등은 거북, 턱은 제비, 부리는 닭, 깃털은 공작과 같이 광채가 나고, 소리는 오음에 맞고, 오동나무에 살며, 대나무 열매를 먹고 살고, 영천(靈泉)의 물을 마신다고 함. 기린, 거북, 용과 함께 사령(四靈)으로 불림.
◈ 碧海(벽해) …… 검푸른 바다.

虱(슬)······ 이

飢而吮血飽而擠	기이연혈포이제
三百昆蟲最下才	삼백곤충최하재
遠客懷中愁午日	원객회중수오일
窮人腹上聽晨雷	궁인복상청신뢰

形雖似麥難爲麴	형수사맥난위국
字不成風未落梅	자불성풍미락매
問爾能侵仙骨否	문이능침선골부
麻姑搔首坐天台	마고소수좌천태

주리면 피를 빨고 배부르면 떨어지니
삼백 곤충 중에 가장 하등일세.
먼길 가는 나그네 품속에서 잡힐까 낮에는 근심하고
주린 사람 배 위에서 우레 소리 듣는구나.

생긴 모양 비록 보리 같으나 누룩이 될 수 없고
글자로는 풍(風)자 못 이루니 매화꽃을 못 떨어뜨리네.
네게 묻나니 감히 신선도 범할 수 있겠는가
마고할멈 너 때문에 머리 긁으며 천태산에 앉았구나.

[註] 생긴 모양이 보리 같으나 보리가 아니라서 누룩이 될 수 없고, 글자로 해석하면 획이 하나 없어서 풍(風)자를 못 이루니 매화꽃이 바람에 날리지 않는다는 표현은 매우 재미있다. 그리고 사람을 이렇게 괴롭히는 이는 감히 신선도 범할 수 있겠는가 하는 비약적 생각이라든가 천태산에 마고할멈이 이 때문에 머리를 긁적거린다는 대목은 너무나 기발한 표현이다.

◇ 吮 …… 빨 연, 핥을 연, 들이숨쉴 전
◇ 雖 …… 비록 수
◇ 擠 …… 물리칠 제, 멀어질 제
◇ 麹 …… 누룩 국, 麴과 동일자.
◇ 搔 …… 긁을 소
◈ 仙骨(선골) …… 신선, 신선의 골격이라는 뜻으로 비범한 골상(骨相)을 일컫는 말.
◈ 麻姑(마고) …… 선녀의 이름. 고여산(姑餘山) 중국 모주(牟州)에서 수도해서 신선이 된 할머니. 손톱이 새와 같이 뾰족함. 후한(後漢) 때 왕방평(王方平, 입산 수도해서 신선의 도를 깨친 자)이 채경(蔡經)의 집에서 그녀를 불러 시중을 들게 했는데 용모를 보니 18, 19세 되는 아리따운 처녀 같았다. 마고(麻姑)는 창해(滄海)가 3번이나 변해서 상전(桑田)이 되도록 시중을 들었는데, 채경(蔡經)이 마고(麻姑)의 손톱이 새와 같은 것을 보고 그 손톱으로 등을 긁게 하면 좋다고 생각했는데, 그 심중(心中)을 방평(方平)이 알고 채경(蔡經)의 등을 때리면서 "마고(麻姑)는 신인(神人)이다. 어찌 그 손톱으로 너 따위의 등을 긁어 주기를 바라느냐." 하며 꾸짖고는 마고(麻姑)와 함께 홀연히 사라졌다.

魚(어)

遊泳得觀底好時	유영득관저호시
錦潭斜日綠楊垂	금담사일록양수
銀翻如舞鸎相和	은번여무앵상화
玉躍旋潛鷺獨知	옥약선잠로독지
影醮橫雲嫌罟陷	영초횡운혐고함
光沈初月似釣疑	광침초월사조의
歸來森列變眸下	귀래삼열변모하
畵出心頭一幅奇	화출심두일폭기

연못 속에 뛰노는 물고기 환히 보이고
해 저무는 맑은 연못가 수양버들 치렁치렁
은빛 비늘 춤추듯이 반짝이면 꾀꼬리 화답하고
옥같이 뛰었다가 물 속으로 잠기면 백로만이 간 곳 아네.

구름 그림자 물 위에 어리면 그물인 양 겁을 내고
초승달 물 속에 잠기면 낚시인가 의심하네.
돌아와 두 눈 감아도 고기 모습 연연해서
마음속에 아름다운 그림 한 폭 떠오르네.

[註] 수양버들이 저녁노을에 치렁치렁 늘어진 맑은 연못 속에는 물고
    기들이 노는 것이 잘 보인다. 은빛 비늘을 반짝이며 이리저리 헤
    엄치면서 평화롭게 노니 마치 꾀꼬리가 이에 화답하듯 꾀꼴꾀꼴
    울어댄다. 고기들이 구름의 그림자만 봐도 그물인가 놀라고, 초
    승달이 물에 비쳐도 낚시인가 걱정한다는 표현은 너무나 사물을
    달관한 김삿갓의 천재성이라고 할 수 있다.

◇ 飜 …… 날 번, 뒤집힐 번, 엎치락뒤치락할 번
◇ 鸎 …… 꾀꼬리 앵
◇ 鷺 …… 백노 로
◇ 醮 …… 마를 초
◇ 嫌 …… 싫어할 혐
◇ 罟 …… 물고기그물 고
◇ 陷 …… 빠질 함
◇ 釣 …… 낚시 조
◆ 銀(은) …… 은빛 고기 비늘.
◆ 初月(초월) …… 초승달.
◆ 森列(삼열) …… 고기가 수물수물하다는 표현.
◆ 心頭(심두) …… 마음속.
◆ 一幅奇(일폭기) …… 귀이한 한 폭의 그림.

魚腹葬(어복장)

靑龍在左白虎右	청룡재좌백호우
天地東南流坐向	천지동남류좌향
龜頭碧波立短碣	구두벽파입단갈
雁足靑天來弔喪	안족청천래조상

청룡이 좌(左)에 있고 백호가 우(右)에 있어 명당자리 분명하고
물은 천지(天地)의 동남으로 흐르니 좌향도 좋을시고.
거북 머리로 푸른 파도 위에 비석을 삼으니
푸른 하늘 기러기들 문상을 오네.

[註] 어느 고을에서 물에 빠져 죽은 시체를 발견했다. 동네 청년들과
힘을 모아 장사를 지냈는데, 그 묻은 자리를 살펴보니 산세는 좌
청룡 우백호가 분명하고 좌향도 좋아서 그런 대로 묏자리로써
손색이 없었다. 옛 사람들은 서로 이별할 때는 대개 송별시를 주
고받는데, 이 시는 장례를 마치고 떠나면서 지은 송별시다.

◇ 碣 …… 시석 갈
◇ 龜 …… 거북 구
◈ 坐向(좌향) …… 묏자리의 정면으로 향한 방향.
◈ 弔喪(조상) …… 문상.

蛙(와)······ 개구리

草裡逢蛇恨不飛	초리봉사한불비
澤中冒雨怨無簑	택중모우원무사
若使世人敎拑口	약사세인교겸구
夷齊不食首陽薇	이제불식수양미

풀 속에서 뱀 만났을 때 날지 못함이 한스럽고
연못 가운데서 비 만나면 도롱이 없음이 원망스럽네.
개구리같이 말 많은 세상 사람들 입다물게 했더라면
백이 숙제도 수양산 고사리 먹지 않았을 것을.

[註] 세상을 부정적으로 사는 사람은 늘 말 많고 불평이 많은데, 그것
은 마치 물가에서 우는 개구리와 같다. 그들이 하는 말들을 개구
리 울어대는 것에 비유해서 교훈적으로 적은 글이다.

◇ 冒 ······ 무릅쓸 모
◇ 簑 ······ 도롱이(우의) 사
◇ 拑 ······ 얽어맬 겸
◇ 薇 ······ 고사리 미
◈ 夷齊(이제) ······ 백이와 숙제.
◈ 首陽(수양) ······ 수양산.

鷹(응) …… 매

萬里天如咫尺間	만리천여지척간
俄從某岫又兹山	아종모수우자산
平林搏兎何雄壯	평림박토하웅장
也似關公出五關	야사관공출오관

아득한 만리 하늘 지척인 양 날아와
저 산에서 번쩍하더니 이 산으로 돌아드네.
우거진 숲 속에서 토끼를 잡으니 어찌 장하지 않을까
마치 관우가 오관에서 나오는 듯 당당하도다.

〔註〕 날렵한 매가 이 산 저 산 누비며 사냥을 하는 것이, 마치 삼국지
에 나오는 관우장과 같이 당당하다고 표현하는 것이 재미있다.

◇ 鷹 …… 매 응
◇ 俄 …… 가까울 아, 갑자기 아
◇ 岫 …… 산봉우리 수
◇ 搏 …… 많을 박, 넓을 박, 클 박
◈ 咫尺(지척) …… 지척, 가까운 거리.
◈ 關公(관공) …… 관우(關羽). 중국 삼국시대 촉한(蜀漢)의 장수. 유비
(劉備)를 섬기고 적벽전(赤壁戰)에서 조조(曹操)의 군대를 대파함.

蚤(조)······벼룩

貌似棗仁勇絶倫	모사조인용절륜
半風爲友蝎爲隣	반풍위우갈위린
朝從席隙藏身密	조종석극장신밀
暮向衾中犯脚親	모향금중범각친
尖嘴嚼時心動索	첨취작시심동색
赤身躍處夢驚頻	적신약처몽경빈
平明點檢肌膚上	평명점검기부상
剩得桃花萬片春	잉득도화만편춘

모양은 대추씨같이 작으나 날래기는 당할 이 없으며
이와는 벗하고 빈대와는 이웃하네.
낮에는 자리 틈에 깊이깊이 숨었다가
밤이 되면 이불 속에서 다리를 쏘아대네.

뾰족한 주둥이로 쏠 때는 참지 못해 잡으려 하고
빨간 몸(벼룩) 스멀거릴 때는 단꿈을 깨네.
날이 밝자 피부 위를 살펴보면
복사꽃 만발한 듯 울긋불긋 만신창이.

[註] 지금은 거의 찾아볼 수 없는 벼룩이지만, 옛날에는 벼룩 때문에 밤잠을 설친 일이 한두 번이 아니다. 낮에는 어디 숨었는지 알 수 없는데, 밤만 되면 나타나서 따끔따끔하게 쏘아댄다. 이 글을 읽어 보면 정말 살기 좋은 세상이 되었다는 것을 실감할 수 있다.

◇ 貌 ······ 모양 모
◇ 蝎 ······ 빈대 갈
◇ 隙 ······ 틈 극
◇ 尖 ······ 뾰족할 첨
◇ 嘴 ······ 입부리 취
◇ 嚼 ······ 씹을 작
◇ 索 ······ 찾을 색, 줄 삭
◇ 肌 ······ 살갗 기
◇ 剩 ······ 남을 잉, 더할 잉
◈ 棗仁(조인) ······ 대추씨.
◈ 半風(반풍) ······ 이. 슬(虱)자는 풍(風)자에서 획이 한 개 없으니까 풍(風)자의 반이라는 뜻.
◈ 藏身密(장신밀) ······ 몸을 은밀히 숨기다.
◈ 暮向(모향) ······ 날이 저물다.
◈ 心動索(심동색) ······ 찾으려는 마음이 생기다.
◈ 赤身(적신) ······ 붉은 몸, 즉 붉은 벼룩을 일컬음.
◈ 平明(평명) ······ 날이 밝다.
◈ 剩得(잉득) ······ 공짜로 얻다.

金剛山
(금강산)

江湖浪跡(강호랑적)

江湖浪跡又逢秋	강호랑적우봉추
約伴詩朋會寺樓	약반시붕회사루
小洞人來流水暗	소동인래류수암
古龕僧去白雲浮	고감승거백운부
薄遊少答三生願	박유소답삼생원
豪飮能消萬種愁	호음능소만종수
擬把淸懷書柿葉	의파청회서시엽
臥聽西園雨聲幽	와청서원우성유

정처 없이 떠돌아다니던 이 몸 또다시 가을을 만나
시우(詩友)와 더불어 약속한 절간 누각에 모였도다.
좁은 골짝에 사람 많이 오니 그 그림자로 냇물이 어둡고
옛 절로 들어가는 스님 뒤에 흰 구름 떠오르네.

금강산에 올라 삼생의 소원 약간은 푼 셈이니
실컷 마신 술로 만 가지 시름 모두 잊네.
내 이제 그윽한 회포를 읊어 감잎에 적어 놓고
누운 채 서원의 빗소리 들으니 회포 더욱더 그윽하네.

〔註〕 흘러가는 것은 세월이다. 사람은 없어지고 흥성낙일(興盛落日) 흩어지는 세월만이 무정하게 가는구나. 강호(江湖)를 떠돌다 보니 또 한해가 저무는 가을이 되어 단풍 구경을 하러 친구들과 약속한 금강산의 절간 누각에 모였다. 삼생의 소원이 천하를 돌아다니며 유람하는 것인데, 이제 금강산에 다다르니 그 소원 조금은 푼 듯하다. 술 실컷 마시고 비오는 누각에 드러누우니 만 가지 감회가 그윽할 뿐이다.

◇ 龕 ······ 감실 감, 여기서는 절간을 말함.

◇ 薄 ······ 넓을 박

◇ 擬 ······ 추측할 의, 헤아릴 의

◇ 把 ······ 잡을 파

◇ 淸 ······ 그윽할 청

◈ 江湖(강호) ······ 시인 묵객들이 현실을 도피해서 생활하는 시골이나 자연. 경향(京鄕)을 운치 있게 일컫는 말.

◈ 浪跡(낭적) ······ 이리저리 유랑하는 것.

◈ 少答(소답) ······ 조금은 답을 얻었다, 즉 조금은 소원을 이루었다.

◈ 三生(삼생) ······ 전생, 현생, 내생을 일컫는 말.

金剛山景 (금강산경)

若捨金剛景	약사금강경
靑山皆骨餘	청산개골여
其後騎驢客	기후기려객
無興但躊躇	무흥단주저

만일 금강산 경치를 빼놓는다면
청산은 모두 앙상한 뼈만 남을 것이네.
그 뒤에 나귀 탄 나그네는
흥 잃고 다만 머뭇거릴 뿐이리.

[註] 금강산보다 더 아름다운 산이 없다는 것을 이 짧은 시로 완벽하게 표현하였다. 만일 금강산이 없다면 다른 산들은 모두 빛을 잃고 말 것이며, 산천경개를 구경 다니는 시인 묵객들도 흥을 잃어서 길 떠나기를 망설일 뿐이다.

◇ 捨 …… 버릴 사
◇ 騎 …… 말탈 기
◇ 驢 …… 당나귀 려
◇ 但 …… 다만 단
◆ 躊躇(주저) …… 머뭇거리며 망설이는 것.

綠靑碧路(녹청벽로)

綠靑碧路入雲中	녹청벽로입운중
樓使能詩客住筇	누사능시객주공
龍造化含飛雪瀑	용조화함비설폭
劍精神削揷天峰	검정신삭삽천봉
仙禽白幾千年鶴	선금백기천년학
澗樹靑三百丈松	간수청삼백장송
僧不知吾春睡惱	승부지오춘수뇌
忽無心打日邊鐘	홀무심타일변종

검푸른 산길 따라 구름 속으로 들어가니
정자가 시인의 지팡이를 머물게 하네.
용의 조화는 눈 내리는 듯한 폭포를 만들었고
칼의 정신은 하늘 높이 솟은 봉우리를 깎았도다.

고고한 학의 흰털은 수천 년을 묵은 것이며
냇가의 나무는 300장(丈)이 넘는 큰 소나무일세.
절간의 스님은 봄에 취한 내 마음 알 길 없어
무심히 한낮에 종을 쳐 놀라게 하네.

[註] 울창한 숲 사이로 열린 길은 구름 덮인 산으로 이어져 있다. 길 가에 있는 정자에 다다르니, 시인이 못 가도록 그의 지팡이를 잡 는다. 칼로 깎아 세운 듯한 봉우리 사이로 눈이 날리는 듯한 폭 포가 내리꽂힌다. 소나무 사이로 날아가는 학은 수천 년은 묵은 듯한 신령스러운 학이며, 개울가에 있는 나무는 푸르고 푸른 낙 락장송들이다. 너무나 아름다운 봄 경치에 취해 넋을 잃고 있을 때, 멀리 절간의 종소리가 은은히 들려 온다. 아름다운 금강산의 광경이 한 폭의 그림처럼 눈에 떠오른다.

◇ 筇 …… 지팡이 공
◇ 削 …… 깎을 삭
◇ 揷 …… 꽂을 삽
◇ 澗 …… 산골물 간
◆ 使(사) …… 동사로 '~ 시키다', '~ 명하다'
◆ 天峰(천봉) …… 하늘 높이 솟은 봉우리.
◆ 仙禽(선금) …… 신선과 함께 노는 새. 학을 뜻한다.
◆ 丈(장) …… 길이의 단위. 한 장은 10자(尺), 또는 사람의 키를 나 타내는 '길'과도 같음.
◆ 日邊(일변) …… 정오.

答僧金剛山詩(답승금강산시)

(僧)	百尺丹岩桂樹下	백척단암계수하
	紫門久不向人開	자문구불향인개
	今朝忽遇詩仙過	금조홀우시선과
	喚鶴看庵乞句來	환학간암걸구래
(金笠)	矗矗尖尖怪怪奇	촉촉첨첨괴괴기
	人仙神佛共堪疑	인선신불공감의
	平生詩爲金剛惜	평생시위금강석
	及到金剛不敢詩	급도금강불감시

(스님) 백 척(百尺) 높은 붉은 바위 계수나무 그늘 밑
찾는 이 없어 삽짝문 오래도록 닫혀 있었는데,
오늘 아침 홀연히 지나가는 시선(詩仙)을 만나
타고 가는 학을 암자로 불러와 글을 청하노라.

(김립) 우뚝우뚝 뾰족뾰족 괴상한 경계가 하도 기이해서
사람도 신선도 귀신도 부처도 모두 놀라 의심하네.
내 평생 소원인 금강산을 읊으려고 별러 왔으나
이제 금강산을 대하니 감히 시 한 수 읊지 못하겠노라.

［註］ 금강산에서 시를 잘 짓는 스님을 만나서 서로 뜻이 맞아 지은 글이다. 스님이 학을 타고 가는 시선(詩仙)을 불러서 글 지어 주기를 청하였다고 했다. 김삿갓은 높고 괴이한 금강산의 봉우리를 보면 사람이나 귀신이나 신선, 부처님 모두가 감탄해 마지않을 것이며, 자신도 오래도록 금강산을 구경하고 꼭 좋은 글을 지으려 별러 왔는데, 막상 금강산 앞에 다다르니 너무나 아름답고 웅장한 산세에 넋을 잃어 한마디 말도 못 하겠다고 했다.

◇ 矗 …… 우뚝할 촉
◇ 怪 …… 괴이할 괴
◇ 惜 …… 아낄 석, 사랑할 석
◇ 堪 …… 견딜 감, 산모양기괴할 감
◆ 及(급) …… 개사(介詞)로 시간, 조건을 나타내고 '~에 이르러', '~할 때'라고 해석함.
◆ 敢(감) …… 조동사로서 어떤 일을 할 용기가 있음을 나타내고 동사 앞에 쓰인다. 앞에 부(不)자가 있을 때는 이에 상반되는 뜻을 나타낸다.
◆ 不敢詩(불감시) …… 감히 시를 지을 수 없다.

萬二千峰(만이천봉)

萬二千峰歷歷遊	만이천봉역력유
春風獨上衆樓隅	춘풍독상중루우
照臨日月圓如鏡	조임일월원여경
覆載乾坤小似舟	복재건곤소사주
東壓大洋三島近	동압대양삼도근
北撑高沃六鰲浮	북탱고옥육오부
不知無極何年闢	부지무극하년벽
太古山形白老頭	태고산형백로두

금강산 만이천 봉 두루두루 유람하고
봄바람 불어올 제 홀로 중루에 오르도다.
거울과 같이 둥근 일월(日月) 내리 비치니
이곳서 보는 아득한 천지 작은 조각배 같구나.

동쪽으로 굽어보니 넓은 바다에 삼도(三島)가 가깝고
북으로 바라보니 높은 고원에 육봉(六峰)이 떠 있구나.
알지 못하였도다! 천지 우주가 어느 해 열려
태고산형(太古山形)이 저렇게 늙어 흰머리 된 것을.

[註] 금강산 구경을 모두 마치고 정자에 올라 멀리 경치를 바라보니 거울과 같이 둥근 달이 비친 금강산은 마치 넓고 넓은 우주에 홀로 떠 있는 작은 배와 같다. 동으로는 넓은 바다와 삼신산이 가까이 보이고 북으로는 끝없이 펼쳐진 고원준령 속에 백두산을 비롯한 육봉이 보인다. 우주 천지가 어느 해 열렸는지 모르지만, 산꼭대기에는 백년설이 마치 나이 먹은 노인처럼 백발이 되어 있다.

◇ 撑 ······ 다스릴 탱, 버틸 탱
◇ 鰲 ······ 큰자라 오
◇ 闢 ······ 열릴 벽
◆ 衆樓(중루) ······ 금강산에 있는 누각의 이름.
◆ 照臨(조임) ······ 내리 비친다.
◆ 覆載(복재) ······ 아득히 넓다.
◆ 乾坤(건곤) ······ 하늘과 땅, 온 천지.
◆ 三島(삼도) ······ 봉래산(蓬萊山), 방장산(方丈山), 영주산(瀛州山)의 삼신산(三神山)을 일컬음.
◆ 高沃(고옥) ······ 높고 기름진 고원지대.
◆ 六鰲(육오) ······ 여기서는 백두산을 비롯한 6개의 높은 산.
◆ 無極(무극) ······ 우주의 본체인 태극의 무한정성(無限定性)을 뜻하는 말로써 여기서는 천지 우주를 뜻함.

山水詩(산수시)

(金笠)	山如劒氣衝天立	산여검기충천립
	水學兵聲動地流	수학병성동지류
(崔氏)	山欲渡江江口立	산욕도강강구립
	水將穿石石頭廻	수장천석석두회
(金笠改作)	山不渡江江口立	산부도강강구립
	水難穿石石頭廻	수난천석석두회

(김립)   산은 서슬이 시퍼런 칼과 같이 하늘로 솟아 있고
             물은 군사의 소리를 배워 땅을 흔들면서 흐르네.
(최씨)   산은 강을 건너고자 강가에 서 있고
             물은 돌을 뚫고자 돌머리를 맴도네.
(김립 개작) 산은 강물을 건너지 못해 강가에 서 있고
             물은 돌을 뚫지 못해서 돌머리를 돌아가네.

[註] 금강산 구경 길에 최씨 노인을 만나서 서로 시를 주고받으며 금
     강산의 경치를 읊은 글이다.

◆ 將(장) …… 조동사로서 어떤 일을 하려는 의지를 나타냄. '~하려
   고 한다.'

松松栢栢(송송백백)

松松栢栢岩岩廻　　송송백백암암회
水水山山處處奇　　수수신신처처기

소나무와 소나무, 잣나무와 잣나무, 바위와 바위 사이를 돌아드니
물과 물, 산과 산 가는 곳마다 기이하네.

[註] 금강산의 나무들과 묘한 바위 그리고 그 사이로 보이는 산봉우
리와 흐르는 냇물의 오묘함을 잘 나타낸 명구이다.

◇ 栢 …… 잣나무 백
◈ 廻(회) …… 나무와 바위 사이를 돌아간다는 뜻.
◈ 水水(수수) …… 골짜기를 흐르는 모든 물.
◈ 山山(산산) …… 모든 산.

書爲白髮(서위백발)

書爲白髮劒斜陽　　서위백발검사양
天地無窮一恨長　　천지무궁일한장
痛飮長安紅十斗　　통음장안홍십두
秋風簑笠入金剛　　추풍사립입금강

글쓰다 보니 어언 백발이 되었고 칼날 같은 기상도 기울어
하늘 끝 땅 끝까지 끝없는 한 줄기 한만 남았노라.
애통한 마음 장안에서 여인과 함께 많은 술 마시고
가을 바람에 삿갓 쓰고 금강산에 들어왔도다.

[註] 장안 술집에서 많은 여인과 함께 술을 마시며 여름을 지내고 가
을이 되자 금강산에 들어왔다. 높은 산을 바라보며 지내 온 자신
의 삶을 생각하니, 세월도 인생도 모두 바람같이 흘러가 버린 것
이 한스러울 뿐이다.

◇ 簑 …… 도롱이 사(짚으로 만든 우의)
◈ 劒(검) …… 칼날같이 날카로운 젊은 기상.
◈ 紅(홍) …… 붉은 연지를 바른 여인.
◈ 十斗(십두) …… 열 말이나 되는 많은 술.
◈ 無窮(무궁) …… 정 붙일 곳 없는.

長夏居然(장하거연)

長夏居然近素秋	장하거연근소추
脫巾抛襪步寺樓	탈건포말보사루
波聲通野巡墻滴	파성통야순장적
靄色和煙繞屋浮	애색화연요옥부
酒到空壺生肺喝	주도공호생폐갈
詩猶餘債上眉愁	시유여채상미수
與君分手芭蕉雨	여군분수파초우
應相歸家一夢幽	응상귀가일몽유

긴긴 여름 어느덧 지나가고 가을이 다가왔네.
망건 버선 모두 벗고 맨발로 절간 누각 거느리니
시냇물 소리 멀리 들판 저쪽서 담장 끼고 들려 오고
아지랑이 연기와 함께 집 둘레에 자욱하네.

다 마셔 빈 술병은 갈증만 부르는데
시(詩) 지으라 자꾸 조르니 눈썹 찌푸려지네.
이제 그대와 파초에 비 내리는 이 자리를 헤어지면
집에 돌아간 뒤에 꿈에서도 그리우리.

[註] 금강산 경치가 너무 좋아서 아무리 술을 마셔도 취하지 않는다. 가을이 다가오는 좋은 계절에 절간 누각에서 거추장스러운 망건 버선 훌훌 벗어 던지고, 멀리서 들려 오는 물소리를 들으니 가슴이 후련하다. 술병에 술은 다 마셔 빈 병인데 갈증은 여전하다. 술 가져올 생각은 안 하고 시만 지어 달라고 조르니 절로 짜증이 난다. 이 좋은 자리 한번 헤어지면 다시 만들기 어려우니 술이나 실컷 마시자.

◇ 抛 …… 던질 포
◇ 襪 …… 버선 말
◇ 滴 …… 스며들 적
◇ 靄 …… 구름피어오를 애, 아지랑이 애
◈ 長夏(장하) …… 해가 긴긴 여름.
◈ 居然(거연) …… 모르는 사이에 슬그머니.
◈ 素秋(소추) …… 가을의 별칭(오행설에서 흰빛은 가을에 해당된다는 데서 유래).
◈ 波聲(파성) …… 물 흐르는 소리.
◈ 分手(분수) …… 서로 작별하는 것.
◈ 應相(응상) …… 서로 맞아 기맥을 통하는 것.

矗矗金剛山(촉촉금강산)

矗矗金剛山	촉촉금강산
高峰萬二千	고봉만이천
遂來平地望	수래평지망
三夜宿青天	삼야숙청천

우뚝우뚝 높이 솟은 금강산
높은 봉우리만 세어도 만이천이나 되네.
봉 위에서 평지를 보며 내려왔으나
사흘 밤을 푸른 하늘에서 묵어야 했도다.

[註] 금강산에는 높은 봉우리만도 만이천은 되는데, 그 봉우리가 하도
높아서 위에서 평지를 바라보고 내려오는 데도 꼬박 삼 일이 걸
린다고 했다.

◇ 矗 …… 우뚝할 촉
◆ 遂(수) …… 부사로서 최후의 결과를 나타내고 동사 앞에 쓰임.
'결국', '마침내'.
◆ 三夜宿(삼야숙) …… 사흘 밤이나 자야 한다. 즉, 평지로 내려오는
데 삼 주야나 걸린다는 뜻.

泰山在後(태산재후)

泰山在後天無北　　태산재후천무북
大海當前地盡東　　대해당전지진동
橋下東西南北路　　교하동서남북로
杖頭一萬二千峰　　장두일만이천봉

큰 산이 뒤에 가려 있어 북쪽은 하늘이 안 보이고
앞은 큰 바다여서 땅은 동쪽 끝이네.
다리 아래 길은 사방으로 통해 있고
지팡이 밑에 일만이천 봉이 매달렸네.

[註] 북쪽으로 높은 산이 가렸으니 하늘이 안 보이나 동쪽으로 동해
의 만경창파가 굽이굽이 펼쳐 있다. 지팡이 하나로 일만이천 봉
을 모두 구경 다니는 김삿갓의 마음을 읽을 수 있다.

◇ 杖 …… 지팡이 장
◈ 泰山(태산) …… 여기서는 좁은 산이라는 뜻.
◈ 當(당) …… 부사로서, 사건이 얼마 전에 발생된 것을 나타냄. '막',
'방금'.
◈ 東西南北(동서남북) …… 사방으로.
◈ 杖頭(장두) …… 지팡이 끝.

向金剛山(향금강산)

向靑山去　　향청산거
水爾何來　　수이하래

나는 청산을 향해 가는데
녹수야 너는 어디서 오느냐.

[註] 산이 깊고 골이 깊다. 가도가도 기암이요 절경이다. 그런데 어디
에 물의 근원이 있는지 김삿갓이 가는 곳과는 반대로 계속 쉬지
않고 물이 흘러온다. 이 짧은 글로써도 능히 금강산을 상상할 수
있다.

◇ 向 …… 향할 향
◈ 水(수) …… 청산(靑山)의 대구이니 녹수(綠水).
◈ 何來(하래) …… 어디서 오느냐.

詩僧(시승)과 共作(공작) 一

僧	朝登立石雲生足	조등립석운생족
笠	暮飲黃泉月掛脣	모음황천월괘순
僧	潤松南臥知北風	윤송남와지북풍
笠	軒竹東傾覺日西	헌죽동경각일서

아침에 '입석대'에 오르니 구름이 발 밑에서 일고
저녁에 '황천샘' 물을 마시니 달 그림자 입술에 걸렸도다.
소나무가 남쪽으로 누우니 북풍 심한 줄 알고
대나무 그림자 동으로 기우니 석양임을 알 수 있다.

[註] 김삿갓이 금강산에서 시를 잘하는 스님을 만나 시 짓기 내기를 하게 되었다. 만일 김삿갓이 지면 이빨을 뽑히고 스님이 지면 무한정 숙식을 제공하도록 하였다. 그리하여 금강산에 대해 스님이 먼저 읊고 김삿갓이 대구를 읊은 식으로 모두 16구를 읊었다. 절묘한 스님의 시도 놀랍지만, 구마다 묘한 대구를 하는 김삿갓의 재주는 사람 같지 않다.

◆ 立石(입석) ‥‥‥ 입석봉(立石峰). 금강산에 있는 봉우리 이름.
◆ 黃泉(황천) ‥‥‥ 황천담(黃泉潭). 샘 이름.

詩僧(시승)과 共作(공작) 二

僧	絶壁雖危花笑立	절벽수위화소립
笠	陽春最好鳥啼歸	양춘최호조제귀
僧	天上白雲明日雨	천상백운명일우
笠	岩間落葉去年秋	암간낙엽거년추

절벽은 무너질 듯 위태로우나 꽃은 태연히 웃으며 서 있고
봄은 더없이 좋은데도 새는 울며 돌아가네.
하늘 위에 흰 구름은 내일 비를 예고하고
바위틈 낙엽은 올 가을도 지나감을 알려 주네.

[註] 절벽이 금방 무너질 듯 불안해도 거기 서 있는 꽃은 태연히 웃
고 있다고 스님이 읊었다. 그 대구로 봄이 가장 화사하고 좋은데
도 새는 울면서 돌아간다라고 김삿갓이 대구했다. 하늘에 뜬 구
름은 내일 비가 올 것을 예고한다는 대구로 바위틈의 낙엽은 가
을이 지나감을 알리는 것이라고 했다. 두 사람의 시상은 실로 무
궁무진하다.

◈ 陽春(양춘) ‥‥‥ 따뜻한 봄날.

詩僧(시승)과 共作(공작) 三

僧	兩姓作配己酉日最吉	양성작배기유일최길
笠	半夜生孩玄子時難分	반야생해현자시난분
僧	影浸綠水衣無濕	영침록수의무습
笠	夢踏靑山脚不苦	몽답청산각불고

남녀가 짝을 지으려면 기유일(己酉日)이 가장 좋고
야밤에 아이를 낳으려면 해시(孩時)가 가장 어렵도다.
그림자가 물에 잠겨도 옷은 젖지 않고
꿈에 청산을 올라가도 다리가 아프지 않다.

[註] '그림자가 물에 잠겨도 옷이 젖지 않는다.'라는 대구로 '꿈에 청산을 올라가도 다리가 아프지 않다.'라는 구는 모두 절묘한 구절들이다.

◈ 作配(작배) …… 배필을 만든다.
◈ 己酉(기유) …… 두 글자를 합하면 배(配)자가 된다.
◈ 生孩(생해) …… 아기를 낳는다.
◈ 玄子(현자) …… 두 글자를 합하면 해(孩)자가 된다.
◈ 分(분) …… 분만(分娩)이라는 뜻.
◈ 難分(난분) …… 낳기 어렵다.

詩僧(시승)과 共作(공작) 四

僧	群鴉影裡千家夕	군아영리천가석
笠	一雁聲中四海秋	일안성중사해추
僧	假僧木折月影軒	가증목절월영헌
笠	眞婦菜美山姙春	진부채미산임춘

떼 까마귀 나는 그림자 아래 모든 집은 저물어 가고
외기러기 우는소리에 온 세상은 가을이더라.
'가승나무' 부러짐에 달 그림자 난간에 어리고
'참미나리' 맛이 좋아 산은 봄을 잉태했도다.

[註] 스님은 김삿갓을 골려 주려고 '假僧木(가승나무)'이라는 말을 썼
다. 그러나 그 대구로 '眞婦菜(참미나리)'로서 응수한 김삿갓은
과연 시선이다.

◇ 鴉 …… 까마귀 아
◈ 千家(천가) …… 많은 집들.
◈ 四海(사해) …… 온 세상.
◈ 假僧木(가승목) …… 가승나무, 假(가) 僧(승) 木(나무).
◈ 眞婦菜(진부채) …… 참미나리 나물, 眞(참) 婦(며느리) 菜(나물).

詩僧(시승)과 共作(공작) 五

僧	石轉千年方倒地	석전천년방도지
笠	峰高一尺敢摩天	봉고일척감마천
僧	靑山買得雲空得	청산매득운공득
笠	白水臨來魚自來	백수임래어자래

산 위의 돌은 천년을 굴러야 땅에 닿을 듯하고
봉우리 한 자만 더 높았더라면 하늘에 닿았을 것을.
청산(靑山)을 사들이니 구름은 공짜로 따라오고
맑은 물 끌어오니 고기는 스스로 따라오네.

[註] 산이 높다는 표현으로 산 위의 돌이 천 년을 굴러야 땅에 닿겠
다고 하니, 봉우리가 한 자만 더 높았더라면 하늘에 닿을 뻔했다
고 응수했다. 끝에 두 구도 절묘한 구절이다.

◈ 方(방) …… 부사로서 '마침', '마침 ~하다.'
◈ 敢(감) …… 조동사로서 '~하다.'
◈ 摩天(마천) …… 마천루(摩天樓)의 준말, 하늘에 닿을 듯 높은 집,
여기서는 하늘이라는 뜻.

詩僧(시승)과 共作(공작) 六

僧	秋雲萬里魚鱗白	추운만리어린백
笠	枯木千年鹿角高	고목천년록각고
僧	雲從樵兒頭上起	운종초아두상기
笠	山入漂娥手裡鳴	산입표아수리명

만리나 뻗은 가을 하늘 구름은 고기의 흰 비늘 같고
천년이나 묵은 고목은 사슴뿔처럼 높도다.
구름은 나무하는 아이 머리 위에서 일고
산은 빨래하는 아낙네 방망이 쥔 손에서 우는구나.

[註] 너무나 완벽한 대구를 구사한 구절이다. 추운(秋雲)→고목(枯木),
만리(萬里)→천년(千年), 어린(魚鱗)→녹각(鹿角), 백(白)→고(高),
대구를 잘 이룬 것은 비록 이 구절뿐만이 아니라, 모든 구절마다
모두 절묘한 대구를 구사하고 있다. 실로 놀라운 일이며, 그저
감탄할 뿐이다. 두 사람은 밤이 깊어 가는 줄도 모르고 시 삼매
에 들어 흥은 점입가경이었다.

◇ 鱗 …… 고기비늘 린
◇ 樵 …… 나무꾼 초

詩僧(시승)과 共作(공작) 七

僧	登山鳥萊羹	등산조래갱
笠	臨海魚草餅	임해어초병
僧	水作銀杵舂絶壁	수작은저용절벽
笠	雲爲玉尺度靑山	운위옥척도청산

산에 오르니 새들이 '쑥갱쑥갱' 울어대고
바다에 가니 고기들이 '풀떡풀떡' 뛰어오른다.
폭포는 은 절구공이가 되어 절벽을 찧고
구름은 옥으로 만든 자인 양 청산을 재도다.

[註] 폭포를 은으로 만든 절구공이며 절벽에서 밑으로 내리꽂힌다는
표현이나, 구름을 하늘을 재는 옥으로 만든 자라고 표현한 것은
너무나 절묘하며 금강산의 절경이 눈에 선하다.

◈ 萊羹(내갱) …… 새가 우는 소리인 '쑥갱'으로 해석한다. 萊(쑥 래)
는 우리말로 쑥, 羹(국 갱)은 한자음인 갱으로 읽음.

◈ 草餅(초병) …… 고기가 뛰는 소리인 '풀떡'으로 해석한다. 草(풀 초)
와 餅(떡 병)을 모두 우리말로 읽어서 '풀떡'이다.

詩僧(시승)과 共作(공작) 八

僧	月白雪白天地白	월백설백천지백
笠	山深夜深客愁深	산심야심객수심
僧	燈前燈後分晝夜	등전등후분주야
笠	山南山北判陰陽	산남산북판음양

달도 희고 눈도 희고 천지가 모두 희고
산도 깊고 밤도 깊고 나그네 가슴에 시름도 깊네.

등불을 켜고 끔으로써 밤과 낮을 구분하고
산은 남쪽과 북쪽으로 음지와 양지를 알게 한다.

[註] 누가 이기고 지고가 없다. 실로 유쾌한 일이다. 이 16의 대구로써 금강산의 전경이 모두 읊어졌다. 스님과 김삿갓은 오랜만에 마음이 통하는 상대를 만나 그저 즐겁기만 했다. '월백설백천지백'의 대구로써 '산심야심객수심'은 절묘하다고밖에 달리 할말이 없다. 속설에는 김삿갓이 이겨서 스님의 이를 빼었다는 말도 있으나, 스님의 명구가 없었던들 김삿갓의 대구도 없었을 것으로 미루어 무승부가 옳은 것으로 생각한다.

江山 · 樓亭
(강산 · 누정)

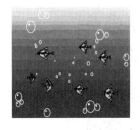

看山(간산)······ 산 구경

倦馬看山好	권마간산호
停鞭故不加	정편고불가
岩間繞一路	암간재일로
烟處或三家	연처혹삼가
花色春來矣	화색춘래의
溪聲雨過耶	계성우과야
渾忘吾歸家	혼망오귀가
奴日夕陽斜	노왈석양사

게으른 말을 타니 산 구경하기 더 좋아
일부러 채찍 들어 치지도 않노라.
바위 사이로 오직 오솔길 하나
연기 나는 곳엔 초가 서너 채.

꽃 예쁘게 피었으니 봄이 왔는지
시냇물 소리 들리니 비 지나갔는가?
돌아갈 것 까맣게 잊고 있는데
하인이 말하기를 해 저물어 간다 하네.

[註] 게으른 말은 빨리 가지 않으니 산 구경하는 데는 타고 가기가
참 좋다. 채찍으로 빨리 가기를 재촉할 필요도 없으니 가는 대로
맡기고 느긋이 구경한다. 바위 사이의 오솔길을 따라가니 연기
나는 곳에 외딴집이 몇 채 있다. 조용하고 아름다운 봄 동산의
경치가 한 폭의 그림같이 잘 묘사되어 있다.

◇ 倦 …… 파리한말 권, 게으를 권
◇ 纔 …… 잠깐 재, 겨우 재
◇ 渾 …… 흐를 혼, 여전히 혼
◈ 倦馬(권마) …… 게으른 말.
◈ 故(고) …… 여기서는 '고의(故意)로'라는 뜻.
◈ 烟處(연처) …… 연기가 나는 곳.
◈ 矣(의) …… 어조사로서 구말에 쓰이고 '~입니까', '~인가'.
◈ 耶(야) …… 어조사로서 구말에 쓰이고 '~입니까', '~인가'.

開城(개성)

故國江山立馬愁	고국강산입마수
半千王業空一邱	반천왕업공일구
煙生廢墻寒鴉夕	연생폐장한아석
落葉荒台白雁秋	낙엽황태백안추
石狗年深難轉舌	석구년심난전설
銅台陁滅但垂頭	동태타멸단수두
周觀別有傷心處	주관별유상심처
善竹橋川洇不流	선죽교천인불류

옛 강산에 들러 말 멈추니 시름 끝없는데
반 천년 왕업이 빈 언덕만 남았구나.
무너진 담장에서 연기 일고 석양에 까마귀 쓸쓸히 우니
깊어 가는 가을 낙엽 지는 폐허에 기러기만 날아가네.

돌로 된 개는 긴 세월 어려움을 전하지 못하고
구리대는 허물어져 머리를 숙였도다.
둘러보니 유난히 가슴 아픈 곳 있어
선죽교 개울물 목메 흐르지 못하고 흐느껴 우네.

[註] 고려조의 서울이었던 개성을 둘러보니 그 옛날 화려했던 면모는 어디 가고 쓸쓸한 폐허만 남아 있다. 돌로 된 짐승들은 너무나 세월이 흐른 탓인지 혀가 굳어 말이 없고 한때 화려했던 구리대는 모두가 허물어져 폐허가 되었다. 특히 나그네 가슴을 아프게 하는 것은 선죽교의 비참한 고사다.

◇ 寒 …… 쓸쓸할 한
◇ 鴉 …… 갈가마귀 아
◇ 陁 …… 평평치못할 타
◇ 咽 …… 목메일 인
◈ 半千(반천) …… 500년.
◈ 石狗(석구) …… 돌로 만든 개의 상.
◈ 銅台(동태) …… 구리로 만든 대.
◈ 善竹橋(선죽교) …… 경기도 개성에 있는 다리. 고려 말기의 충신 정몽주(鄭夢周)가 이성계(李成桂)를 문병하고 돌아오다가 방원(芳遠)이 보낸 조영규(趙英珪) 등의 철퇴를 맞고 죽은 곳. 당시의 핏자국이 지금도 남아 있다 함.

過寶林寺(과보림사)······ 보림사를 지나며

窮達在天豈易求	궁달재천기이구
從吾所好任悠悠	종오소호임유유
家鄕北望雲千里	가향북망운천리
身勢南遊海一漚	신세남유해일구
掃去愁城盃作箒	소거수성배작추
釣來詩句月爲鉤	조래시구월위구
寶林看盡龍泉又	보림간진용천우
物外閑跡共比丘	물외한적공비구

잘 살고 못 사는 것 하늘에 달렸으니 어찌 뜻대로만 되리요,
나는 내 좋아하는 것 따라 느긋하게 살리라.
북쪽 고향 하늘 바라보니 구름 길 천리요,
남쪽에서 떠도는 신세 물거품과 같구나.

수심의 성벽 술잔을 빗자루 삼아 쓸어버리고
달을 낚시로 시구(詩句)를 낚으면서
보림사를 다 보고 용천사로 오니
세속을 떠난 한가한 내 마음 스님과 다름없네.

[註] 이렇게 사는 것도 저렇게 사는 것도 모두 하늘에 달린 운명이다. 운명은 어쩔 수 없으니 나는 내가 좋아하는 대로 유유히 한세상 살리라. 사소한 근심일랑 한잔 술로 씻어 버리고 달을 벗삼아 이 절 저 절 구경 다니니 마음에 욕심이 없어서 세속을 떠난 스님 과 다를 바 없다.

◇ 漚 …… 물거품 구
◇ 掃 …… 쓸 소
◇ 箒 …… 비 추
◇ 鉤 …… 갈고리 구, 낚싯바늘 구
◈ 窮達(궁달) …… 못 살고 잘 사는 것.
◈ 在天(재천) …… 하늘에 달려 있다.
◈ 所好(소호) …… 좋아하는 것.
◈ 家鄕(가향) …… 고향.
◈ 身勢(신세) …… 불쌍한 일신상의 형편.
◈ 寶林(보림) …… 보림사(寶林寺). 전라남도 장흥군 유치면 가지산 (迦智山)에 있는 절. 송광사의 말사.
◈ 龍泉(용천) …… 용천사(龍泉寺). 전라남도 함평군 해보면 광암리무 악산(無嶽山)에 있는 절.
◈ 物外(물외) …… 물욕을 떠났다. 세속을 떠났다.
◈ 比丘(비구) …… 남자 스님.

過廣灘(과광탄) …… 광탄을 지나며

幾年短杖謾徘徊	기년단장만배회
愁外鄉山夢裏回	수외향산몽리회
憂國空題王粲賦	우국공제왕찬부
逢時虛老賈誼才	봉시허로가의재
風吹落葉三更急	풍취낙엽삼경급
月搗寒衣萬戶催	월도한의만호최
齷齪生涯何足歎	악착생애하족탄
携盃更上鳳凰臺	휴배갱상봉황대

지팡이 하나 의지하고 방황한 지 그 몇 해인가?
수심 밖 고향 산천 꿈속에 돌아든다.
나라 걱정하던 왕찬(王粲) 헛되이 부(賦)만 쓰고
때 만나도 재주 펴지 못한 가도(賈島) 덧없이 늙어갔네.

바람에 낙엽 지니 밤은 더욱 깊어 가고
달밤에 겨울 옷 다듬이 소리, 만 호에 울려 퍼지네.
모질었던 이내 인생 한탄한들 무엇하리
술잔 들고 봉황대로 다시 오르네.

[註] 가을은 깊어만 가는데 지팡이 하나 의지하고 방황한 지 그 몇 해였던가. 나라 걱정하던 '왕찬'도, 재주 한 번 펴 보지 못하고 늙어 간 '가도'도 모두 부질없는 한바탕 꿈에 지나지 않는다. 악착같은 인생 한탄한들 무엇하리, 차라리 봉황대에 올라 술이나 한잔 더 하리.

◇ 謾 …… 속일 만
◇ 誼 …… 옳을 의, 다스릴 의
◇ 催 …… 재촉할 최, 더할 최
◈ 廣灘(광탄) …… 광탄천(廣灘川)을 말함. 황해도 벽성군 검단면에서 벽성군 죽천을 거쳐 황해로 흘러 들어가는 작은 강.
◈ 王粲(왕찬) …… 중국 후한 말기의 시인. 자는 중선(仲宣). 산양 고평 사람.
◈ 賦(부) …… 한시의 한 종류.
◈ 賈(가) …… 가도(賈島 ; 779~843), 중국 중당 때 시인. 여러 번 과거에 응시했으나 번번이 실패하고 나중에 중이 되어 법명을 무본(無本)이라 하였다.
◈ 搗(도) …… 여기서는 다듬이질.
◈ 寒衣(한의) …… 겨울 옷.
◈ 齷齪(악착) …… 끈기 있고 모질다.
◈ 何足歎(하족탄) …… 무엇을 족히 한탄하리.
◈ 鳳凰臺(봉황대) …… 광탄천에 있는 누각의 이름.

過長端(과장단)······ 장단읍을 지나며

對酒慾歌無故人	대주욕가무고인
一聲黃鳥獨傷神	일성황조독상신
過江柳絮晴獨電	과강류처청독전
入峽梅花香如春	입협매화향여춘
地接關河來往路	지접관하래왕로
日添車馬迎送塵	일첨차마영송진
臨津關外萋萋草	임진관외처처초
管得覊愁百種新	관득기수백종신

술 마시며 노래하고 싶어도 친구가 없고
꾀꼬리 소리만이 이 마음 상하게 하네.
강 건너 버들가지는 날씨 화창해서 싱그럽고
산골짝에 들어가니 매화는 봄 향기 피우도다.

이곳은 관문의 나루를 오가는 길목이라
날마다 왕래하는 말수레의 먼지 쌓여 가고,
'임진'나루 밖에는 잡초만이 무성해서
나그네 많은 시름 갖가지로 새롭게 하네.

[註] 경기도 장단 땅은 황진이의 무덤이 있다는 곳이다. 김삿갓은 만
고 풍류 여인 황진이의 무덤을 찾아 장단 땅을 찾아갔으나 끝내
찾지 못하고 홀로 술을 마신다. 화창한 날씨에 강 건너 수양버들
은 싱그럽게 푸르고 나루에는 사방에서 오가는 말수레로 먼지가
자욱하나 황진이의 무덤이 있다는 임진나루 밖에는 무심한 잡초
만이 무성하다. 아름다운 황진이와 덧없는 인생을 생각하니 그저
마음속에 온갖 시름만이 더할 뿐이다.

◇ 神 …… 마음 신
◇ 絮 …… 실엉킬 처
◇ 電 …… 번쩍번쩍할 전
◇ 峽 …… 두뫼 협
◇ 關 …… 관문 관
◇ 添 …… 더할 첨
◇ 管 …… 대롱 관, 맡아다스릴 관
◇ 羈 …… 말굴레 기
◆ 長端(장단) …… 경기도 장단군의 한 읍.
◆ 黃鳥(황조) …… 꾀꼬리.
◆ 臨津(임진) …… 임진강(臨津江), 함경남도 마식령(馬息嶺)에서 발
원해서 황해로 흘러가는 강.
◆ 萋萋(처처) …… 풀이 무성한 모습.
◆ 羈愁(기수) …… 나그네의 수심.

關王廟(관왕묘)

古廟幽深白日寒　　고묘유심백일한
全身復見漢衣冠　　전신복견한의관
當時未了中原事　　당시미료중원사
赤兎千年不解鞍　　적토천년불해안

낡은 사당 음산하여 낮에도 서늘한데
전신에 걸친 한나라 의관 옛날과 다름없네.
그 당시 중원의 큰일을 못 마치고 죽었으니
천년 지난 지금도 말안장을 못 풀었네.

[註] 관왕묘에 들렀다. 그 옛날 중원을 주름잡던 영웅은 천년의 한을 아직도 풀지 못하고 적토마에 안장을 풀지 않고 그때 그 옷을 입고 쓸쓸한 사당 안에 홀로 있다. 아! 무상한 인생이여!

◆ 關王廟(관왕묘) …… 촉한(蜀漢)의 장수 관우(關羽)를 모신 사당.
◆ 白日(백일) …… 한낮에.
◆ 漢衣冠(한의관) …… 한나라의 옛 옷과 관.
◆ 當時(당시) …… 삼국 전란 당시.
◆ 中原(중원) …… 중국 한족(漢族)이 일어났던 황하(黃河) 유역.
◆ 赤兎(적토) …… 적토마(赤兎馬)의 준말. 중국 삼국 전란 시대에 관우가 탔다는 매우 빠른 말.

九月山吟(구월산음)······ 구월산에서

昨年九月過九月	작년구월과구월
今年九月過九月	금년구월과구월
年年九月過九月	년년구월과구월
九月山光長九月	구월산광장구월

작년에도 구월산을 지났고
금년에도 구월산을 지났도다.
해마다 구월에 구월산을 지나는데
구월산 경치는 언제나 구월이더라.

[註] 구월산의 '구월'과 계절의 '구월'을 묘하게 조화시켜서 재미있게
꾸민 글이다.

◇ 過 ······ 지날 과
◈ 九月山(구월산) ······ 황해도 신천군과 은율군 사이에 있는 산. 높
이 954m.
◈ 光(광) ······ 경치.
◈ 長(장) ······ 언제나 늘 장하다.

大洞江上(대동강상)······ 대동강에서

大洞江相仙舟泛	대동강상선주범
吹笛歌聲泳遠風	취적가성영원풍
客子停驂聞不樂	객자정참문불락
蒼梧山色暮雲中	창오산색모운중

대동강에 떠 있는 수많은 놀잇배들
피리 소리 노랫소리 먼 바람결에 들려 오네.
강가에 말 멈추고 듣는 나그네 마음 서러운데
창오산 푸른빛이 구름 속에 저물어 가네.

[註] 저물어 가는 대동강은 그럴 수 없이 아름다웠다. 강 위에 뜬 놀
잇배에서는 피리 소리, 장고 소리가 즐거이 들려 온다. 그러나
아무도 반겨 주는 사람 없는 나그네의 쓸쓸한 마음은 서럽기만
하다.

◇ 泛 ······ 물소리 범
◇ 泳 ······ 헤엄칠 영
◇ 驂 ······ 말멍에할 참, 말매어둘 참
◆ 客子(객자) ······ 나그네.
◆ 蒼梧山(창오산) ······ 대동강변에 있는 산 이름.

大洞江練光亭(대동강연광정)

截然乎吃立高門	절연호흘입고문
碧萬頃蒼波直飜	벽만경창파직번
一斗酒三春過客	일두주삼춘과객
千絲柳十里江村	천사유십리강촌
孤丹鷔帶來霞色	고단목대래하색
雙白鳩飛去雪痕	쌍백구비거설흔
波上之亭亭上我	파상지정정상아
坐初更夜月黃昏	좌초경야월황혼

깎아지른 절벽 위에 연광정 문 높이 서 있고
만경창파 대동강엔 푸른 물결 출렁이네.
지나가는 봄 나그네 한 말 술에 취했는데
능라도 마을에는 수양버들 푸르르다.

외로운 붉은 따오기 노을 속에 날아오고
백구는 쌍쌍이 눈같이 날아가네.
물결 위에 정자 있고 정자 위에 내 있으니
초저녁에 앉아서 달뜨는 밤이 되도록 떠나지를 못하네.

[註] 대동강의 연광정은 경치가 좋기로 유명한 곳이다. 깎아지른 듯한
높은 문 하며, 그 아래 굽이치는 푸른 물결, 그리고 멀리 보이는
능라도의 수양버들은 볼수록 절경이다. 정자에 올라 밤이 깊어
가는 줄도 모르고 대동강을 굽어보는 김삿갓의 모습이 보이는
듯하다.

◇ 屹 …… 산우뚝할 흘
◇ 飜 …… 엎치락뒤치락할 번
◇ 鶩 …… 따오기 목
◇ 霞 …… 노을 하
◇ 痕 …… 흔적 흔
◇ 亭 …… 정자 정
◆ 練光亭(연광정) …… 대동강변에 있는 정자. 조선시대 중기의 시인
  '최경찬'의 시로 더욱 유명해졌다.
◆ 截然(절연) …… 칼로 깎아 세운 듯한 모양.
◆ 乎(호) …… 개사(介詞)로서, 장소를 나타내며 '~에 있다'.
◆ 萬頃蒼波(만경창파) …… 끝없이 넓은 바다.
◆ 三春(삼춘) …… 봄 석 달.
◆ 江村(강촌) …… 강가에 있는 마을.
◆ 十里江村(십리강촌) …… 능라도 주위에 있는 마을.
◆ 初更(초경) …… 초저녁, 7~9시 사이.

登廣寒樓(등광한루)······ 광한루에 올라서

南國風光盡此樓	남국풍광진차루
龍城之下鵲橋頭	용성지하작교두
江空急雨無端過	강공급우무단과
野潤餘雲不肯收	야활여운불긍수
千里筇鞋孤客到	천리공혜고객도
四時笳鼓衆仙遊	사시가고중선유
銀河一脈連蓬島	은하일맥연봉도
未必靈區入海求	미필령구입해구

남녘의 경치가 이 광한루에서 다하였으니
용성(龍城) 밑 오작교 바로 앞에 솟아 있구나.
물 없던 강에 소나기 오니 유유히 물 흐르고
넓은 들에 뜬구름 늘 아름답도다.

외로운 나그네 지팡이와 짚신으로 천리 길 찾아오니
신선들의 풍류 소리 사시사철 그치지 않네.
은하수 한 줄기가 봉도(蓬島)에 닿았으니
반드시 영구(靈區)를 바다에서만 찾을 것이 아니로다.

[註] 지팡이 의지하고 천리 길 걸어서 광한루에 다다랐다. 삼남지방의
절경은 바로 광한루에서 그 극을 다한 듯하다. 넓은 들에는 아름
다운 구름이 걸려 있고, 소나기가 내리면 마른 강에도 시원한 물
이 끝없이 흐른다. 사시사철 풍류객들이 노는 장고 소리와 피리
소리가 그치지 않는다. 바로 이곳이 신선들이 산다는 봉도(蓬島)
가 틀림없으니 구태여 바다 속에 들어가서 용궁을 찾을 필요가
없다.

◇ 收 …… 모일 수
◇ 濶 …… 넓을 활, 闊과 같음.
◇ 肯 …… 즐길 긍
◇ 端 …… 끝 단
◇ 筇 …… 대지팡이 공
◇ 笳 …… 갈잎피리 가
◈ 南國(남국) …… 삼남지방, 즉 충청·전라·경상도 지방을 말함.
◈ 風光(풍광) …… 경치.
◈ 鵲橋(작교) …… 오작교(烏鵲橋).
◈ 江空(강공) …… 물이 흐르지 않는 빈 강.
◈ 急雨(급우) …… 갑자기 오는 비, 소나기.
◈ 蓬島(봉도) …… 신선들이 살고 있다는 바다의 섬.
◈ 未(미) …… 부사로서 부정을 나타내며 '~이 아니다'로 해석함. 小
時了了 大未必佳 (世說新語 言語) (어렸을 때 슬기롭다고 해서 자라
서 반드시 뛰어나다고 할 수 없다) 了了→똑똑한 모양.
◈ 未必(미필) …… '반드시 ~아니다'.
◈ 靈區(영구) …… 신성한 토지, 신과 부처가 사는 땅, 용궁(龍宮).

登文星岩(등문성암)······ 문성암에 올라서

削立岩千疊	삭립암천첩
平鋪海一杯	평포해일배
林深鳥語鬧	임심조어요
日暮棹歌回	일모도가회
欲覓任公釣	욕멱임공조
留看學士臺	유간학사대
酷憐山水樂	혹련산수락
待月久徘徊	대월구배회

바위는 깎아지른 듯 천 겹이나 싸였는데
평평한 바다는 한잔 술처럼 작게 보이네.
숲이 울창하니 새소리 요란하고
날이 저무니 돌아오는 어부의 노랫소리 들려 오네.

임공(任公)이 낚시질하던 곳 어디쯤인가?
학사대(學士臺)에 올라가서 찾아봤노라.
지극히 산수를 사랑하던 그의 마음 생각하며
달뜨기 기다려서 마냥 헤매노라.

[註] 문성대에 오르니 깎아지른 듯한 높은 절벽과 멀리 뻗어 있는 바다가 모두 보인다. 푸른 동해를 보니 그 옛날 임공(任公)의 고사가 생각난다. 감회가 새로워 달이 뜨기 기다려서 하염없이 거닐어 본다.

◇ 削 …… 깎을 삭
◇ 疊 …… 거듭 첩
◇ 鋪 …… 펼 포
◇ 鬧 …… 시끄러울 요
◇ 棹 …… 노 도
◇ 覓 …… 찾을 멱
◇ 酷 …… 심할 혹, 혹독할 혹, 원통할 혹
◇ 憐 …… 가련할 련
◈ 文星岩(문성암) …… 금강산에 있는 바위 이름.
◈ 任公(임공) …… 중국 송나라 때 사람. 임호련(任鎬連)을 말한다. 그는 커다란 낚싯바늘과 굵은 낚싯줄을 만들어 50마리의 거세한 소를 미끼로 동해에 낚시를 던졌는데, 꼬박 1년이나 고기를 잡지 못하고 기다렸다. 워낙 산수를 좋아하는 그는 고기가 잡히고 잡히지 않고에 상관없이 기다렸다. 그러나 드디어 대어를 낚았다. 그리고 그 고기의 살을 말려 포를 만들었는데, 모든 고을 사람들이 이것을 잘 먹었다고 한다.
◈ 學士臺(학사대) …… 금강산에 있는 바위 이름.

登百祥樓(등백상루) …… 백상루에 올라서

清川江上百祥樓	청천강상백상루
萬景森羅未易收	만경삼라미이수
錦屛影裏飛孤鶩	금병영리비고목
玉鏡光中點小舟	옥경광중점소주
草偃長堤靑一面	초언장제청일면
天低列峀碧千頭	천저렬수벽천두
不信人間仙境在	불신인간선경재
密城今日見贏州	밀성금일견리주

청천강 위에 있는 백상루 앞에서는
온갖 아름다운 경치 쉽게 감출 수 없네.
비단 병풍 같은 산 그림자 속에는 외로운 따오기 날고
옥거울같이 맑은 물 위에는 작은 배 떠 있도다.

긴 강둑에 무성한 풀은 너무나 싱그럽고
치솟은 산마루는 하늘에 맞닿아 봉우리마다 푸르네.
인간 세상에 선경(仙境)이 있는 것 믿지 않았는데
오늘 '안주'성에 와 비로소 신선 놀던 곳 보았노라.

[註] 안주 청천 강가에 있는 백상루에 올라 주변의 아름다운 경치에
도취되어 지은 글인데, 백상루가 주변의 아름다운 경치를 쉽게
감출 수 없다고 하는 시구로 절경을 표현한 것은 너무도 절묘하
다. 인간 세상에 신선이 사는 것을 믿지 않았는데 진주에 와서
비로소 그것이 잘못되었다는 표현으로, 백상루 부근의 절경을 표
현한 점 등이 놀랍다.

◇ 偃 …… 자빠질 언
◇ 甾 …… 건구멍 수
◇ 密 …… 가까울 밀
◇ 嬴 …… 불쌍할 리, 외로울 리
◈ 百祥樓(백상루) …… 관서 8경의 하나. 평남 안주 북쪽 성안에 있
는 누각.
◈ 淸川江(청천강) …… 평안북도 서남부를 흐르는 강. 낭림산맥에서
발원해서 황해로 흘러간다.
◈ 森羅(삼라) …… 삼라만상(森羅萬象). 우주 사이에 벌려 있는 온갖
사물과 현상.
◈ 未易收(미이수) …… 펼쳐진 경치를 쉽게 거둘 수 없다. 즉 너무나
아름다운 경치가 펼쳐져 있다.
◈ 錦屛(금병) …… 우뚝 솟은 산을 병풍이라고 표현한 것.
◈ 玉鏡(옥경) …… 흐르는 물을 거울에 비유해서 형용한 것.
◈ 密城(밀성) …… 성안에 가까이 오다.
◈ 嬴州(이주) …… 신선들이 교유하는 장소.

登咸興九天閣(등함흥구천각)······ 함흥 구천각에서

人等樓閣臨九天   인등루각임구천
馬渡長橋踏萬歲   마도장교답만세
山疑野狹遠遠立   산의야협원원립
水畏舟行淺淺流   수외주행천천류

山勢龍盤虎踞形   산세룡반호거형
樓閣鸞飛鳳翼勢   누각난비봉익세
(以下 2句 脫句)

사람이 누각에 오르니 구천이 바로 여기일세
말을 타고 긴 다리를 건너니 만세교를 밟았도다.
산은 들이 좁을까 염려해서 멀리멀리 서 있고
물은 배 다니는 것이 두려워 얕게 얕게 흐르네.

산세는 용이 서리고 범이 웅크린 형상이고
누각은 난(鸞)새가 날고 봉이 날개 편 형상일세.
(이하 2구 탈구)

[註] 구천각은 누각이 하늘에 닿을 듯이 높다는 데서 생긴 이름이다. 과연 누각 위에서 살펴보니 저 멀리 굽이굽이 흘러가는 청천강과 그 강에 놓인 만세교는 말할 수 없이 아름답다. 150여 간의 긴 다리는 볼수록 장관일 뿐 아니라, 누각 역시 난새가 날아가는 듯 봉황이 날아가는 듯 운치 있게 만들어져 있다. 특히 이 시에서는 구천(九天)을 '구천각'으로도 '높은 하늘'로도 해석할 수 있고, 만세(萬歲)를 '만세교' 혹은 '오랫동안'으로 해석할 수 있도록 지은 것이 놀랍다. 즉, 사람이 누각에 오르니 하늘에 다다랐고 말을 타고 긴 다리를 건너니 만세토록 밟더라.

◇ 疑 …… 의심할 의
◇ 狹 …… 좁을 협
◇ 遠 …… 멀 원
◇ 畏 …… 두려울 외
◇ 舟 …… 배 주
◇ 淺 …… 얕을 천
◇ 盤 …… 도사릴 반
◇ 踞 …… 걸터앉을 거
◇ 鸞 …… 난새 난, 봉황과 같이 신령스러운 전설의 새.
◈ 九天(구천) …… 하늘 높은 곳.
◈ 萬歲(만세) …… 만세교(萬歲橋), 함경남도 함흥시를 흐르는 성천강(城川江)의 다리. 반용산(盤龍山) 낙민루(樂民樓) 아래에 있는 150간이나 되는 긴 다리는 함흥 명승의 하나다.

馬島(마도)

故人吟望雪連天	고인음망설련천
別後梅花又一年	별후매화우일년
快士暫遊仍出塞	쾌사잠유잉출색
冷官多曠不求田	냉관다광불구전
山川重閱龍灣路	산천중열용만로
禍盡纔歸馬島船	화진재귀마도선
城外未將壺酒餞	성외미장호주전
此詩難寫意茫然	차시난사의망연

벗을 생각하고 시 한 수 읊으니 하늘에서 눈이 내리네.
이별한 지 어언 일 년 매화 다시 피었구나.
잠시 함께 놀던 쾌활한 친구 변방으로 가 버리고
냉관 자리 많이 비니 농사 지을 사람 없네.

지나간 산천은 그 옛날 임금님이 피난 갔던 그 길이요,
난이 끝나고 겨우 돌아온 곳은 마도의 뱃길이라.
성 밖에서 술과 함께 송별을 못했으니
생각마저 멍하여 이 시를 쓰기 어려워라.

[註] 친구를 찾아 마도에 갔더니 친구는 변방으로 가 버리고 없다. 쓸
쓸한 마음 달랠 길 없어 시 한 수 읊으려 하니 하늘에서 눈이
내린다. 친구가 간 곳은 그 옛날 임금님이 피난 갔던 그 길이고,
김삿갓이 온 곳은 마도의 뱃길이다. 변방으로 떠나간 친구를 송
별 못 했으니 마음이 허전해서 그저 멍할 뿐 시도 쓰기 어렵다.

◆ 仍 …… 거듭 잉
◆ 塞 …… 막을 색, 변방 사
◆ 曠 …… 빌 광
◆ 閱 …… 지날 열, 구경할 열
◆ 纔 …… 겨우 재
◈ 馬島(마도) …… 충청남도 서산군 근흥면(近興面)에 속하는 섬. 면
적 약 0.25㎢이다.
◈ 冷官(냉관) …… 지위가 낮고 보수가 적은 보잘것없는 벼슬.
◈ 龍灣路(용만로) …… 임금이 피난 갔을 때 가던 길.
◈ 未將(미장) …… 하지 못했으니.
◈ 餞(전) …… 전별하다. 송별하다
◈ 難寫(난사) …… 시를 쓰기 어렵다.
◈ 茫然(망연) …… 정신이 멍하다.

暮投江齋吟(모투강재음)······ 해 저물어 강가 서재에 묵으며

滿城春訪讀書家	만성춘방독서가
雜木疎篁暎墨花	잡목소황영묵화
鶴與淸風橫遊浦	학여청풍횡유포
鴻因落日伴平沙	홍인락일반평사
江山有助詩然作	강산유조시연작
歲月無心酒以過	세월무심주이과
獨倚乾坤知己少	독의건곤지기소
强將織律和高歌	강장직률화고가

봄기운 가득한 성안에서 글 읽는 집 찾으니
잡목과 성긴 대나무 묵화에 어리더라.
학은 맑은 바람과 더불어 갯벌에서 놀고
해가 지니 기러기는 모래밭에서 짝을 짓네.

강산의 도움 받아 그런 대로 시도 짓고
세월이 무심하니 술로써 달래도다.
나 항상 천지에만 의지해 살아 아는 친구 적으므로
애써 보잘것없는 노래라도 지어 소리 높여 부르리라.

[註] 봄 기운이 완연한 성안에서 선비의 집을 찾아 하룻밤의 숙식을 해결하려 했다. 서재에는 창 밖에 대나무와 잡목 그림자가 묵화에 어리어 운치 있는 봄의 정취를 나타내건만 김삿갓을 받아 주는 인정 많은 선비는 아무도 없었다. 정자에 홀로 올라 생각하니 항상 천지와 자연을 벗삼아 살아왔으니 친구가 적을 수밖에……. 그러나 강산의 도움으로 시도 그런 대로 시을 수 있고 술도 있으니, 소리 높여 노래나 부르며 그런 대로 한세상 살아가리라.

◇ 訪 …… 방문할 방
◇ 篁 …… 대수풀 황
◇ 墨 …… 먹 묵
◇ 浦 …… 물가 포
◇ 鴻 …… 기러기 홍
◇ 伴 …… 짝지을 반
◇ 助 …… 도울 조
◇ 倚 …… 의지할 의
◇ 纖 …… 섬세할 직, 여기서는 보잘것없다는 것으로 해석.
◆ 平沙(평사) …… 모래밭.
◆ 然作(연작) …… 그런 대로 시를 짓는다.
◆ 無心(무심) …… 속세에 대해서 아무런 관심이 없다.
◆ 乾坤(건곤) …… 하늘과 땅, 온 천지.
◆ 知己(지기) …… 지기지우(知己之友)의 준말, 오래도록 사귄 친구.
◆ 知己少(지기소) …… 친구가 별로 없다.

妙香山詩(묘향산시)

平生所欲者何求	평생소욕자하구
每擬妙香山一遊	매의묘향산일유
山疊疊千峰萬仞	산첩첩천봉만인
路層層十步九休	노층층십보구휴

평생에 하고 싶은 욕망 무엇인고 하니
언젠가는 한 번 묘향산을 유람하는 것이었다.
산은 첩첩 싸여 천 봉우리 모두가 만 길이나 되고
길은 층층으로 험해서 열 걸음에 아홉 번은 쉬도다.

[註] 평소에 늘 한 번 가보고 싶었던 묘향산에 다다르니 첩첩이 싸인 산은 절경의 극치를 이루었고, 가파른 산길은 험해서 10걸음에 9번은 쉬어야 할 정도다.

◇ 擬 …… 헤아릴 의
◇ 仞 …… 길 인, 길이의 단위로써 사람의 한 키.
◈ 妙香山(묘향산) …… 묘향산맥의 주봉으로써 평안북도 신현면(薪峴面)과 백령면(百嶺面) 경계에 있는 산, 높이 1909m.
◈ 所欲者(소욕자) …… 바라던 것을 뜻하는 말.
◈ 疊疊(첩첩) …… 산이 겹쳐서 서 있는 모양.

問僧(문승)······ 스님에게 묻노라

僧乎汝在何山寺	승호여재하산사
龍在鷄龍上上阿	용재계룡상상아
昔聞鷄龍今見汝	석문계룡금견여
景物風光近如何	경물풍광근여하

스님에게 "그대는 어느 산 어느 절에 있는가?" 하고 물으니
"용이 산다는 계룡산 상상봉에 있다."고 하네.
옛날에는 계룡산을 물었는데 이제 스님을 만나니
스님에게 묻나니 "산세와 경치가 근래에는 어떤가요?"

[註] 계룡산을 찾아가는 길에 스님을 만났다. 그리고 스님에게 계룡산
에 대해서 여러 가지를 물었다. 옛날에는 계룡산을 물었는데 이
제 스님을 만나니 스님에게 묻는다는 말이 참 재미있다.

◇ 阿 ······ 큰언덕 아
◇ 昔 ······ 옛 석
◈ 僧乎(승호) ······ '스님아!' 하고 부르는 말.
◈ 鷄龍(계룡) ······ 계룡산(鷄龍山). 충남 공주군 논산면에 있는 산,
높이 828m.
◈ 上上阿(상상아) ······ 상상봉(上上峰)과 같은 뜻.
◈ 景物(경물) ······ 계절에 따라 달라지는 경치.
◈ 風光(풍광) ······ 경치.

泛舟醉吟(범주취음)······ 뱃놀이

江非赤壁泛舟客	강비적벽범주객
地近新豊沽酒人	지근신풍고주인
今世英雄錢項羽	금세영웅전항우
當時辯士酒蘇秦	당시변사주소진

강은 '적벽강'이 아니지만 나그네는 배를 띄웠고
곳은 '신풍'에 가까워 술 사기에 좋구나.
지금 세상의 영웅은 '항우'가 아니라 바로 돈이요,
예나 지금이나 '소진' 같은 변사는 다름 아닌 술이었더라.

[註] 뱃놀이를 하던 김삿갓의 상상력은 시공을 초월해서 한없이 뻗어
간다. 옛날에는 영웅이 '항우'였으나 지금은 돈이 영웅이고, 술은
옛날에도 '소진'보다 더 나은 변사였는데, 지금도 역시 그러하다.
그러니 어찌 마시지 않으리.

◈ 赤壁(적벽) ····· 적벽강(赤壁江).
◈ 新豊(신풍) ····· 중국 호북성 강릉현의 지명, 신풍주(新豊酒)라는
술로 유명하다.
◈ 項羽(항우) ····· 중국 진나라 말기의 장수(B.C. 202~232).
◈ 辯士(변사) ····· 말솜씨가 있어 말을 잘하는 사람.
◈ 蘇秦(소진) ····· 중국 전국시대에 진(秦)에 항거해서 산동육국(山
東六國;燕, 趙, 韓, 魏, 齊, 楚)의 결속을 설득한 계략가.

浮碧樓吟(부벽루음) …… 부벽루에서

三山半落靑天外	삼산반락청천외
二水中分自鷺洲	이수중분자로주
已矣謫仙先我得	이의적선선아득
斜陽投筆下西樓	사양투필하서루

세 산들은 아득히 높아 하늘 밖에 걸려 있고
물은 둘로 갈라져 백로 노는 '능라도'를 끼고 흐르네.
'이태백'이 나보다 먼저 이런 절경 모두 읊었으니
석양에 붓 던지고 '부벽루'서 내려가리.

[註] 부벽루의 아름다운 경치를 묘사하는데, 이태백이 먼저 이런 절경을 읊었으니 자기는 더 이상 할말이 없다는 식으로 말한 것이 재미있다.

◆ 浮碧樓(부벽루) …… 평양시 대동강변 모란대(牡丹臺) 및 청류벽(淸流壁) 위에 있는 누각. 물 위에 떠 있는 듯 경치가 좋은 곳.

◆ 三山(삼산) …… 삼신산(三神山 ; 方丈山, 蓬萊山, 瀛洲山)의 준말. 여기서는 부벽루에서 보이는 평양 부근의 송악산(松嶽山)을 비롯해서 높은 산을 뜻함.

◆ 已矣(이의) …… 어조사로서 사건의 발전, 변화를 나타내며 '~하구나'로 해석한다.

◆ 謫仙(적선) …… 이태백(李太白).

新溪吟(신계음) ······ 신계에서

一任東風鸞子斜	일임동풍연자사
棠梨樹下訪君家	당리수하방군가
君家春盡飛將去	군가춘진비장거
留待棠梨後歲花	유대당리후세화

불어오는 봄바람 따라 제비가 날아와서
팥배나무 밑 그대 옛집 다시 찾아왔도다.
봄이 가면 그대 또 집을 떠나 멀리멀리 날아가서
팥배나무 꽃피는 내년 봄을 기다리리.

[註] 봄이 오면 날아오고 가을이 가면 날아가 버리는 제비를 보며 정처
없이 방황하는 자기의 신세와 제비와 비교해 보며 지은 시이다.

◇ 鸞 ······ 제비 연
◇ 棠 ······ 아기위 당
◇ 訪 ······ 찾을 방
◆ 新溪(신계) ······ 황해도 신계군의 한 면.
◆ 鸞子(연자) ······ 제비들을 말함.
◆ 棠梨(당리) ······ 팥배나무.
◆ 留待(유대) ······ 기다리다.
◆ 後歲(후세) ······ 다음 해.

安邊老姑峰過次吟(안변로고봉차음)······ 안변 노고봉에서

葉落瘦容雪滿頭	엽락수용설만두
勢如天撑屹然浮	세여천탱흘언부
餘峰羅立兒孩似	여봉라립아해사
或子中間仙鶴遊	혹자중간선학유

온 산이 낙엽 져 파리한데 흰눈마저 산머리를 덮었고
산세는 하늘을 찌를 듯 높이 높이 솟았는데,
다른 봉우리들은 노고봉에 비해 아이들 같도다.
그 가운데 어느 봉에는 신선과 학이 살고 있다나.

[註] 안변 노고봉을 보고 그 높고 웅장한 산세를 노래한 글이다.

◇ 瘦 ······ 파리할 수
◇ 撑 ······ 버틸 탱
◇ 屹 ······ 산봉우리높을 흘
◇ 羅 ······ 벌릴 라, 펼칠 라
◈ 安邊(안변) ······ 함경남도 안변군의 한 면.
◈ 老姑峰(노고봉) ······ 안변에 있는 산.
◈ 兒孩(아해) ······ 아이.

安邊飄然亭(안변표연정) 一

飄然亭子出長堤	표연정자출장제
鶴去樓空鳥獨啼	학거루공조독제
十里煙霞橋上下	십리연하교상하
一天風月水東西	일천풍월수동서
神仙踪跡雲過杳	신선종적운과묘
遠客襟懷歲暮幽	원객금회세모유
羽化門前無問處	우화문전무문처
蓬萊消息夢中迷	봉래소식몽중미

기나긴 방죽 끝에 표연(飄然)히 솟아 있는 정자
선학(仙鶴)은 가 버리고 텅 빈 누각에 잡새들만 우지지네.
십 리 뻗은 안개는 다리 아래위로 자욱하고
하늘 아래 풍경은 강물 따라 동서로 흐르네.

신선이 가신 종적 구름에 가려 묘연하니
멀리서 온 나그네 회포 해 저무니 더욱 애달프다.
신선 떠난 문 앞 물어 볼 곳 없으니
봉래산(蓬萊山)의 그 소식 꿈에선들 어이 알리.

[註] 표연정(飄然亭)은 먼 옛날 신선이 여기서 놀다가 어느 날 학을 타고 하늘로 바람처럼 가볍게 날아가 버린 곳이라는 뜻에서 정자 이름을 표연정(飄然亭)이라고 지었다고 한다. 그래서 이런 고사를 안다면, 첫 구절을 '기나긴 방죽 끝에 표연정자(飄然亭子)가 솟아 있구나'가 아니라 '표연히 정자가 솟아 있구나'로 해야 한다.

◇ 飄 …… 회오리바람 표, 나부낄 표
◇ 啼 …… 울 제
◇ 霞 …… 노을 하
◇ 橋 …… 다리 교
◇ 杳 …… 아득할 묘, 깊을 묘
◇ 迷 …… 미혹할 미
◆ 安邊(안변) …… 함경남도 최남부에 있는 군. 석왕사(釋王寺), 삼방약수(三防藥水), 지능(智陵), 학가루(鶴駕樓), 학성산성(鶴城山城) 등의 명승지가 있음.
◆ 飄然(표연) …… 모든 것을 떨쳐 버려 매우 가볍다는 뜻.
◆ 踪跡(종적) …… 사라지거나 떠난 뒤의 자취.
◆ 襟懷(금회) …… 가슴 깊이 품은 회포.
◆ 歲暮(세모) …… 한 해가 저물어 가는 연말.
◆ 羽化(우화) …… 우화등선(羽化登仙)의 준말. 진서(晉書) 허매전(許邁傳)에 나오는 말인데, 함께 놀던 친구가 어느 날 몸에 날개가 돋아나 신선이 되어서 하늘로 날아 올라갔다는 이야기에서 유래된 말.
◆ 蓬萊(봉래) …… 봉래산(蓬萊山), 삼신산(三神山)의 하나로 신선들이 산다는 산.

安邊飄然亭(안변표연정) 二

一城踏罷有高樓	일성답파유고루
覓酒題詩問幾流	멱주제시문기류
古木多情黃鳥至	고목다정황조지
大江無恙白鷗飛	대강무양백구비
英雄過去風煙盡	영웅과거풍연진
客子登臨歲月悠	객자등림세월유
宿債關東猶未了	숙채관동유미료
慾隨征雁下長洲	욕수정안하장주

성을 한 바퀴 돌아보니 높은 누각이 있어
술을 찾고 시를 쓰는 나그네 묻나니 강줄기가 몇 개인가?
고목은 정이 많아 앵무새 찾아 들고
강물은 무심히 흘러가니 백구가 날아가네.

영웅이 지나가니 온 천지 조용하고
나그네 누각에 오르니 세월은 유구하네.
아직도 관동지방 구경을 못 다 했는데
기러기 가는 곳 따라 '장주' 땅으로 가 볼거나.

［註］김삿갓 시의 묘미는 대구(對句)를 절묘하게 짓는 데 있다. 여기
　　서도 고목다정황조지 대강무망백구비(古木多情黃鳥至 大江無恙白
　　鷗飛)를 잘 음미하면 너무나 절묘한 표현에 그저 감탄할 뿐일 것
　　이다. 관동 땅을 두루 구경하고 싶은 마음 간절한데도 기러기 날
　　아가는 곳 따라 '장주'로 가보겠다는 그의 마음! 물 따라 바람
　　따라 아무 것에도 막힘 없고 기리낌없는 그의 유유자적한 그 마
　　음이 아닐까? 우리도 그와 같은 넉넉한 마음 잠시라도 갖고 싶
　　을 뿐이다.

◇ 恙 …… 병 양, 근심 양
◇ 悠 …… 느긋할 유
◇ 債 …… 빚질 채
◈ 題詩(제시) …… 시를 쓴다는 뜻.
◈ 黃鳥(황조) …… 앵무새.
◈ 大江(대강) …… 남대천(南大川)을 가리키는 말. 함경남도 갑산군
　진동면에서 발원해서 풍산군 단청군을 통해 동해로 들어가는 길이
　151㎞의 강.
◈ 無恙(무양) …… 몸에 탈이나 병이 없다.
◈ 風煙(풍연) …… 멀리 보이는 공중의 흐릿한 기운.
◈ 宿債(숙채) …… 오래 묵은 빚. 여기서는 '오래도록 간직한 소망'.
◈ 關東(관동) …… 관동지방(關東地方)의 준말.
◈ 猶(유) …… 부사로서 '아직도', '여전히'라는 뜻.
◈ 未了(미료) …… 끝나지 않았다. 마치지 않았다.
◈ 慾(욕) …… 조동사 '~하려고 한다.'
◈ 長洲(장주) …… 지금의 정평(定平, 함경남도 정평군의 한 읍).

安邊飄然亭(안변표연정) 三

林亭秋已晚	임정추이만
騷客意無窮	소객의무궁
遠水連天碧	원수련천벽
霜楓向日紅	상풍향일홍
山吐孤輪月	산토고륜월
江含萬里風	강함만리풍
塞鴻何處去	새홍하처거
聲斷暮雲中	성단모운중

숲 속 정자에 이제 가을이 깊었으니
시인의 감흥 한이 없도다.
물은 흘러 흘러 하늘과 닿아 푸르고 푸르르고
서리맞은 단풍은 햇빛을 향해 붉게 타도다.

산은 외로운 둥근 달을 토해 내고
강은 만리 불어 가는 바람을 머금었도다.
하늘가 기러기는 어디로 날아가나
구슬픈 울음소리 저녁노을 속에 사라져 가네.

[註] 김삿갓이 아니고서는 누가 감히 산토고윤월 강함만리풍(山吐孤輪月 江含萬里風)이라는 말을 할 수 있으리. 정말로 놀라운 시인임을 다시 한 번 실감케 한다. 그 웅장한 시상을 감히 누가 따를 수 있겠는가. 이태백, 백낙천과 겨루어도 조금도 손색이 없는 위대한 시인임에 틀림없다.

◇ 騷 …… 소동할 소
◇ 楓 …… 단풍 풍
◇ 吐 …… 토할 토
◇ 輪 …… 둥글 륜
◇ 含 …… 포함할 함
◇ 塞 …… 막힐 새, 변방 새
◇ 鴻 …… 기러기 홍
◇ 聲 …… 소리 성
◇ 暮 …… 해저물 모
◈ 騷客(소객) …… 시인과 같은 뜻, 김삿갓 자신을 낮추어 하는 말. 남의 좌석에 와서 소란을 피우는 나그네라는 뜻.

力拔山(역발산)

(甲童)	南山北山神靈曰	남산북산신령왈
	項羽當年難爲山	항우당년난위산
(乙童)	右拔左拔投空中	우발좌발투공중
	平地往往多新山	평지왕왕다신산
(金笠)	項羽死後無將士	항우사후무장사
	誰將拔山投空中	수장발산투공중

(갑동) 남산 북산의 산신령들이 말하기를
      항우가 있을 때는 산 노릇하기도 어려웠더라.

(을동) 오른쪽 산 왼쪽 산 공중으로 마구 뽑아 던지니
      평지에는 새로운 산 마냥 생겨나더라.

(김립) 항우가 죽은 뒤에 장사가 없으니
      누가 감히 산을 뽑아 공중으로 던질까.

〔註〕 김삿갓이 어느 서당에 들렀더니 훈장이 '역발산'이라는 제목으로
시를 지으라고 하는데, 학동들의 글솜씨가 보통이 아니다. 이를
본 김삿갓은 크게 놀라 슬그머니 자기도 한 수 지어 놓고 나와
버렸다.

◆ 力拔山(역발산) …… 역발산 기개세(力拔山 氣蓋世)의 준말. 항우의
힘과 기상이 산을 뽑고 세상을 덮을 만하다는 고사에서 비롯된 말.

嶺南述懷(영남술회) …… 영남에서의 감회

超超獨倚望鄕臺	초초독의망향대
强壓霸愁快眼開	강압패수쾌안개
與月經營觀海去	여월경영관해거
乘花消息入山來	승화소식입산래
長遊宇宙餘雙屨	장유우주여쌍리
盡數英雄又一杯	진수영웅우일배
南國風光非我土	남국풍광비아토
不如歸對漢濱梅	불여귀대한빈매

높고 높은 망향대에 홀로 기대 서서
나그네 근심 억지로 누르며 눈 크게 뜨고 주위를 살피도다.
달과 더불어 영문(營門)을 지나 바다 보러 나갔다가
꽃 소식 따라 또다시 산 속으로 들어왔네.

긴 세월 천지를 유람해도 아직 신 한 켤레 남았는데
팔자 기구한 영웅 술이나 또 한잔하리라.
남쪽 나라 경치 좋다 해도 내 고향 아니니
고향에 돌아가 개울가의 매화를 바라봄만 못 하네.

[註] 아무리 영남 땅의 경치가 좋아도 물 설고 산 설은 타향이다. 객
　　 지를 방황하는 나그네 가슴에는 늘 고향의 향수가 서려 있다. 망
　　 향대에 홀로 올라가 자신의 운명을 생각하며 읊은 시이다.

◇　超　……　뛰어넘을 초
◇　倚　……　의지할 의
◇　覇　……　제왕의권세잡을 패
◇　經　……　지날 경
◇　履　……　가죽신 리
◆　述懷(술회)　……　마음속에 서려 있는 생각을 말하는 것.
◆　超超(초초)　……　높고 높은.
◆　覇愁(패수)　……　수심이 심함.
◆　營(영)　……　영문(營門)의 준말, 여기서는 성문과 같은 뜻.
◆　宇宙(우주)　……　온 천지를 말함.
◆　數(수)　……　운수(運數), 타고난 운명.
◆　盡數(진수)　……　운수가 다한, 기구한 운명임.
◆　英雄(영웅)　……　김삿갓 자신을 가리키는 말.
◆　漢濱(한빈)　……　물가.

遊山吟(유산음)······ 산에서 놀며

一笠茅亭傍小松	일립모정방소송
衣冠相對完前客	의관상대완전객
橫籬蟬蛻凉風動	횡리선세양풍동
藥圃虫聲夕露濃	약포충성석로농
秋雨纔晴添晚暑	추우재청첨만서
暮雲爭出幻奇峰	모운쟁출환기봉
悠悠萬事休提說	유유만사휴제설
未老須謀選日逢	미로수모선일봉

외로운 삿갓 하나 정자 옆 솔밭에 쉬니
앞에 앉은 나그네와 얼굴 서로 대하게 되네.
철 늦은 매미 울타리에서 우니 찬바람 일고
약포에서 나는 벌레 소리에 이슬이 짙어 온다.

가을 비 겨우 개니 늦더위 기승을 부리고
저녁 구름 다투어 이니 기이한 봉우리 환상 같도다.
세상만사는 유유한데 작은 일 논하지 말자
우리 아직 젊었으니 다시 만날 날이나 기약하세.

[註] 띠로 지붕을 한 작은 정자 옆에 삿갓을 걸어놓고 쉬니 먼저 와
서 쉬는 다른 나그네와 얼굴을 가까이서 대하게 된다. 비가 개
인 산에는 뭉게구름이 일고 매미 소리 벌레 소리 들려 오는 가
운데 늦더위가 기승을 부린다. 세상사 모두 유유한데 작은 일에
마음 두지 말고 다시 만나 즐겁게 회포 나눌 이야기나 하자고
하면서 새로 만난 사람과 이야기하는 내용의 시이다.

◇ 橫 …… 옆 횡, 낭간 횡
◇ 籬 …… 울타리 리
◇ 蟬 …… 매미 선
◇ 蛻 …… 허물벗을 세
◇ 露 …… 이슬 로
◇ 濃 …… 짙을 농
◇ 纔 …… 겨우 재
◇ 添 …… 첨가할 첨
◇ 幻 …… 환상 환
◈ 凉風(양풍) …… 서늘한 바람.
◈ 藥圃(약포) …… 약을 심은 밭.
◈ 晩暑(만서) …… 늦더위.

卽景(즉경)······ 경치 바라보며

叶執猶煩帶一條	협집유번대일조
淸風纔生復寥寥	청풍재생부요요
綠憐焦葉凉如蘸	녹련초엽양여잠
紅恨榴花照欲燒	홍랑류화조욕소
微雷小雨相爭篩	미뢰소우상쟁사
老魃驕炎未格苗	노발교염미격묘
聞說江樓堪避飮	문설강루감피음
漁舟準備月明宵	어주준비월명소

너무나 무더워서 띠 한 가닥 걸치기도 번거로운데
시원한 바람 겨우 일었다가 다시 잠잠하구나.
푸른 파초 잎은 물에 잠긴 듯 시원해 보이고
붉은 석류꽃은 불붙듯 화사해 보이도다.

마른 번개와 가뭄이 서로 다투어 오락가락하고
늦더위 늦 가뭄의 불볕은 모종을 타게 한다.
듣건대 강가 정자에는 더위 피해 술 마실 만하다 하니
달 밝은 밤 고기잡이 배 준비하리로다.

[註] 늦더위가 기승을 부린다. 너무 더워서 실오라기 하나 걸치기도 싫은데 뜰에 있는 파초는 물에 잠긴 듯 시원해 보이고, 석류꽃은 더위 따위는 아랑곳없이 붉고 화사한 꽃을 잘 피우고 있다. 비는 올듯올듯 하면서도 오지 않고, 마른 번개와 노을만 진다. 듣건대 강가의 정자에는 그래도 시원해서 술 한잔할 만하다 하니 달이 뜨거든 배 준비하라 해야겠다.

◆ 叶 ‥‥‥ 화합할 협
◆ 煩 ‥‥‥ 번거로울 번, 괴로울 번
◆ 蕉 ‥‥‥ 파초 초
◆ 蘸 ‥‥‥ 물에담글 잠
◆ 悢 ‥‥‥ 슬퍼할 량, 섭섭할 량
◆ 篩 ‥‥‥ 체 사, 치거나 거르거나 하는 데 쓰는 기구.
◆ 魃 ‥‥‥ 가물 발
◆ 驕 ‥‥‥ 교만할 교
◆ 格 ‥‥‥ 감응할 격
◉ 寥寥(요요) ‥‥‥ 몹시 고요하고 쓸쓸하다. 여기서는 '바람이 잠잠하다'라는 뜻.
◉ 微雷(미뢰) ‥‥‥ 마른 번개, 비를 동반하지 않는 번개.
◉ 小雨(소우) ‥‥‥ 비가 적다, 즉 비가 오지 않는다.
◉ 聞說(문설) ‥‥‥ 말을 듣건대.

秋夜偶吟(추야우음) ······ 가을밤에 우연히 읊음

白雲來宿碧山亭	백운래숙벽산정
夜氣秋懷兩杳冥	야기추회양묘명
野水精神通室白	야수정신통실백
市嵐消息入簾靑	시람소식입렴청
生來杜甫詩爲癖	생래두보시위벽
死且劉伶酒不醒	사차유영주불성
欲識吾儕交契意	욕식오제교계의
勿論淸濁謂刎頸	물론청탁위문경

흰 구름 날아와 푸른 산 정자에서 잠자니
밤기운 가을 회포 모두 깊고 그윽하여라.
들에 흐르는 물의 정기 방안에 숨어들어 시리도록 서늘하고
시정(市井)의 잡다한 소식 발 속으로 들어와 새롭기만 하구나.

'두보'는 나면서부터 시 짓는 버릇 있었고
'유영'은 죽어서도 술 깨지 않았도다.
나와 교제할 뜻 알고자 한다면
청탁(淸濁)은 물론이고 문경지교로 마셔야 하네.

[註] 가을의 서늘한 정기가 온몸에 숨어든다. 정자에 앉아 술잔을 대하니 만감이 가슴에 서린다. 두보(杜甫)는 나면서부터 시를 잘 짓는데 김삿갓도 또한 그렇다. 유영(劉伶)은 한평생 술을 좋아했고 죽어서도 술이 깨지 않았다고 한다. 김삿갓 또한 '유영' 못지 않게 술을 좋아한다. 그러니 자기와 사귀고 싶으면 술의 청탁을 가리지 말고 술독이 바닥 나도록 함께 마셔야 한다는 것을 알아야 한다.

◇ 白 …… 흰 백, 여기서는 백설같이 시리도록 서늘하다는 뜻.
◇ 癖 …… 버릇 벽
◇ 儕 …… 함께 제, 짝 제
◇ 契 …… 언약할 계
◈ 碧山(벽산) …… 푸른 산.
◈ 杳冥(묘명) …… 깊고 아득함.
◈ 劉伶(유영) …… 중국 서진(西晉)의 사상가. 죽림칠현(竹林七賢)의 한 사람으로 장자(莊子)의 사상을 실천하였음. 신체를 토목(土木)으로 간주하여 의욕(意慾)의 자유를 추구했으며 술을 매우 좋아했음.
◈ 淸濁(청탁) …… 맑은 술과 흐린 술, 즉 소주와 탁주.
◈ 刎頸(문경) …… 문경지교(刎頸之交), 벗을 위해서라면 목이 잘려도 한이 없을 만큼 친밀한 사이. 사기(史記)의 염파인상전(廉頗藺相傳)에 나오는 말.

平壤(평양)

千里平壤十里於	천리평양십리어
大蛇當道人皆也	대사당도인개아
落日鍊光亭下水	낙일연광정하수
白鷗無恙去來乎	백구무양거래호

천리 길 찾아온 평양시가 십 리나 늘어섰고
큰 뱀이 길에 나타남에 사람들 모두 <u>이끼</u> 한다.
해 저무니 연광정 아래 흐르는 물에
백구가 무심히 오고 가고 하네.

[註] 머나먼 천 리 길을 걸어 평양에 다다르니 시가지는 약 십 리나
늘어섰다. 연광정에 올라 보니 해 저무는 대동강에는 무심히 백
구만 오락가락 한다는 내용의 시인데, 특히 주목할 점은 於(늘
어)와 也(이끼 야)자를 묘하게 구사한 점이다.

◇ 於 ······ 늘 어
◇ 蛇 ······ 뱀 사
◇ 當(당) ······ 마땅 당, 부사로서 사건이 얼마 전에 발생한 것을 나
타내고 '막', '마침'으로 해석.
◈ 無恙(무양) ······ 몸에 탈이나 병이 없다.

下汀洲(하정주)······ 강가의 이별

翠禽暖戱對沈浮	취금훤희대침부
晴景闌珊也未收	청경란산야미수
人遠謾愁山北立	인원만수산북립
路長惟見水東流	노장유견수동류
垂楊多在鶯啼驛	수양다재앵제역
芳草無邊客倚樓	방초무변객의루
怊悵送君自崖返	초창송군자애반
那堪落月下汀洲	나감락월하정주

파랑새는 엎치락뒤치락 서로 정답게 놀고
난간에서 바라본 경치 한없이 아름답건만,
그대 떠나 보내는 시름 북쪽 산에 사무치며
멀리 떠나 온 길 오직 강물만 흘러오네.

우거진 수양버들에서 꾀꼬리는 울어대고
나그네는 누각에 기대서서 풀밭만 바라보네.
쓸쓸히 그대 보내고 언덕으로 돌아오니
달 저무는 강가의 서러움 무엇으로 감당하리.

[註] 대동강변에서 정든 여인과 이별을 하게 되었다. 누구에게나 이별은 서러운 것. 정든 님과의 이별은 더욱더 서러운 것. 파랑새는 쌍쌍이 잘도 어울려 놀고 맑은 경치는 더없이 좋건만 님과의 이별만은 죽도록 싫다. 버드나무 우거진 곳에서는 꾀꼬리가 무심히 울건만 님을 보낸 나는 누각에 홀로 기대서서 하염없이 무성한 풀밭만 바라본다. 님 떠나 보내고 홀로 언덕으로 돌아오니 달 저무는 밤에 사무치는 그리움 어찌 견디리.

◇ 翠 …… 깃푸른새 취
◇ 暖 …… 부드러운모양 훤
◇ 闌 …… 문지방 란
◇ 珊 …… 산호 산
◇ 驛 …… 역마 역
◇ 倚 …… 기댈 의
◇ 怊 …… 섭섭할 초
◇ 崖 …… 언덕 애
◈ 汀洲(정주) …… 강, 바다, 늪, 호수 등의 물이 얕고 모래가 드러난 곳.
◈ 闌珊(난산) …… 난간.
◈ 怊悵(초창) …… 마음이 섭섭하다.
◈ 那堪(나감) …… 감히 어찌 감당하리.

咸關嶺(함관령)

四月咸關嶺	사월함관령
北靑郡守寒	북청군수한
杜鵑今始發	두견금시발
春亦上山難	춘역상산난

사월인데도 함관령에는 봄이 늦어
북청 군수가 추위에 떨더라.
진달래가 이제 피기 시작하니
봄도 역시 산이 높아 오르기가 어려웠는가 보다.

〔註〕 함경도 지방은 산이 높아 봄도 늦게서야 온다. 사월인데도 진달
래가 겨우 피기 시작한 것을 봐도 알 수 있다. 날씨가 추워서 북
청 군수가 추위에 떤다는 표현이 너무나 재미있다.

◇ 發 …… 필 발
◈ 咸關嶺(함관령) …… 함경남도 함주군과 함흥군 사이에 있는 고개.
   함경산맥 서남 끝에 있고 해발 450m.
◈ 北靑(북청) …… 함경남도 동북부에 있는 군.
◈ 杜鵑(두견) …… 두견화(杜鵑花)의 준말, 진달래.

多情 · 多事
(다 정 · 다 사)

艱貧 (간빈) ······ 가난

地上有仙仙見富	지상유선선견부
人間無罪罪有貧	인간무죄죄유빈
莫道貧富別有種	막도빈부별유종
貧者還富富還貧	빈자환부부환빈

세상에는 신선이 있다는데 돈만 있으면 다 신선같이 보이네
인간에게 무슨 죄가 있으리요, 있다면 가난이 죄로다.
본래 부자와 가난한 자는 종자가 따로 있는 것이 아니니
가난한 자도 부자 될 수 있고 부자도 가난한 자 될 수 있네.

[註] 정처 없이 방랑하는 삿갓에게는 늘 잠잘 곳이 걱정이다. 솟을대
문 부잣집에서 거절을 당하고 길가 오두막집에 문을 두드렸다.
주인은 다행히 인심이 좋은 사람이어서 반겨 주었으나 너무 가
난해서 저녁 식사로는 겨우 감자 몇 개만을 준다. 그러나 주인의
따뜻한 인정이 너무 고마워서 시 한 수를 읊었다.

◇ 艱 ······ 어려울 간
◇ 貧 ······ 가난할 빈
◇ 還 ······ 돌아올 환
◆ 莫道(막도) ······ ~와 같은 도리는 없다.

開春詩會作(개춘시회작)······ 봄 시회에서

대걱대걱登南山   대걱대걱등남산
씨근벌떡息氣散   씨근벌떡식기산
醉眼朦朧굽어觀   취안몽롱굽어관
울긋불긋花爛漫   울긋불긋화난만

대걱대걱 남산으로 올라오니
씨근벌떡 숨이 매우 차구나.
취한 눈으로 몽롱하게 경치 굽어보니
울긋불긋 꽃들이 흐드러지게 피어 있네.

〔註〕 봄이 오자 남산에서 시회를 연다고 한다. 글재주도 없는 양반집
도련님들이 모여 앉아 야단법석들이다. 구경하는 김삿갓에게도
시를 지어 보라고 한다. 그들을 야유하는 뜻으로 국문을 섞어서
한 수 지었다.

◆ 息 ······ 숨 식
◆ 散 ······ 흐트러질 산
◆ 觀 ······ 볼 관
◈ 대걱 ······ 힘겹게 산을 오르는 모양.
◈ 朦朧(몽롱) ······ 의식이 흐리멍덩하여 아득하다.
◈ 爛漫(난만) ······ 꽃이 만발하여 한창 흐드러지게 피다.

譬世(비세) …… 세상을 비유함

富人困富貧困貧	부인곤부빈곤빈
飢飽雖殊困則均	기포수수곤칙균
貧富俱非吾所願	빈부구비오소원
願爲不富不貧人	원위불부불빈인

부자는 부자대로 걱정 빈자는 빈자대로 걱정
주리고 배부름 비록 다르나 걱정 있음은 모두 같네.
가난과 부자 모두 내가 원하는 바 아니요,
바라건대 부자도 아니고 가난도 아닌 그런 사람 되고 싶네.

[註] 부자도 아니고 가난도 아닌 모든 것을 초월한 세상을 살아가고
  싶은 김삿갓의 중도사상을 잘 나타낸 글이다.

◇ 譬 …… 비유할 비
◇ 困 …… 곤란할 곤
◇ 飢 …… 주릴 기
◇ 殊 …… 다를 수
◇ 均 …… 같을 균
◇ 俱 …… 모두 구
◆ 飽(포) …… 포식(飽食)의 준말, 배불리 먹는 것.
◆ 所願(소원) …… 바라는 원.

槐村答柳雅士(괴촌답유아사) …… 괴촌에 사는 유선비에게

(缺句)	(결구)
人說是非吾掩口	인설시비오엄구
世爭名利子搖頭	세쟁명리자요두
冉牛德行高山仰	염우덕행고산앙
司馬文章大海流	사마문장대해류
川不其流秋日昃	천불기류추일측
生涯何恨蜀淸遊	생애하한촉청유

(결구)
사람들은 시비를 즐겨 하나 나는 입을 다물고
세상 사람 모두 명리(名利)를 다투어도 자네는 그렇지 않네.

'허유'의 덕행은 높은 산도 우러러보고
'사마광'의 문장은 큰 바다같이 넓게 펼쳐졌도다.
냇물은 흘러흘러 그치지 않고 가을 해는 쉬 저무나니
생애를 청유(淸遊)에 붙인들 무슨 한이 있으리오.

[註] 세속에 물들지 않고 깨끗하게 살아가는 친구에게 자신의 마음을
담아 보낸 글이다. '허유'의 덕행은 산도 우러러보고, '사마광'의
문장은 온 세상에 모르는 사람이 없다. 그러므로 지조를 지키며
바르게 살아가는 것이 곧 선비의 바른 삶일 것이다.

◇ 掩 …… 덮을 엄
◇ 搖 …… 흔들 요
◇ 流 …… 펼 류
◇ 昃 …… 해기울어질 측
◆ 槐村(괴촌) …… 괴촌(塊村)과 같은 뜻이며, 주택이 불규칙적으로
모여 덩이 모양을 이룬 집단촌.
◆ 雅士(아사) …… 맑고 깨끗한 선비.
◆ 冉牛(염우) …… 염우덕행(冉牛德行)의 준말. 성천자(聖天子)라고 추
앙받던 요(堯) 임금님이 허유(許由)에게 천하를 물려주겠다고 말하
자 '허유'는 더러운 소리를 들었다고 잉수(潁水)강에서 귀를 씻고 기
산(箕山)에 들어가 숨었다고 하는 고사. 부귀와 영화를 기피하는 것
을 말함.
◆ 司馬(사마) …… 사마광(司馬光)을 말함, 북송(北宋) 때의 학자·정
치가.
◆ 淸遊(청유) …… 명분과 절개를 지키는 무리.

求鷹判題(구응판제) ······ 매를 잃은 태수에게

得於青山 失於青山	득어청산 실어청산
問於青山 青山不答	문어청산 청산부답
青山卽刻捉來	청산즉각착래

청산에서 얻어서 청산에서 잃었으니
청산에게 물어 보고 청산이 대답 없거든
청산을 즉시 잡아오렷다.

[註] 김삿갓이 어느 고을을 지나가는데 아전들이 야단들이다. 사연인
즉 그 지방 태수가 매를 잃고 아전들에게 찾아오라고 호통을 친
다는 거다. 김삿갓은 웃으면서 "본래 청산에서 잡은 것인데 청산
에서 잃었으니 청산에게 물어 보고 청산이 대답하지 않으면 청
산을 잡아 대령하라." 하며 태수를 야유하는 글을 지었다.

◇ 鷹 ······ 매 응
◇ 得 ······ 얻을 득
◇ 失 ······ 잃을 실
◇ 捉 ······ 잡을 착
◈ 卽刻(즉각) ······ 즉시.

扶餘妓生(부여기생)과 共作(공작)

金笠	白馬江頭黃犢鳴	백마강두황독명
妓生	老人山下少年行	노인산하소년행
金笠	離家正初今三月	이가정초금삼월
妓生	對客初更復三更	대객초경부삼경
金笠	澤裡芙蓉深不見	택리부용심불견
妓生	園中桃花笑無聲	원중도화소무성
金笠	良宵可興比誰於	양소가흥비수어
妓生	紫午山頭月正明	자오산두월정명

(삿갓) 백마강 강가에 누런 송아지가 울고 있네.

(기생) 노인산 아래에는 소년이 지나가네.

(삿갓) 정초에 집을 떠나 어느새 삼월이네.

(기생) 초저녁에 손님을 만났는데 벌써 삼경이라오.

(삿갓) 연못 속에 연꽃은 물이 깊어 볼 수가 없네.

(기생) 뜰 안에 핀 복사꽃은 웃어도 소리가 없사와요.

(삿갓) 이같이 좋은 밤의 흥겨움 무엇에 비기리오 .

(기생) '자오산' 산마루에 달이 한창 밝사와요.

[註] 부여에서 삿갓은 글 잘하는 어여쁜 기생을 만났다. 백마강이 굽어
보이는 기생집에서 서로 시를 주고받으며 밤이 깊어 가는 줄도
모르고 시흥에 취했다. 나그네 외로운 심정을 은근히 호소하자
'자오산' 산마루에 비친 달처럼 부드러운 기생의 정이 있다는 것
을 말하며, 이심전심으로 삿갓의 청을 들어준다. 돈도 권세도 없
는 삿갓이지만 그의 순수한 인간성은 많은 여자들의 호감을 샀고
안심하고 접근할 수 있게 했다. 뭇 사내들의 멸시와 탐욕에 시달
렸던 기생들은 삿갓처럼 순수한 남성이 한없이 그리웠던 것이다.

◇ 頭 …… 머리 두
◇ 犢 …… 송아지 독
◇ 離 …… 떠날 리
◇ 更 …… 고칠 경, 시각 경, 다시 갱
◇ 澤 …… 못 택
◇ 裡 …… 안 리
◇ 笑 …… 웃을 소
◇ 紫 …… 보랏빛 자
◈ 白馬江(백마강) …… 충청남도 부여 북부를 흐르는 금강의 본류.
◈ 老人山(노인산) …… 백마 강가에 있는 산.
◈ 正初(정초) …… 음력 정월 초하루.
◈ 芙蓉(부용) …… 연꽃.
◈ 桃花(도화) …… 복숭아꽃.
◈ 紫午山(자오산) …… 산 이름.
◈ 正明(정명) …… 아주 밝다.

平壤妓生(평양기생)

金笠	平壤妓生何所能	평양기생하소능
妓生	能歌能舞又能詩	능가능무우능시
金笠	能能其中別無能	능능기중별무능
妓生	月夜三更呼夫能	월야삼경호부능

(삿갓) 평양 기생 능한 바 무엇인고?
(기생) 노래도 능하고 춤도 능하고 시 또한 능합니다.
(삿갓) 능하다 능하다 해도 별로 능한 것도 없네.
(기생) 달 밝은 밤 지아비 부르는 것 가장 능하옵니다.

[註] 평양에서 기생들과 오랜만에 술 한잔을 했다. 얼근히 취하자 기생들을 놀려 주려고 평양 기생 무엇이 능한가 하고 말을 던졌다. 노래도 춤도 시도 모두 능하다고 기생이 대답한다. 삿갓은 능하다 능하다 해도 별로 능한 것도 없네 하고 농을 한다. 기생은 달밤에 지아비 부르는 것도 능하지 않느냐고 응수한다. 삿갓은 껄껄 웃으며 기생을 얼싸안는다.

◇ 能 …… 능할 능
◇ 舞 …… 춤 무

難避花(난피화) …… 꽃 피하기 어려워

青春抱妓千金芥	청춘포기천금개
白日當樽萬事雲	백일당준만사운
鴻飛遠天易隨水	홍비원천이수수
蝶過靑山難避花	접과청산난피화

청춘에 기생을 품으니 천금이 티끌보다 아깝지 않고
낮에도 술잔 드니 세상만사 구름같이 황홀하네.
기러기 먼 하늘 날다가도 물 따라 내려가듯
나비가 청산 가다 꽃 보고 못 피하듯.

[註] 삿갓은 정든 기생과 즐거운 하룻밤을 보냈다. 젊은 나이에 그토록 어여쁜 여인과 정분을 맺었으니 또 무슨 바람이 있을까. 돈은 무엇하고 명리는 무엇하리. 기러기가 멀리 날아가다가도 물을 보면 쉬 내려앉듯 나비가 청산을 지나다가 꽃을 보면 그냥 갈 수 없듯이 김삿갓도 아름다운 기생을 보고 그냥 갈 수 없었다. 정은 만리 흘러오는 강물처럼 끊어지지 않는 것이다.

◇ 樽 …… 술말 준
◇ 鴻 …… 기러기 홍
◇ 隨 …… 따를 수

老吟(노음) …… 늙음을 노래함

五福誰云一日壽	오복수운일왈수
堯言多辱知如神	요언다욕지여신
舊交皆是歸山客	구교개시귀산객
新少無端隔世人	신소무단격세인
筋力衰耗聲似痛	근력쇠모성사통
胃腸虛乏味思珍	위장허핍미사진
內情不識看兒苦	내정불식간아고
謂我浪遊抱送頻	위아랑유포송빈

오복 중 장수가 으뜸이라고 누가 말하는가
오래 살면 욕된다고 말한 요 임금 귀신같이 용하구나.
사귀던 옛 친구는 다 산으로 돌아갔고
다시 대하는 새소년들 딴 세상 사람 같네.

근력은 쇠약하고 목소리도 아픈 사람 같은데
위장은 허해져서 맛나는 것만 생각하네.
집안 사람들 아이 보는 괴로운 속사정 알지 못하고
나더러 논다고 걸핏하면 아이 안아 보내네.

[註] 세상 사람들은 오복 중에 장수가 제일이라고 말하지만, 반드시 그렇지만은 않다. 오래도록 사귄 옛 친구들은 모두 떠나가 버렸고, 새로 태어난 사람들은 모두 얼굴이 설어 딴 세상 사람 같다. 정 붙일 곳 없는 이 세상 오래 살면 오히려 욕이라고 말한 요 임금의 말씀이 귀신같이 들어맞는다. 집안 사람들은 내 속사정도 모르고 걸핏하면 아이를 맡기는데, 그 괴로움 말로 다 할 수 없다. 이와 같은 어려움을 안고 사는 어느 외롭고 답답한 할머니의 사정을 읊은 글이다.

◇ 痛 …… 아플 통
◇ 抱 …… 안을 포
◇ 頻 …… 잦을 빈
◈ 五福(오복) …… 다섯 가지의 복(壽, 富, 康寧, 貴, 子孫衆多).
◈ 堯言多辱(요언다욕) …… 요 임금이 '장수는 오히려 곤혹스러운 것'이라고 한 말.
◈ 如神(여신) …… 귀신같이 잘 안다.
◈ 歸山客(귀산객) …… 산으로 돌아간 나그네, 즉 죽었다는 뜻.
◈ 新少(신소) …… 나이 어린 새 소년들.
◈ 隔世(격세) …… 딴 세상.
◈ 衰耗(쇠모) …… 쇠약해서 다함.
◈ 虛乏(허핍) …… 허하고 모자람.
◈ 珍(진) …… 진미(珍味), 맛있는 음식.
◈ 內情(내정) …… 속사정.
◈ 看兒苦(간아고) …… 아이를 보는 괴로움.

斷句一句(단구일구)

萬事皆有定　　만사개유정
浮生空自忙　　부생공자망

세상 만사는 이미 운명 따라 정해져 있는데
허공에 뜬 인생은 헛되이 바삐 헤매도다.

[註] 나는 어디서 와서 어디에 있으며 그리고 어디로 가고 있는가. 인
생만사 이미 정해진 운명대로인데 사람들이 괜히 헛되이 바쁘기
만 하다. 삿갓에 지팡이 의지해서 물결치는 대로 발길 닿는 대로
가는 대로 가 보자.

◇ 忙 …… 바쁠 망
◈ 有定(유정) …… 정해진 바가 있다.
◈ 浮生(부생) …… 덧없는 인생.
◈ 空(공) …… 실속 없이 비어 있다.

犢價訴題(독가소제) …… 송아지 값 소송

四兩七錢之犢	사양칠전지독
放於靑山綠水	방어청산녹수
養於靑山綠水	양어청산녹수
隣家飽太之牛	인가포태지우
用其角於此犢	용기각어차독
如之何則可乎	여지하칙가호

넉냥칠전 주고 사 온 송아지를
청산녹수에 풀어놓고
청산녹수에서 길러 왔는데,
이웃집의 콩 먹고 자란 살찐 황소가
그 뿔로 이 송아지를 받았으니
이 일 어찌하면 좋겠습니까?

[註] 가난한 농부가 알뜰히 저축해서 모은 돈 4냥7전으로 사 온 송아지를 들에서 풀어놓고 길렀는데, 이웃 부잣집 황소가 뿔로 받아서 죽여 버렸다. 실의에 빠져 있는 농부를 본 김삿갓은 원님에게 농부를 대신해서 고소장을 썼다. 원님은 이 기상천외한 소장을 보고 껄껄 웃으며 송아지 값을 물어주도록 조치를 취했다.

輓詞(만사) 一

同知生前雙同知	동지생전쌍동지
同知捉去此同知	동지착거차동지
同知死後獨同知	동지사후독동지
地下願作雙同知	지하원작쌍동지

동지여! 그대와 나 살아서는 쌍동지였는데
동지 죽은 뒤에 홀로 남아 외톨 동지되었네.
동지여! 이 동지도 어서어서 잡아가
지하에서 다시 쌍동지되기 원하네.

[註] 어느 고을에서 만난 한 노인이 김삿갓에게 자기와 무척 친했던
친구가 죽었는데 만사를 써 달라고 부탁을 한다. 평생 생사고락
을 같이한 동지였을 뿐만 아니라, 죽어 저승에 가서라도 동지되
기를 약속한 친구란다. 노인이 동지라는 말을 너무 많이 쓰며 강
조하기에 김삿갓도 동지라는 말을 많이 써서 만사를 지었다.

◇ 雙 …… 새두마리 쌍
◇ 捉 …… 잡아갈 착
◇ 獨 …… 홀로 독
◆ 同知(동지) …… 친구.

輓詞(만사) 二

歸何處	歸何處	귀하처 귀하처
三生瑟	五采衣	삼생슬 오채의
都棄了	歸何處	도기료 귀하처
有誰知	有誰知	유수지 유수지
黑漆漆	長夜中	흑칠칠 장야중
獨啾啾	有誰知	독추추 유수지
何時來	何時來	하시래 하시래
千疊山	萬重水	천첩산 만중수
此一去	何時來	차일거 하시래

어디로 갔소 어디로 갔소.
사랑하는 아내와 귀여운 자식
모두 버리고 어디로 갔소.

누가 알리오 누가 알리오.
어둡고 어두운 긴긴 밤에
홀로 우는 이 슬픔 누가 알리오.

언제 오시리오 언제 오시리오.
첩첩 산 모두 넘고 넘어 만리 물을 건너건너
한 번 가신 길 언제 오시리오.

[註] 남편을 잃은 젊은 과부는 애절하게 운다. 남겨진 어린 자식과 앞으로 살 일도 걱정이려니와 삼생에 걸쳐 함께 잘 살자던 맹세가 이렇게 허무하게 깨어지니 천 갈래 만 갈래 가슴이 찢어질 뿐이다. 관을 붙들고 푸념하며 우는 청상의 애절한 울음소리를 들으며 김삿갓도 뜨거워지는 눈시울을 억지로 참고 이상과 같은 만사를 썼다.

◇ 都 …… 모두 도
◇ 黑 …… 검을 흑
◇ 漆 …… 어두울 칠
◇ 疊 …… 거듭 첩
◇ 重 …… 겹칠 중
◈ 三生(삼생) …… 전생·현세·내세.
◈ 瑟(슬) …… 금슬지락(琴瑟之樂)의 준말. 부부 사이의 화목한 즐거움.
◈ 三生瑟(삼생슬) …… 사랑하는 처를 말함.
◈ 五采衣(오채의) …… 자녀를 말함.
◈ 啾啾(추추) …… 작은 소리로 흐느껴 운다.

墓爭(묘쟁)······ 묘 다툼

以士大之女	이사대지여
臥於祖父之間	와어조부지간
付之於祖乎	부지어조호
付之於父乎	부지어부호

사대부의 딸로서
할아버지와 아버지 사이에 누었으니
할아버지에게 붙으리까
아버지에게 붙으리까.

[註] 세도가 당당한 어느 사대부 집에서 딸의 묘를 남의 집 가족 묘 사이에 썼다. 죽은 딸을 남의 집 할아버지에게 소실로 시집보내는 것인지, 혹은 그 집 아버지에게 소실로 시집보내는 것인지 아리송하다고 사대부 집을 욕하는 글이다.

◇ 臥 ······ 누울 와
◇ 付 ······ 붙일 부
◈ 士大(사대) ······ 사대부(士大夫)의 준말.
◈ 乎(호) ······ 어조사로서 구말에 쓰이고 의문을 나타내며 '~인가?', '~한가?'.

年年年去(연년년거) …… 해마다 해는 가고

年年年去無窮去	연년년거무궁거
日日日來不盡來	일일일래불진래
年去日來來又去	연거일래래우거
天時人事此中催	천시인사차중최

해마다 해마다 해는 가고 끝없이 가고
날마다 날마다 날은 오고 끝없이 오네.
해가 가고 날이 오며 오고 또 가서
자연과 인간의 모든 일 그 속에서 이루어지네.

〔註〕 이 시에 쓰인 글자는 모두 24자이다. 그 가운데서 년(年), 일(日), 거(去), 래(來)자가 각각 4자씩 모두 16자 들어 있으며, 나머지 12개의 글자가 다른 글자다. 똑같은 글자를 이렇게 거듭 많이 쓰면서도 조금도 어색하지 않게 우주의 이치를 잘 나타내고 있는 명시이다.

◇ 去 …… 갈 거
◇ 盡 …… 다할 진
◈ 無窮(무궁) …… 끝이 없는 것.
◈ 天時(천시) …… 때를 따라서 돌아가는 자연 현상.
◈ 人事(인사) …… 사람의 일.

杜鵑花消息(견화소식)······ 진달래 소식을 묻다

問爾窓前鳥	문이창전조
何山宿早來	하산숙조래
應識山中事	응식산중사
杜鵑花發耶	두견화발야

창 앞에 와서 우는 새야
어느 산에서 자고 왔느냐.
산 속의 소식 너는 잘 알리니
산에 진달래꽃은 피었더냐.

[註] 겨울을 고향집에서 보낸 김삿갓은 봄이 되자 또 방랑의 버릇이
싹트기 시작한다. 창문 앞에서 우는 새를 보니 봄이 온 것이 분
명하다. 삿갓에 지팡이 하나 의지하고 오라고 반기는 사람도 오
지 말라고 막는 사람도 없는 곳을 향해 정처 없이 마음은 이미
떠나가고 있다.

◇ 爾 ······ 너 이
◇ 應 ······ 응당 응
◇ 識 ······ 알 식
◈ 杜鵑花(두견화) ······ 진달래꽃.

貧吟(빈음)······ 가난을 읊음

盤中無肉權歸菜	반중무육권귀채
廚中乏薪禍及籬	주중핍신화급리
姑婦食時同器食	고부식시동기식
出門父子易衣行	출문부자이의행

밥상에 고기 없으니 채소가 판을 치고
부엌에 땔나무 없으니 울타리가 화를 입네.
며느리와 시어미는 한 그릇에 밥을 먹고
부자가 출입할 땐 옷을 바꾸어 입네.

[註] 가난한 사람들의 생활을 잘 묘사한 글이다. 밥상에는 온통 채소 뿐이고 부엌에는 땔나무가 없어서 울타리 나무를 빼서 땐다. 밥 그릇이 모자라 고부간에 같은 식기에 밥을 먹고 번듯한 옷이 없어서 출입할 때는 부자간에 서로 옷을 바꾸어 입는다.

◇ 盤 ······ 소반 반
◇ 權 ······ 권세 권
◇ 歸 ······ 돌아갈 귀
◇ 廚 ······ 주방 주
◇ 薪 ······ 땔나무 신

思鄕(사향) 一 …… 고향 생각

西行已過十三州	서행이과십삼주
此地猶然惜去留	차지유연석거류
雨雪家鄕人五夜	우설가향인오야
山河逆旅世千秋	산하역려세천추
莫將悲慨談靑史	막장비개담청사
須向英豪問白頭	수향영호문백두
玉館孤燈應送歲	옥관고등응송세
夢中能作故園遊	몽중능작고원유

서쪽으로 이미 열세 고을을 지나왔건만
아직도 이곳 떠날까 말까 망설이도다.
눈비 내리는 한밤중에 고향 사람 그리워 잠 못 이루니
천지산하(天地山河) 내게는 영원한 나그네길이로다.

지나온 역사 생각하고 슬퍼할 것 없나니
다만 영웅호걸에게 백발을 물으리라.
객사의 외로운 등불 아래 세월을 보내니
꿈속에서나마 그리운 고향을 찾아가리라.

[註] 방랑하는 김삿갓에게는 늘 그리운 것이 고향이다. 눈비 내리는 기나긴 밤 잠 못 이루는 새벽이면 항상 그리운 것이 남겨둔 부모 처자의 안부다. 좋았던 젊은 시절은 다 지나가고 이미 백발이 귀밑을 덮었건만, 영원한 방랑의 길은 끝이 없다. 그리운 고향은 꿈속에서나 찾아가며…….

◇ 猶 …… 머뭇거릴 유
◇ 惜 …… 아까울 석
◇ 留 …… 머물 류
◆ 五夜(오야) …… 한밤중.
◆ 山河(산하) …… 자연의 총칭.
◆ 逆旅(역려) …… 끝없이 돌아다닌다는 뜻. 부천지자만물지역려 광음자백대지과객(夫天地者萬物之逆旅 光陰者百代之過客 ; 이태백의 춘원연도리원서(春園宴桃李園序))에서 인용.
◆ 世(세) …… 여기서는 일평생을 뜻함.
◆ 千秋(천추) …… 긴 세월 또는 먼 미래.
◆ 悲慨(비개) …… 비분강개(悲憤慷慨). 슬프고 분한 생각이 마음속에 가득 차있다.
◆ 靑史(청사) …… 역사상의 기록. 종이가 발명되기 이전에 대나무의 청피(靑皮)에 사실(史實)을 기록했다는 데서 유래.
◆ 英豪(영호) …… 영웅호걸(英雄豪傑)의 준말.
◆ 玉館(옥관) …… 여관, 객사.
◆ 故園(고원) …… 옛날에 놀던 고향의 뜰.

思鄕(사향) 二 …… 고향 생각

皇州古路杳如天	황주고로묘여천
日下芳名動少年	일하방명동소년
嬉笑文章蘇學士	희소문장소학사
風流詞曲柳屯田	풍류사곡류둔전
遊情薊樹浮煙海	유정계수부연해
別語灣燈明玉盞	별어만등명옥잔
未識今宵能憶我	미식금소능억아
寒梅老屋坐蕭然	한매노옥좌소연

과거 보러 서울로 가던 옛길 아득하여 하늘 나라 같고
온 세상에 떨친 소년의 꽃다운 이름 꿈속의 일 같구나.
즐겁게 웃으며 짓던 문장은 '소동파' 같고
풍류에 어울려 부른 노래는 '유둔전'과 같도다.

노니는 정은 삽주나무가 연기 속에 떠오르듯 하고
이별의 말은 나루터 등잔불 아래서 술잔으로 나누네.
오늘 밤 나를 생각해 줄 이 그 누군지 알지 못하나
고향집 뜰 앞에 매화만이 쓸쓸히 피어 있네.

[註] 생각하니 꿈과 같은 옛일이다. 과거 보러 서울로 가던 일, 급제하여 이름을 날리던 소년 시절, 소동파에 못지 않은 글재주 그리고 유둔전을 능가하는 노래 솜씨는 모든 사람들로부터 극찬을 받았다. 그러나 그 모두는 지나가 버린 꿈속의 일들이다. 객지에 외롭게 누워 있는 지금의 김삿갓을 과연 누가 기억해 줄까. 고향 집 뜰 안에 선 매화만이 알고 있을까?

◇ 杳 …… 아득할 묘
◇ 薊 …… 삽주 계, 삽주란 국화과에 속하는 다년생초.
◈ 皇州(황주) …… 임금이 있는 곳, 즉 서울을 말함.
◈ 日下(일하) …… 백일하(白日下), 뚜렷하여 세상 사람들이 다 알다.
◈ 芳名(방명) …… 꽃다운 이름.
◈ 少年(소년) …… 과거에 합격했을 당시의 소년 김삿갓.
◈ 蘇學士(소학사) …… 소동파(蘇東波)를 가리킴. 중국 북송(北宋) 때의 문인(1036~1101).
◈ 柳屯田(유둔전) …… 당나라 때의 시인 유종원(柳宗元)을 가리킴. 약 13년간 변경에 유배되었기 때문에 둔전(屯田)이라고 하게 되었음.
◈ 灣燈(만등) …… 나루터의 등잔불.
◈ 蕭然(소연) …… 쓸쓸한 데가 있다.

山所訴出(산소소출)······ 산소 고발

堀去堀去隻之恒言	굴거굴거척지항언
捉來捉本守之例言	착래착본수지예언
今日明日	금일명일
乾坤不老月長在	건곤불로월장재
此頉彼頉	차탈피탈
寂寞江山今百年	적막강산금백년

파간다 파간다 하는 말은 저쪽이 늘 하는 말이요,
잡아온다 잡아온다 하는 말은 본 태수(太守)가 늘 하는 말.
이렇게 오늘내일 하는 사이 세월만 자꾸 가고
이탈 저탈 하는 사이 적막강산 어느덧 백년이 되었네.

[註] 어느 중년 부인이 자기 남편 묘 앞에 어느 집에서 새로 묘를 쓴 것을 보고 이것을 파가라 하였으나 그저 "파간다, 파간다." 말만 하고 파가지 않는다. 군수에게 호소해도 그저 "잡아온다, 잡아온다." 할 뿐 해결은 안 해 준다. 그래서 김삿갓에게 애원한 즉 김삿갓이 고소장을 써 주기에 그것을 군수에게 가져가니 군수가 그 기지에 감탄해서 즉시 해결해 주었다.

僧風惡(승풍악)······ 고약한 중

榻上彼金佛	탑상피금불
何事坎中連	하사감중련
此寺僧風惡	차사승풍악
擇日欺西歸	택일기서귀

단 위에 앉아 있는 금부처님
무슨 일로 무덤 속에 있는 듯 우울한가요?
이 절의 중 행세가 고약해서
날을 받아 서쪽으로 돌아가시려나요?

[註] 어느 절에 가서 하룻밤 쉬어 가기를 청했다. 그러나 그 절의 스님은 심통 사납게도 냉대를 한다. 김삿갓은 스님의 심통이 사나워서 부처님도 마음이 불편해서 곧 서쪽으로 가 버릴 것이라고 욕을 한다.

◇ 榻 ······ 긴상 탑
◇ 坎 ······ 구덩이 감
◇ 欺 ······ 속일 기
◈ 風惡(풍악) ······ 마음이 나쁘다.
◈ 擇日(택일) ······ 날을 받는다.

眼昏(안혼) ······ 눈이 흐림

向日貫針糸變索	향일관침사변삭
挑燈對案魯無魚	도등대안노무어
春前白樹花無數	춘전백수화무수
霽候靑天雨有餘	제후청천우유여
揖路少年云誰某	읍로소년운수모
探衣老虱動知渠	탐의노슬동지거
可憐南浦垂竿處	가련남포수간처
不見風波浪費蛆	불견풍파랑비저

해를 향해 바늘을 꿰도 실이 밧줄같아 보이고
등불 심지를 돋우어 책을 봐도 노(魯)자 속에 어(魚)자 없네.
봄도 오기 전 마른나무에 흰 꽃이 무수히 핀 듯하고
비 개어 맑은 하늘인데도 아직 비 내리듯 흐릿하게 보이네.

길에서 절하는 소년을 보고 누구더라 말하고
옷에서 찾는 늙은이는 움직여야 알 수 있네.
너무나 불쌍하다 남포 낚시터에 드린 낚싯대여
풍랑을 보지 못해 헛되이 낚싯밥만 허비하네.

[註] 나이가 많아지니 눈도 흐려진다. 우선 바늘에 실을 꿸 수 없고, 밤에는 등불을 밝혀도 노(魯)자에 어(魚)자가 없는 듯이 보이며 비가 갠 뒤에도 하늘이 뿌예서 계속 비가 내리는 듯이 보인다. 길가에서 소년들이 인사를 해도 그 얼굴이 잘 보이지 않으며 옷에 기는 이도 움직여야만 보인다. 특히 가엾은 것은 낚시터에서 찌기 보이지 않아 미끼민 따먹힌다.

◇ 索 ······ 밧줄 삭
◇ 挑 ······ 심지돋울 도
◇ 案 ······ 책상 안
◇ 霽 ······ 비개일 제
◇ 揖 ······ 읍할 읍, 절을 한다.
◇ 誰 ······ 누구 수
◇ 某 ······ 아무 모
◇ 探 ······ 찾을 탐
◇ 衣 ······ 옷 의
◇ 虱 ······ 이 슬
◇ 渠 ······ 클 거, 우두머리 거
◇ 垂 ······ 드리울 수
◇ 竿 ······ 장대 간, 낚싯대 간
◇ 蛆 ······ 구더기 저
◈ 貫針(관침) ······ 바늘에 실을 꿴다.
◈ 南浦(남포) ······ 평안남도 남서쪽에 있는 항구도시.

諺文詩(언문시)

腰下佩기억(ㄱ)	요하패기억(ㄱ)
牛鼻穿이응(ㅇ)	우비천이응(ㅇ)
歸家修리을(ㄹ)	귀가수리을(ㄹ)
不然点디귿(ㄷ)	불연점디귿(ㄷ)

허리에 ㄱ자 모양인 낫을 차고
소 코에는 ㅇ자 모양의 코뚜레를 뚫었네
집에 돌아가서 자기(ㄹ) 스스로를 닦으라
그러지 않으면 ㄷ자에 점 하나 더하리.

〔註〕주석에서 농을 하다가 ㄱ, ㅇ, ㄹ, ㄷ자를 넣어서 재미있는 글을 지었다. 모든 사람들은 이 시를 보고 갈채를 보냈다.

◇ 腰 …… 허리 요
◇ 佩 …… 찰 패
◇ 鼻 …… 코 비
◈ 기역(ㄱ) …… 낫.
◈ 이응(ㅇ) …… 소 코에 있는 쇠코뚜레.
◈ 리을(ㄹ) …… 기(己)자로 해석해서 자기.
◈ 디귿(ㄷ) …… ㄷ에 점 하나를 더하면 망(亡)자가 된다. 즉, 죽는다는 말이다.

諺文眞書(언문진서) 섞어 作(작)······한문과 국문을 섞은 시

諺文眞書섞어作   언문진서섞어작
是耶非耶皆吾子   시야비야개오자

국문과 한문을 섞어서 지은 나의 시를 보고
옳으니 그르니 하는 놈은 모두 내 아들놈이다.

[註] 사대주의 사상이 농후한 그 당시의 선비들은 국문과 한문을 섞
　　어서 지은 김삿갓의 글을 보고 너무나 말이 많았다. 그래서 그러
　　한 몰지각한 무리들에게 욕을 퍼부었다.

◈ 諺文(언문) ······ 한글을 낮추어서 하는 말.
◈ 眞書(진서) ······ 한문을 일컫는 말.
◈ 是耶(시야) ······ 옳다고 하는 사람.
◈ 非耶(비야) ······ 잘못이라고 하는 사람.
◈ 吾子(오자) ······ 내 아들.

諺文風月(언문풍월)

青松듬성듬성立   청송듬성듬성립
人間여기저기有   인간여기저기유
所謂엇뚝뺏뚝客   소위엇뚝뺏뚝객
平生쓰나다나酒   평생쓰나다나주

푸른 소나무는 듬성듬성 서 있고
사람들은 여기저기 앉아 있네.
소위 이러쿵저러쿵 말만 많은 나그네
그러니 한평생 쓰나 다나 술일세.

〔註〕 솔밭에 모여서 야유회를 한다. 소나무는 듬성듬성 서 있는데 사
람들은 여기저기 모여 앉아 이야기에 열을 올리고 있다. 모두 다
똑똑한 사람이어서 저마다 이러쿵저러쿵 말도 많다. 그런 말 관
여하지 않고 오직 평생 동안 술이나 마시련다.

◆ 青松(청송) …… 푸른 소나무.
◆ 所謂(소위) …… 이른바.
◆ 平生(평생) …… 일생.

與詩客詰居(여시객힐거)······ 시객과 더불어 꾸짖음

(詩客)	石上難生草	석상난생초
	房中不起雲	방중불기운
	山間是何鳥	산간시하조
	飛入鳳凰群	비립봉황군
(金笠)	我本天上鳥	아본천상조
	常留五採雲	상류오채운
	今宵風雨惡	금소풍우악
	誤落野鳥群	오락야조군

(시객) 돌 위에 풀 나기 어렵고
　　　방안에 구름 일지 못하도다.
　　　산 속의 이 무슨 잡새가
　　　봉황의 무리 속에 날아 들어왔는가.

(김립) 나는 본래 천상(天上)의 새인데
　　　항상 오채(五採) 구름 속에 살고 있다가,
　　　오늘 밤 비바람이 몰아쳐서
　　　들새 무리들 속에 잘못 떨어졌도다.

[註] 선비들이 모여서 노는 자리에 김삿갓이 찾아갔는데 남루한 삿갓
의 차림을 보고 한 선비가 조롱하는 내용의 글을 지었다. 어느
산 속의 잡새가 감히 봉황새가 노는 곳에 오느냐 하는 내용의
글로 욕을 했다. 여기에 응수한 재치 있는 김삿갓의 재주가 놀랍
다. 앞에 구는 시객의 글이고, 뒤에 것은 김삿갓의 글이다.

◇ 詰 …… 꾸짖을 힐
◇ 詎 …… 말꾸짖을 거
◇ 難 …… 어려울 난
◇ 起 …… 일어날 기
◇ 雲 …… 구름 운
◇ 鳥 …… 새 조
◇ 飛 …… 날 비
◇ 群 …… 무리 군
◇ 本 …… 본래 본
◇ 宵 …… 밤 소
◇ 誤 …… 잘못될 오
◇ 落 …… 떨어질 락
◇ 野 …… 들 야
◈ 鳳凰(봉황) …… 봉황새.
◈ 五採(오채) …… 다섯 가지 아름다운 색(靑, 黃, 紅, 白, 黑).

與趙雲卿上樓(여조운경상루)······ 조운경과 함께 누각에서

也知窮達不相謀	야지궁달불상모
思樂橋邊幾歲周	사락교변기세주
漢北文章今太守	한북문장금태수
湖西物望舊荊州	호서물망구형주
酒誡狂藥常爲病	주계광약상위병
詩亦風流可與酬	시역풍류가여수
夜笠殆嫌登政閣	야립태혐등정각
抱琴獨倚海山秋	포금독의해산추

궁한 나와 영달한 조공은 어울릴 수 없는 사이임을 잘 알면서도
사락교 주변에서 몇 해를 두루 함께 놀았던가?
한북(漢北)에서도 문장가로 이름난 그대 이제 태수(太守)가 되니
호서지방에서도 높은 물망 옛날 형주 목사 같도다.

술은 진실로 미치게 하는 약이라고 항상 나를 일깨워 주고
시는 역시 풍류라 즐겨 함께 주고받았도다.
나는 삿갓 쓴 야인이라 정각에 오르기 싫으니
거문고 안고 홀로 가을의 산과 바다 벗삼으리라.

[註] 김삿갓과 마음이 통하는 조운경이 안변 군수로 임명되어 임지로 떠날 때 송별의 시로 지은 글. 궁한 자신과 어울릴 수 없는 귀한 신분인데도 늘 함께 시를 지으며 즐겨 만나 주었고, 술 마시는 것에 대해서도 항상 걱정을 해 준 고마운 조운경에게 형주 목사만큼 훌륭한 관리가 되라고 하였다.

◆ 窮 …… 궁핍할 궁, 김삿갓 자신을 말함.
◆ 達 …… 통할 달, 이를 달. 영달(榮達), 지위가 높고 귀하게 되는 것(조운경을 말함).
◆ 謀 …… 도모할 모, 꾀할 모
◆ 周 …… 두루 주
◆ 誡 …… 경계할 계
◆ 病 …… 근심할 병, 걱정할 병
◆ 酬 …… 주고받을 수, 권할 수
◆ 殆 …… 자못 태, 가까울 태, 거이 태
◆ 嫌 …… 싫을 혐
◆ 倚 …… 의지할 의, 기댈 의
◈ 不相(불상) …… 서로 어울릴 수 없다.
◈ 漢北(한북) …… 한강 북쪽, 즉 도성을 가리킴.
◈ 文章(문장) …… 문장가(文章家)의 준말.
◈ 太守(태수) …… 지방관.
◈ 湖西(호서) …… 충청남북도의 별칭.
◈ 物望(물망) …… 여러 사람이 우러러보는 명망.
◈ 荊州(형주) …… 중국 고대의 9주의 하나, 형산(荊山)의 남쪽지방. 지금의 호북성, 호남성, 광동성, 귀주성, 사천성 근방.
◈ 政閣(정각) …… 정당이나 정치.

偶吟(우음) 一 …… 우연한 읊음

劒思徘徊快馬鳴	검사배회쾌마명
聞鷄默坐數前程	문계묵좌수전정
亂山經歷多花事	난산경력다화사
大海觀歸小水聲	대해관귀소수성
歲月皆賓猶卒忽	세월개빈유졸홀
煙霞是世自昇平	연하시세자승평
黃金滿袖擾擾子	황금만수요요자
送我路邊半市情	송아노변반시정

칼날 같은 생각 마음속 배회하다 말처럼 아득히 달려가
새벽닭 소리 들으며 앞날을 헤아린다.
많은 산천 떠돌아다녔기에 꽃다운 일도 많았고
큰 바다 보고 왔으니 개울 물소리 귓전에 들리지도 않는다.

세월은 모두가 손님 같아서 총총히 지나가고
연기와 노을 같은 이 세상 모두가 태평을 좇고 있네.
옷소매 속에 가득히 돈을 넣고 다니는 부자 양반들
노변에서 나를 보내는 그 인사는 겉치레일 뿐일세.

[註] 방랑하는 김삿갓에게는 늘 정이 그립다. 산전수전 다 겪으며 온 갖 고을을 다 돌아다녔으니 그 사이에 더러는 꽃다운 일도 있었다. 큰 바다를 보고 온 그에게 조그마한 개울물소리가 들릴 리 없다. 세상일은 모두가 한바탕 꿈과 같아서 연기처럼 흘러만 가는데 사람들은 그 환상을 실상인 줄 알고 그 속에서 태평을 찾고 있다. 그를 떠나 보내는 부자 양반들이 겉치레로 하는 인사는 정이 없어 섭섭하다.

◇ 數 …… 헤아릴 수, 여기서는 '생각하여 궁리한다'로 해석.
◇ 賓 …… 손님 빈
◇ 袖 …… 옷소매 수, 옛날에는 돈을 소매 속에 넣고 다녔음.
◇ 擾 …… 길들일 요, 번거로울 요
◈ 劍思(검사) …… 칼날처럼 날카로운 생각.
◈ 徘徊(배회) …… 가슴속을 맴돌다.
◈ 快馬鳴(쾌마명) …… 생각이 말처럼 아득히 달린다.
◈ 亂山(난산) …… 많은 산.
◈ 經歷(경력) …… 지나오다.
◈ 花事(화사) …… 꽃다운 일들.
◈ 小水聲(소수성) …… 작은 냇물의 소리는 들리지 않는다.
◈ 卒忽(졸홀) …… 홀연히 떠나다.
◈ 煙霞(연하) …… 연기의 노을.
◈ 昇平(승평) …… 평화스러움.
◈ 市情(시정) …… 여기서는 정이 없고 세속적인 겉치레 인사를 뜻함.

偶吟(우음) 二 …… 우연한 읊음

抱水背山隱逸鄉	포수배산은일향
時遊農圃又書堂	시유농포우서당
榮花野雪兩全色	경화야설양전색
岸柳江梅二獨陽	안류강매이독양
日謀閑趣從棋友	일모한취종기우
心却繁華遠媚觴	심각번화원미상
人物擧皆無不用	인물거개무불용
捨其所短取其長	사기소단취기장

강을 안고 산을 등진 깊은 산골에 묻혀 사니
때때로 논밭도 둘러보고 서당에도 가보네.
등잔불과 들에 쌓인 눈은 아직도 겨울인데
언덕 위 버들과 강가의 매화는 봄을 독차지하네.

날마다 한가해 취미 따라 바둑친구 찾으니
번거로운 마음 없어지고 아부 술도 안 마시네.
인물은 누구든지 못 쓸 인물 없으니
단점은 버리고 장점만 취하게.

[註] 깊은 산골에 묻혀 사니 늘 한가롭다. 때로는 채마도 돌아보고 서
당에도 가 본다. 아직도 바람은 찬데 언덕 위의 버들가지는 푸른
빛이 완연하고 매화나무 가지에는 꽃이 한창이다. 생각하니 사람
은 누구나 모두 못 쓸 사람 없는데, 세상이 사람을 알아주지 않
는다. 단점은 버리고 장점만 살린다면 적재적소에 귀하게 쓸 수
있을 것을.

◆ 抱 …… 안을 포
◆ 背 …… 등 배
◆ 岸 …… 언덕 안
◆ 陽 …… 빛 양
◆ 閑 …… 한가로울 한
◆ 趣 …… 취향 취
◆ 棋 …… 바둑 기
◆ 却 …… 물리칠 각
◆ 媚 …… 아첨할 미, 유혹할 미
◆ 觴 …… 술잔 상
◆ 捨 …… 버릴 사
◈ 隱逸(은일) …… 세속을 피하여 숨는 것.
◈ 農圃(농포) …… 논과 밭.
◈ 檠花(경화) …… 등잔불 꽃.
◈ 繁華(번화) …… 마음이 번잡한 것.
◈ 擧皆(거개) …… 거의 모두.
◈ 無不用(무불용) …… 쓰이지 않는 바가 없음.
◈ 其所短(기소단) …… 그 단점.
◈ 其長(기장) …… 그 장점.

吟空歌(음공상) …… 공상의 노래

甚寒漢高祖	심한한고조
不來陶淵明	불래도연명
欲擊始皇子	욕격시황자
豈無楚霸王	기무초패왕

한고조(劉邦)가 심히 추우니
도연명(陶潛)이 오지 않더라.
진시황(扶蘇)의 아들을 치고자 하니
어찌 초패왕(項羽)이 없으리.

[註] 한고조, 도연명, 진시황, 항우의 이름을 이용해서 묘한 시를 지었
　　다. 위의 내용을 글자의 뜻을 다르게 취함으로써 다음과 같이 풀
　　이가 된다. 강가 높은 곳에 할아버지 몹시 추워서 화창한 못 가
　　밝아 와도 오지를 않네. 처음으로 황태자를 때리고자 하니 어찌
　　종아리를 칠 권세 가진 왕이 없으랴.

◆ 陶 …… 화창할 도
◆ 楚 …… 종아리칠 초
◆ 霸 …… 제후의권세잡을 패

李氏之三女吟(이씨지삼녀음)······ 이씨 집 셋째 딸

折枝李之三枝	절지리지삼지
知李家之三女	지리가지삼녀
開面鏡面反覆	개면경면반복
望晦間之來期	망회간지래기

오얏나무 셋째 가지를 꺾으니
이씨 집 셋째 딸인 줄 알아라.
면경을 열었다 닫았다 반복하니
나날이 빨리 가라는 기약인 줄 알아라.

[註] 과년한 이씨 집 셋째 딸이 오얏나무 꽃과 같이 활짝 피었다. 매일 면경을 닫았다 열었다 들여다보고 용모에 관심을 갖는 것은 나날이 빨리 지나가서 매파가 오라고 기다리고 있는 거다. 이씨 딸의 꽃다운 좋은 시절을 보고 읊은 시이다.

◇ 李 ······ 오얏 리
◇ 枝 ······ 가지 지
◇ 知 ······ 알 지
◇ 覆 ······ 덮을 복
◈ 面鏡(면경) ······ 거울.
◈ 望晦(망회) ······ 보름과 그믐.

自顧偶吟(자고우음) …… 자신을 뒤돌아보고

笑仰蒼穹坐可超	소앙창궁좌가초
回思世路更迢迢	회사세로갱초초
居貧每受家人謫	거빈매수가인적
亂飮多逢市女嘲	난음다봉시녀조
萬事付看花散日	만사부간화산일
一生占得明月宵	일생점득명월소
也應身業斯而已	야응신업사이이
漸覺靑雲分外遙	점각청운분외요

웃으며 푸른 하늘 우러러보다 앉으니 마음 더욱 아득하고
지나온 길 돌이켜 보니 살아온 일 더욱 까마득하네.
가난하게 사니 늘 식구들의 핀잔 받았고
술 어지러이 마셔 거리의 여인들에게 조롱 받았도다.

이 세상 모든 일은 낙화 보듯 세월 흘려 보냈고
일생을 달밤처럼 흐릿하게 살았도다.
응당 내 몸으로 짓는 업이 이것뿐이니
점차 청운의 꿈 내 분수 밖의 일임을 깨달았노라.

[註] 자신의 기구한 운명을 돌이켜 보니 까마득하기만 하다. 늘 가난
하게 살았으니 식구들에게 원망도 많이 받았고, 술을 항상 과음
하니 시장 여자들의 조롱감이 되었다. 그러나 마음은 늘 허전해
서 세상을 달밤에 길 가듯 흐릿하게 보고만 살았다. 자신이 지은
업의 대가라고 생각하고 청운의 꿈 모두 분수 밖의 일임을 점차
알게 되었다.

◇ 穹 …… 하늘 궁
◇ 迢 …… 멀 초, 까마득할 초
◇ 謫 …… 핀잔할 적
◇ 逢 …… 만날 봉
◇ 嘲 …… 조소할 조
◇ 占 …… 점령할 점
◇ 斯 …… 이것 사
◇ 漸 …… 점차 점
◇ 覺 …… 깨달을 각
◇ 分 …… 나눌 분, 여기서는 분수.
◇ 遙 …… 멀 요, 놀 요
◆ 世路(세로) …… 살아온 세상 길.
◆ 家人(가인) …… 집안 식구.
◆ 亂飮(난음) …… 술을 폭주함.
◆ 散日(산일) …… 나날을 보내다, 즉 세월을 보낸다.
◆ 身業(신업) …… 삼업(三業→ 身業, 口業, 意業)의 하나. 몸으로 짓
는 모든 동작.
◆ 靑雲(청운) …… 젊은이의 푸른 희망.

自傷(자상)······ 스스로 아픔

哭子青山又葬妻   곡자청산우장처
風酸日落轉凄凄   풍산일락전처처
忽然歸家如僧舍   홀연귀가여승사
獨擁寒衾坐達鷄   독옹한금좌달계

자식을 청산에 묻고 또 처를 장사지내니
부는 바람 슬픈데 해가 지니 더욱 쓸쓸하구나.
집에 돌아오니 집안은 절간 같고
찬 이불 안고 홀로 닭 울 때까지 앉았노라.

[註] 한꺼번에 아들과 처를 잃은 젊은 사나이의 슬픔을 묘사한 글이다.
처자가 없는 집에 돌아가니 절간 같다. 홀로 울면서 이불을 안고 뜬
눈으로 밤을 새우는 슬픔 마음이 잘 그려져 있다.

◇ 哭 ······ 곡할 곡
◇ 葬 ······ 장사지낼 장
◇ 酸 ······ 슬플 산, 아플 산
◇ 轉 ······ 매우 전
◇ 擁 ······ 안을 옹
◈ 僧舍(승사) ······ 절간.

自詠(자영) …… 스스로 읊음

寒松孤店裡	한송고점리
高臥別區人	고와별구인
近峽雲同樂	근협운동락
臨溪鳥與隣	임계조여린
錙銖寧荒志	치수령황지
詩酒自娛身	시주자오신
得月卽寬憶	득월즉관억
悠悠甘夢頻	유유감몽빈

쓸쓸한 소나무 밑 외딴 주막에서
고상하게 누웠으니 딴 세상 사람 같도다.
산이 가까우니 구름을 즐기고
개울가에서는 새와 정다운 벗되네.

치수를 따지는 야박한 세상에 어찌 뜻을 두랴
시와 술로써 나를 스스로 위로하리.
달이 떠오르니 생각 너그러이 하고
한가로이 단꿈 자주 꾸네.

[註] 산의 구름을 즐기고 개울가에서 새소리를 들으며 외딴 주막에
누워 있으니 딴 세상 사람 같다. 만사를 따지고 드는 세상에 마
음 둘 일 없다. 시를 즐기고 술을 벗하며 한가로이 사는 것이 김
삿갓의 마음이다. 떠오르는 달을 보면 모든 상념이 다 없어지고
마음은 스스로 너그러워질 뿐이다.

◇ 寒 …… 고상할 한
◇ 孤 …… 외로울 고
◇ 裡 …… 안 리
◇ 高 …… 고상할 고
◇ 區 …… 구역 구
◇ 峽 …… 두메 협
◇ 臨 …… 임할 임
◇ 溪 …… 개울 계
◇ 錙 …… 저울눈 치
◇ 銖 …… 저울눈 수
◇ 荒 …… 거칠 황
◇ 娛 …… 즐길 오
◇ 寬 …… 너그러울 관
◇ 憶 …… 생각 억
◇ 頻 …… 자주 빈
◈ 悠悠(유유) …… 한가롭게.

自嘆(자탄)······ 자신을 탄식함

嗟乎天地間男兒	차호천지간남아
知我平生者有誰	지아평생자유수
萍水三千里浪跡	평수삼천리랑적
琴書四十年虛詞	금서사십년허사
青雲難力致非願	청운난력치비원
白髮惟公道不悲	백발유공도불비
驚罷還鄉夢起坐	경파환향몽기좌
三更越鳥聲南枝	삼경월조성남지

슬프도다! 온 세상 남자들이여
내 평생 지내 온 일 알아줄 이 그 누구인가?
삼천리 강산 부평초같이 떠돌면서
거문고 따라 시 읊던 40년 모두가 허사로다.

청운의 꿈 억지로 안 되니 원치도 않고
백발은 공평한 길이니 슬퍼지도 않네.
귀향의 꿈꾸다가 문득 놀라 깨어 앉으니
한밤중 공작새 소리 남쪽에서 들려 오네.

〔註〕 40평생 부평초처럼 삼천리 방방곡곡을 떠돌아다니면서 시를 짓
고 거문고에 노래를 불러 왔지만, 돌이켜 생각하니 모두가 부질
없는 일들뿐이었다. 아무도 알아주는 이 없는 인생 이대로 흘러
가고 있다. 청운의 큰 꿈 억지로 안 되니 버린지도 오래고 귀밑
에 다가오는 백발도 천지의 공평한 도리이니 슬퍼하지도 않는다.
다만 그리운 것은 멀리 떨어져 있는 고향뿐이다.

◇ 嗟 …… 슬플 차
◇ 誰 …… 누구 수
◇ 萍 …… 개구리밥 평
◇ 致 …… 이를 치, 그칠 치, 보낼 치
◇ 願 …… 원할 원
◇ 惟 …… 오직 유
◇ 驚 …… 놀랄 경
◇ 罷 …… 파할 파, 마칠 파
◇ 夢 …… 꿈 몽
◇ 聲 …… 소리 성
◈ 萍水(평수) …… 부평초처럼 물 위에 떠서.
◈ 琴書(금서) …… 풍류와 문장.
◈ 虛詞(허사) …… 실속 없는 일.
◈ 靑雲(청운) …… 젊은이의 푸른 꿈.
◈ 公道(공도) …… 공평하고 바른 도리.
◈ 三更(삼경) …… 한밤중.
◈ 越鳥(월조) …… 중국 남쪽에 있는 원나라의 새. 공작새의 명칭.

雜詠(잡영) ······ 생각에 잠겨

靜處門扉着我身	정처문비착아신
賞心喜事任淸眞	상심희사임청진
孤峯罷霧擎初月	고봉파무경초월
老樹開花作晚春	노수개화작만춘
酒逢好友惟無量	주봉호우유무량
詩到名山輒有神	시도명산첩유신
靈境不順求物外	영경불순구물외
世人自是少閑人	세인자시소한인

고요한 곳 문짝에 내 몸을 기대서니
구경하는 마음과 기쁜 일들 맑고 진실하여라.
안개 걷힌 외로운 봉우리는 초승달을 밀어 올리고
고목에 핀 꽃은 늦봄을 만드네.

술은 좋은 벗을 만나 감개무량하고
시는 명산에 다다랐으니 신이 저절로 나네.
영경(靈境)은 모름지기 물외(物外)에서 구하는 것이 아니로다.
그래서 세상 사람들 중 한인(閑人)이 적도다.

[註] 홀로 문짝에 기대서서 경치를 살펴보니, 안개 걷힌 산에서는 초
   승달이 떠오르고 고목에 핀 꽃은 더욱 아름답다. 봄은 아직 다
   가지 않았는데 좋은 친구와 술을 만나니 마음은 더욱 기쁘고 시
   흥이 저절로 난다. 영경은 딴 곳에 있는 것이 아니라, 바로 이런
   곳에 있는 것이다. 그것을 세상 사람들은 잘 모르고 있다.

◇ 靜 …… 고요할 정
◇ 扉 …… 문 비
◇ 賞 …… 구경할 상
◇ 喜 …… 기쁠 희
◇ 罷 …… 파할 파, 마칠 파
◇ 霧 …… 안개 무
◇ 擎 …… 들 경, 받들어올릴 경
◇ 晩 …… 늦을 만
◇ 輒 …… 번번이 첩, 오로지 첩
◇ 神 …… 신바람 신
◆ 初月(초월) …… 초승달.
◆ 無量(무량) …… 끝없이 많다.
◆ 靈境(영경) …… 영묘한 경지 혹은 외따로 있는 조용한 곳.
◆ 物外(물외) …… 세상 물정의 바깥일.
◆ 閑人(한인) …… 마음이 한가로운 사람.

霽後回頭詩(제후회두시) …… 비온 뒤의 경치

班苔碧草亂鳴蛙	반태벽초란명와
客斷門前村路斜	객단문전촌로사
山雨驟來風動竹	산우취래풍동죽
魚澤跳濺水翻荷	어택도천수번하
閑吟朗月松窓滿	한음랑월송창만
淡抹靑烟柳巷遮	담말청연유항차
鰥老一宵淸景飽	환로일소청경포
顔朱換却髮皤皤	안주환각발파파

고운 이끼 푸른 풀 우거진 곳에 개구리 울어대고
손님 끊긴 문전에는 촌길만이 가파르네.
산에서 비 몰아치니 바람은 대나무 흔들고
연못에서 물고기 뛰어 물 뿌리니 연꽃 번뜩인다.

한가로이 시를 읊으니 달은 창가에 가득 차고
버들에 가린 골목길은 엷고 푸른 안개로 가득하네.
늙은 홀아비 오늘 밤 좋은 경치 만끽하니
붉은 얼굴 다 지나가고 백발만 성성하네.

[註] 비 갠 뒤의 경치는 정말로 아름다웠다. 뜰에는 작은 연못이 있고 그 뒤로 대나무 숲이 있다. 소나기가 몰아칠 때 대나무가 흔들리더니 비 갠 뒤에 풀밭에서는 개구리들이 어지러이 운다. 한가로이 시를 읊으니 엷은 안개로 가린 골목길은 지나가는 사람도 없이 고요하기만 하다. 좋은 경치 구경하다 문득 돌이켜 보니 남은 것이라고는 백발뿐이었다.

◆ 班 …… 반점 반
◆ 苔 …… 이끼 태
◆ 蛙 …… 개구리 와
◆ 路 …… 길 로
◆ 斜 …… 기울 사
◆ 驟 …… 번갈아갈 취, 몰아칠 사
◆ 跳 …… 뛸 도
◆ 濺 …… 뿌릴 천
◆ 翻 …… 번뜩일 번
◆ 荷 …… 연꽃 하
◆ 抹 …… 바를 말
◆ 巷 …… 골목 항
◆ 遮 …… 가릴 차
◆ 皤 …… 머리흴 파
◆ 鰥 …… 홀아비 환
◆ 飽 …… 가득찰 포
◆ 顔 …… 얼굴 안

卽吟(즉음)······ 즉흥

坐似枯禪反愧髥	좌사고선반괴염
風流今野不多兼	풍류금야부다겸
燈魂寂寞家千里	등혼적막가천리
月事蕭條客一簷	월사소조객일첨
紙貴淸詩歸板粉	지귀청시귀판분
肴貧濁酒用盤鹽	효빈탁주용반염
瓊琚亦是黃金販	경거역시황금판
莫作於陵意太廉	막작어능의태렴

선승같이 앉았으니 오히려 수염이 부끄러운데
오늘밤은 운치 있는 일 많지 않도다.
고향집 천리 밖에 있으니 등불은 내 마음처럼 적막하고
나그네 바라보는 처마에는 달빛만 쓸쓸하도다.

종이가 귀하여 조촐한 시는 판자에 분필로 쓰고
탁주 안주 없으니 소반가의 소금으로 대신한다.
시 또한 황금 받고 팔고 있으니
어능 진중자(陣仲者)의 지나친 청렴만 따를 것이 아니로다.

［註］ 방안에 홀로 앉았으니 마치 참선하는 늙은 중과 같다. 창 밖에
달 밝으니 천리 머나먼 곳에 있는 집 생각 간절하고 그립기 그
지없는데, 방안에 등불은 마치 그러한 마음인 양 적막하게 깜박
이고 있다. 종이가 귀해서 시를 판자에 분필로 쓰고 안주가 없어
서 소금으로 대신한다. 든건대 세상에는 시도 황금을 주고받고
판다는데, 진중자(陳仲者)처럼 정림만을 고십하는 것이 반드시
좋은 일은 아닐지도 모른다.

◇ 枯 …… 마를 고
◇ 愧 …… 부끄러울 괴
◇ 髥 …… 옆수염 염
◇ 兼 …… 많아질 겸
◇ 簷 …… 처마 첨
◇ 肴 …… 안주 효
◈ 枯禪(고선) …… 고고선좌(枯槁禪坐)의 준말. 선의 일종으로 세상만
사를 다 놓아 버리는 것.
◈ 風流(풍류) …… 속되지 않고 운치 있는 일.
◈ 蕭條(소조) …… 분위기가 매우 조용하고 쓸쓸하다.
◈ 板粉(판분) …… 판자에 분필로 글을 쓰는 것.
◈ 瓊琚(경거) …… 아름다운 옥의 일종. 여기서는 시를 뜻함.
◈ 黃金(황금) …… 돈.
◈ 於陵(어능) …… 중국 산동성 장산현(長山縣) 남쪽에 있는 지명. 맹
자 등문공장(孟子 藤文公章) 하편에 나오는 진중자(陳仲者)의 이야기
에서 인용.

川獵(천렵)

鼎冠撑石小溪邊　　정관탱석소계변
白粉青油煮杜鵑　　백분청유자두견
雙箸挾來香滿口　　쌍저협래향만구
一年春色腹中傳　　일년춘색복중전

작은 시냇가에 솥뚜껑을 돌에 걸어 놓고
흰 가루와 맑은 기름으로 진달래꽃 전을 부치네.
젓가락으로 집어먹으니 꽃향기가 입 속에 가득하고
한 해의 봄기운이 뱃속으로 전해 오네.

[註] 따뜻한 봄날 시냇가에 모여 화전놀이를 한다. 진달래꽃으로 전을
부쳐먹으며 풍류를 즐기는 모양을 묘사한 시이다.

◆ 鼎 …… 솥 정
◆ 撑 …… 버틸 탱
◆ 溪 …… 개울 계
◆ 煮 …… 지질 자
◆ 箸 …… 저분 저
◆ 挾 …… 집을 협
◆ 鼎冠(정관) …… 솥뚜껑.
◆ 杜鵑(두견) …… 두견화(杜鵑花), 진달래꽃.

祝文詩(축문시) …… 욕으로 된 축문

年年臘月十五夜	연년납월십오야
君家祭祀乃自知	군가제사내자지
祭奠登物用刀疾	제전등물용도질
獻官執事皆告謁	헌관집사개고알

해마다 돌아오는 섣달 보름날 밤이
그대 집 제삿날인 줄 내 알고 있네.
제사에 올린 음식은 칼 솜씨도 좋았고
헌관(獻官)과 집사(執事)는 모두 엎드려 아뢰네.

[註] 어느 제사 집에 갔더니 무척 푸대접을 한다. 화가 난 김삿갓은
이상과 같은 욕이 담긴 시를 지었다. 각 구절의 끝 3자를 우리말
발음으로 과장해서 읽어보면 '씹오야' '내 자지' '용두질' '개 공알'
등이다. 한시로서의 뜻도 통하면서 우리말로 욕도 할 수 있는 재
주는 김삿갓 아니고서는 누구도 할 수 없는 재주다.

◇ 奠 …… 전올릴 전
◇ 謁 …… 뵈올 알, 아뢰올 알
◆ 臘月(납월) …… 음력 섣달.
◆ 獻官(헌관) …… 제관.
◆ 執事(집사) …… 제사의 진행을 관장하는 사람.

出塞(출새) ····· 변방에서

獨坐計君行復行	독좌계군행부행
始知千里馬蹄輕	시지천리마제경
綠江斜日東封盡	녹강사일동봉진
白塔浮雲北陸平	백탑부운북륙평
公子出疆仍幕府	공자출강잉막부
詩人到塞便長城	시인도새편장성
倦遊搖落空吟雪	권유요락공음설
歲暮誰憐病馬卿	세모수련병마경

홀로 앉아 그대 행하고 또 행하는 것 헤아려 보니
비로소 천리에 말발굽 소리 내며 다니는 수고 알았도다.
푸른 강에 해 기우니 동쪽 경계 다하였고
흰 탑에 뜬구름 머무니 북쪽 땅이 평화롭네.

공자가 변방에 나가니 막부는 잇따라 생기고
시인이 변방에 다다르니 장성이 곧 있네.
한가로이 거닐다가 하늘에서 흩날리는 눈을 읊으니
해 저물면 누가 병든 군사와 말 가엾이 여기리.

[註] 변방에 가서 병사들이 수고롭게 국경을 지키고 있는 것을 보고
읊은 시이다.

◇ 蹄 ······ 발굽 제
◇ 封 ······ 지경 봉, 경계 봉
◇ 疆 ······ 지경 강
◇ 仍 ······ 인할 잉
◇ 塞 ······ 변방 새
◇ 便 ······ 가까울 편
◇ 憐 ······ 가련할 련
◆ 始知(시지) ······ 비로소 알았다.
◆ 白塔(백탑) ······ 표면에 흰 칠을 한 중국의 불탑.
◆ 公子(공자) ······ 지체가 높은 젊은이.
◆ 幕府(막부) ······ 변방에 지휘관이 머물면서 군사를 지휘하는 곳.
◆ 倦遊(권유) ······ 한가하게 거닐다.
◆ 馬卿(마경) ······ 병사와 말.

濁酒來期(탁주래기)······ 탁주 내기

主人呼韻太環銅	주인호운태환동
我不以音以鳥熊	아불이음이조웅
濁酒一盆速速來	탁주일분속속래
今番來期尺四蚣	금번래기척사공

주인이 운자를 너무 '고리'고 '구리'게 부르니
나는 음으로 시를 짓지 않고 '새김'으로 짓겠네.
탁주 한 동이 어서어서 가져오게
이번 내기는 '자네'가 '지네'.

[註] 어느 주막에서 주인과 시 짓기 내기를 하게 되었다. 주인은 운자
　　로 동·웅·공(銅 熊 蚣) 세 자를 불렀다. 김삿갓은 특유의 재치
　　를 발휘해서 새김으로 재미있는 시를 지었다.

◇ 環 ······ 고리 환, 우리말 새김으로 '고리다'로 해석.
◇ 銅 ······ 구리 동, 우리말 새김으로 '구리다'로 해석.
◇ 盆 ······ 동이 분
◇ 蚣 ······ 지내 공, 우리말 새김으로 '지내'로 해석 .
◈ 來期(내기) ······ 우리말 '내기'를 한자로 적은 것.
◈ 鳥熊(조웅) ······ 우리말 새김으로 '새곰', 즉 '새김'으로 해석.
◈ 尺四(척사) ······ 우리말 새김으로 '자넷', 즉 '자네'로 해석.

破格詩(파격시)

天長去無執	천장거무집
花老蝶不來	화로접불래
菊樹寒沙發	국수한사발
枝影半從地	지영반종지
江亭貧士過	강정빈사과
大醉伏松下	대취복송하
月移山影改	월이산영개
通市求利來	통시구리래

하늘은 멀어서 가도가도 잡을 수 없고
꽃도 늙으면 나비가 오지 않네.
국화꽃 쓸쓸한 모래밭에 피어 있고
가지 그림자는 땅에 닿을 듯 축 늘어졌네.

강가 정자를 가난한 선비가 지나다가
크게 취해 소나무 밑에 엎드렸구나,
달이 기울어지니 산 그림자도 달라지고
시장으로 가는 사람들 돈 벌러 오도다.

[註] 어느 가난한 산골 집에서 하룻밤 신세를 지게 되었는데, 마침 그 집에 기고가 드는 날이다. 조촐하게 차린 제상을 보며 지은 시로, 한자의 독음(讀音)을 따서 해석하면 다음과 같이되는 재미있는 시이다.

천장은 연기에 그을어서 거무접하고(검고)
화로에는 겹불 냄새가 나네
상 위에 국수가 한 사발 놓여 있고
지렁(간장)은 반 종지네.

제상에는 강정과 빈 사과……
대추 봉숭아가 놓여 있는데
월이! 하니 사냥개가 오고
통시(변소)에는 몹시 구린내가 나네.

◇ 執 …… 잡을 집
◇ 蝶 …… 나비 접
◇ 菊 …… 국화 국
◇ 樹 …… 나무 수, 떨기 수
◇ 發 …… 필 발
◇ 影 …… 그림자 영
◇ 從 …… 따를 종
◇ 亭 …… 정자 정
◇ 伏 …… 엎드릴 복
◇ 移 …… 옮길 이
◇ 改 …… 고칠 개
◇ 通 …… 통할 통
◇ 求 …… 구할 구

破來訴題(파래소제)······ 파격적인 소송

深秋一葉	심추일엽
病於嚴霜	병어엄상
落於微風	낙어미풍
嚴霜之故耶	엄상지고야
微風之故耶	미풍지고야

깊어 가는 가을 나뭇잎 하나
모진 서리에 병들어서
미풍(微風)에 떨어지니

모진 서리의 탓인가
미풍의 탓인가.

[註] 나그네 가슴을 허전하게 하는 것은 늘 가을이다. 가는 가을이 싫
  어서 한 잎 두 잎 지는 낙엽을 바라보고 누가 낙엽을 지게 하는
  가, 라는 소장을 만들었다.

◈ 嚴霜(엄상) ······ 모진 서리.
◈ 故耶(고야) ······ ~의 탓인가?
◈ 微風(미풍) ······ 실바람, 솔솔 부는 바람.

波韻詩(파운시)

頭字韻中本無春　　　두자운중본무춘
呼韻先生似變頭　　　호운선생사변두
飢日常多飽日或　　　기일상다포일혹
客到門前立筇太　　　객도문전입공태

머리 두(頭)자 운부에는 본시 봄 춘(春)자가 없는데
운 부르는 선생 머리가 돈 것 같네.
굶는 날이 항상 많고 배부른 날 어쩌다 있으니
나그네는 문 앞에서 지팡이를 '콩' 하고 세우네.

[註] 시 짓기 내기를 했다. 춘·두·혹·태(春 頭 或 太)자를 운으로
시를 지으라고 한다. 객도문전입공태(客到門前立筇太)에서 콩 태
(太)자를 지팡이 세우는 '콩' 하는 소리로 해서 지었다.

◇ 頭 …… 머리 두
◇ 呼 …… 부를 호
◇ 變 …… 변할 변
◇ 飢 …… 굶주릴 기
◇ 飽 …… 포식할 포
◇ 到 …… 다다를 도
◇ 筇 …… 지팡이 공

破字詩(파자시)

仙是山人佛不人　　선시산인불불인
鴻惟江鳥鷄奚鳥　　홍유강조계해조
氷消一點還爲水　　빙소일점환위수
兩木相對便成林　　양목상대변성림

신선은 곧 산(山) 사람이고 부처는 사람이 아니네
기러기는 오직 강 위의 새요 닭은 배가 큰 새일세
얼음[氷]에 점 하나 사라지면 다시 물이 되고
나무 두 그루 서로 마주 보면 곧 수풀이 되네.

[註] 한자를 분해해서 그 뜻으로 지은 글이다.

◇ 惟 …… 오로지 유
◇ 奚 …… 어찌 해, 큰배(腹) 해
◇ 還 …… 돌아갈 환
◇ 成 …… 이룰 성
◈ 仙(선) …… 人+山
◈ 佛(불) …… 人+弗(不)
◈ 鴻(홍) …… 江+鳥
◈ 鷄(계) …… 奚+鳥
◈ 氷(빙) …… 水+丶
◈ 林(임) …… 木+木

寒食日登北樓吟(한식일등북루음) …… 한식날 누각에서

十里平沙岸上莎	십리평사안상사
素衣青女哭如歌	소의청녀곡여가
可憐今日墳前酒	가련금일분전주
釀得阿郎手種禾	양득아랑수종화

십 리 백사장 언덕 위 황무지에서
소복한 젊은 여인의 곡소리 슬픈 노래 같구나.
불쌍하도다! 오늘 무덤 앞에 부은 저 술은
죽은 낭군이 거둔 곡식으로 빚은 것일세.

[註] 한식날 누각에 올라 멀리 바닷가를 바라보니 어느새 무덤 앞에
소복한 젊은 여인이 목놓아 운다. 인생의 무상함을 실감하면서
지은 시이다.

◇ 莎 …… 잔디 사
◇ 哭 …… 곡할 곡
◇ 墳 …… 무덤 분
◇ 釀 …… 빚을 양
◇ 禾 …… 기장 화, 곡식이라는 뜻.
◈ 素衣(소의) …… 소복.
◈ 青女(청녀) …… 젊은 여인.
◈ 阿郎(아랑) …… 남편.

虛言詩(허언시)······ 거짓말 노래

青山影裡鹿抱卵	청산영리녹포란
流水聲中蟹打尾	유수성중해타미
夕陽歸僧髻三尺	석양귀승계삼척
機上織女閬一斗	기상직녀랑일두

청산 그늘 속에서 사슴이 알을 품고
흐르는 물소리 속에서는 게가 꼬리를 치네.
석양에 절로 돌아가는 중의 상투가 석 자나 되고
베틀 위에서 베 짜는 여인의 불알이 한 말이로다.

〔註〕 사슴이 알을 낳을 리가 없고, 게에게 꼬리가 있을 수 없다. 중에
게 상투도 없고, 여인에게 남자의 성기가 있을 수 없다. 무료한
한때를 이런 시를 읊으면서 보냈다.

◆ 鹿 ······ 사슴 록
◆ 蟹 ······ 게 해
◆ 髻 ······ 상투 계
◆ 機 ······ 베틀 기
◆ 閬 ······ 불알 랑
◈ 抱卵(포란) ······ 알을 품다.
◈ 織女(직녀) ······ 베 짜는 여자.

然然事事

(연 연 사 사)

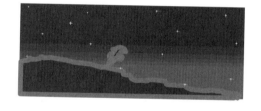

酒色(주색) …… 술과 여자

渴時一滴如甘露	갈시일적여감로
醉後添盃不如無	취후첨배불여무
酒不醉人人自醉	주불취인인자취
色不迷人人自迷	색불미인인자미

목마를 때 한잔 술은 단 이슬과 같으나
취한 뒤에 또 한잔은 없느니만 못하노라.
술이 사람을 취케 하는 것이 아니라 사람 스스로가 취하고
여자가 남자를 반하게 하는 것이 아니라 남자 스스로가 반하도다.

[註] 술을 입에 대기만 하면 기어이 취하도록 마시고 만다. 처음에는
사람이 술을 마시고 다음에는 술이 술을 마시고 나중에는 술이
사람을 마신다. 여자 또한 이러하다고 읊은 시이다.

◇ 渴 …… 목마를 갈
◇ 添 …… 더할 첨
◇ 盃 …… 술잔 배
◇ 醉 …… 취할 취
◇ 迷 …… 헤매게할 미
◆ 甘露(감로) …… 하늘에서 내리는 불사(不死)의 단 이슬.

嬌態(교태)

對月紗窓弄未休　　대월사창농미휴
半含嬌態半含羞　　반함교태반함차
低聲暗聞相思否　　저성암문상사부
手整金釵笑點頭　　수정금채소점두

달 밝은 창가에서 희롱을 하다 보니
그 모습 교태 반 수줍음 반.
그토록 좋으냐고 나직이 물으니
금비녀 만지면서 고개 끄덕 웃고만 있네.

〔註〕 달 밝은 창가에서 기생과 나눈 정담은 아름답기만 하다. 시대는
　　흘러도 남녀의 뜨거운 정은 변함이 없다.

◇ 弄 …… 농할 롱, 여기서는 남녀의 사랑을 말함.
◇ 羞 …… 다른 차, 여기서는 수줍음을 뜻함.
◇ 釵 …… 비녀 채
◈ 紗窓(사창) …… 깁으로 바른 창.
◈ 未休(미휴) …… 아직 끝이 나지 않았다.
◈ 暗聞(암문) …… 은근히 묻다.
◈ 相思(상사) …… 서로 그리워하는 것.
◈ 點頭(점두) …… 머리를 끄덕하며 긍정하는 것.

良宵(양소) ······ 좋은 밤

笠	離家正初今三月	이가정초금삼월
女	對客初更復三更	대객초경부삼경
笠	良宵可興比難於	양소가흥비난어
女	紫午山頭月正明	자오산두월정명

(김립) 정초에 집을 떠나 어언 춘삼월이 되었도다.

(여인) 초저녁에 나그네를 만나 어느새 삼경이 되었소.

(김립) 이 밤의 흥겨움 무엇으로 비기리오.

(여인) '자오산' 상상봉에 뜬 달 지금 한창 밝으옵니다.

〔註〕 기생과 주고받은 사랑의 이야기. 옛사람의 사랑은 은근하면서도 함축성이 있다. "자오산에 달이 한창 밝습니다."라는 말로써 응답하는 여인의 대답은 아무리 생각해도 멋이 철철 넘친다.

◇ 離 ······ 떠날 리

◇ 家 ······ 집 가

◇ 復 ······ 다시 부

◇ 興 ······ 흥겨울 흥

◇ 頭 ······ 머리 두

◆ 比難於(비난어) ······ ~에 비기기 어렵다.

◆ 正明(정명) ······ 달이 한창 밝다.

日暮(일모)······ 저녁 풍경

茅屋炊煙歇	모옥취연헐
日暮飛鳥還	일모비조환
樵客見明月	초객견명월
長歌下靑山	장가하청산

초가집 저녁 연기 사라지고
해 지니 새들도 깃으로 돌아가네.
나무꾼 밝은 달 바라보며
긴 노래 부르면서 푸른 산을 내려가네.

〔註〕 저물어 가는 산골의 평화로운 풍경이 잘 그려진 그림과 같이 아름다운 시이다.

◇ 茅 ······ 띠 모
◇ 炊 ······ 밥지을 취
◇ 歇 ······ 다할 헐, 쉴 헐
◇ 暮 ······ 해저물 모
◇ 飛 ······ 날 비
◇ 還 ······ 돌아갈 환
◈ 茅屋(모옥) ······ 초가.
◈ 樵客(초객) ······ 나무꾼.
◈ 長歌(장가) ······ 노래를 오래 부르며.

弄處女(농처녀)······ 처녀를 희롱함

(金笠)	毛深内闊	모심내활
	必過他人	필과타인
(處女)	溪邊楊柳不雨長	계변양류불우장
	後園黃栗不蜂坼	후원황률불봉탁

(김립) 털이 깊고 속이 넓은 것을 보니
　　　　반드시 딴 사람이 먼저 지나갔으리.

(처녀) 개울가 버들은 비가 오지 않아도 절로 자라고
　　　　뒷마당의 알밤은 벌이 쏘지 않아도 잘도 벌어지더라.

[註] 정을 통한 처녀의 풍만함에 장난기가 발동해서 던져 본 농담에
　　 처녀가 앙칼지게 대꾸한 재미있는 두 사람의 사랑 시이다.

◇ 闊 ······ 넓을 활
◇ 溪 ······ 개울 계
◇ 蜂 ······ 벌 봉
◇ 坼 ······ 터질 탁, 갈라질 탁
◈ 必過(필과) ······ 반드시 지나갔다.
◈ 楊柳(양류) ······ 버드나무.
◈ 黃栗(황률) ······ 알밤.

放氣(방기) …… 방귀

放糞南山第一聲　방분남산제일성
香震長安億萬家　향진장안억만가

남산에서 똥을 누니 방귀가 제일 먼저 나와
향기로운 그 냄새 온 장안 억만 집을 뒤흔드네.

[註] 반겨 주는 사람 없는 장안! 그는 원망스럽고 저주스럽다. 남산
에 올라가서 장안을 내려다보고 용변을 하니 엉킨 응어리가 조
금 풀린 듯 가슴이 시원하다.

◆ 糞 …… 똥 분
◆ 香 …… 향기 향
◆ 震 …… 흔들 진, 진동할 진
◈ 億萬家(억만가) …… 많은 집.

墳塋(분영)······ 무덤가에서

北邙山下新墳塋	북망산하신분영
千呼萬喚無反響	천호만환무반향
西山落日心寂寞	서산락일심적막
山上唯聞松栢聲	산상유문송백성

북망산 기슭 새로 지은 묘에서
천 번 만 번 불러도 대답이 없네.
서산에 해는 지고 마음은 적막한데
산 위에는 오로지 솔바람 소리뿐.

[註] 저승길은 무슨 길이기에 한 번 가면 다시는 오지 못하고 소식이
없다. 묘 앞에 서서 천 번 만 번 불러 봐도 죽은 사람은 말이 없
고, 그리움만 간절하며 가슴 답답하다. 적막한 산에서 들려 오는
것은 다만 쓸쓸한 솔바람 소리뿐이다.

◇ 喚 ······ 부를 환
◇ 響 ······ 울릴 향, 대답할 향
◇ 唯 ······ 오직 유
◈ 北邙山(북망산) ······ 사람이 죽어서 파묻히는 곳을 말함.
◈ 墳塋(분영) ······ 묘.

離別(이별)

燕趙非歌士	연조비가사
相逢矗石樓	상봉촉석루
寒烟凝短堞	한연응단첩
落葉下長洲	낙엽하장주
素志違其卷	소지위기권
同心已白頭	동심이백두
明朝南海去	명조남해거
江月五更秋	강월오경추

나라를 걱정하는 우국지사와
촉석루에서 다시 만났네.
차가운 연기는 담 옆에 아롱지고
낙엽은 긴 모래밭에 떨어지누나.

우리들 본래의 뜻은 서로 달라도
마음은 하나건만 이미 백발이 되었네.
그대 내일 아침 남해로 떠나가면
강산에는 어느덧 가을 깊어 오리라.

[註] 우연히 주막에서 우국지사를 만났다. 서로가 품고 있는 뜻은 다르지만 정처 없이 방랑하는 심정은 역시 다를 바가 없었다. 마음을 열고 서러운 타향살이 이야기의 꽃을 피웠지만 날이 새면 다시 헤어져야 하는 서러운 운명이다. 어디까지 흘러가야 할 인생 길인가.

◇ 烟 …… 연기 연
◇ 凝 …… 엉킬 응
◇ 堞 …… 성가퀴 첩, 성 위에 쌓은 나지막한 담.
◇ 洲 …… 모래톱 주
◇ 違 …… 다를 위
◆ 燕趙非歌士(연조비가사) …… 옛날 중국의 연(燕)나라와 조(趙)나라에는 나라의 장래를 걱정하는 우국지사들이 많았다고 한다. 그래서 그 당시 그와 같은 우국지사들을 연조비가사(燕趙非歌士)라고 불렀다고 한다.
◆ 素志(소지) …… 소의(素意)와도 같은 뜻이며, '본디의 뜻'이다.
◆ 江月(강월) …… 강산명월(江山明月), 온 강산.
◆ 五更(오경) …… 새벽을 뜻함. 지금의 3~5시.

鷄(계)

養塒物性異沙鷗　　양시물성이사구
搏翼之晨同斗牛　　박익지신동두우
爾鳴秋夜何山月　　이명추야하산월
玉帳悲歌淚楚猴　　옥장비가루초후

홰에서 사는 너의 습성이 갈매기와 달라서
홰를 치는 새벽이면 북두성이 기우네.
너는 가을 밤 어느 산의 달을 보고 그리 우느냐
초나라 원숭이가 장막에서 눈물짓네.

[註] 잠이 오지 않아 뒤척뒤척하는데 어디선가 새벽을 알리는 닭소리
가 들려 온다. 처음에 한 집에서 울던 닭소리는 차츰 온 동네에
서 요란스럽게 들린다. 닭소리를 들으며 지은 시이다.

◇ 塒 …… 홰 시
◇ 搏 …… 칠 박
◇ 猴 …… 원숭이 후
◆ 沙鷗(사구) …… 갈매기.
◆ 斗牛(두우) …… 북두성.
◆ 玉帳(옥장) …… 장수가 거처하는 막사.

長洲行(장주행)······ 장주로 가면서

英雄過去風雲盡	영웅과거풍운진
客子登臨歲月悠	객자등임세월유
宿債關東猶未了	숙채관동유미료
欲隨征雁下長洲	욕수정안하장주

영웅들 모두 가고 나니 난세도 끝이 나고
나그네는 누각 위에 한가롭게 앉았도다.
관동지방 아직 돌아보지 못한 채로
기러기 가는 곳 따라 장주로 가 볼거나.

〔註〕 바람 부는 대로 물결치는 대로 정처 없이 방랑하는 김삿갓에게
는 일정한 행선지가 없다. 관동지방 구경을 할까 하다가 마음이
바뀌어서 기러기 가는 방향으로 발길을 돌려 장주로 간다. 실로
거리낌없는 대자유를 만끽한다.

◇ 盡 ······ 다할 진
◇ 悠 ······ 한가할 유, 멀 유
◇ 債 ······ 빚 채
◇ 雁 ······ 기러기 안
◈ 風雲(풍운) ······ 세상이 전란으로 시끄러운 것.
◈ 長洲(장주) ······ 정평(定平)의 옛날 이름.

蒙恩(몽은) ····· 은혜를 입음

遠客悠悠任病身	원객유유임병신
君家蒙恩且逢春	군가몽은차봉춘
春來各自東西去	춘래각자동서거
此地看花是別人	차지간화시별인

먼 곳 나그네 오랫동안 병을 빙자해서
그대 집 은혜 입고 또다시 봄을 맞았네.
봄이 와서 각자 동서로 뿔뿔이 헤어지면
이곳의 꽃구경은 딴 사람과 하겠지요.

[註] 세상에는 인심 좋은 사람들도 많다. 방랑자에게 가장 어려운 겨울 동안 잘 보살펴 준 어느 인심 좋은 집에서 또 봄을 맞으니 이제 또 길을 떠나야 한다. 이별을 앞두고 집주인에게 남긴 시이다.

◇ 任 ····· 맡길 임
◇ 蒙 ····· 입을 몽
◇ 恩 ····· 은혜 은
◇ 且 ····· 또 차
◇ 逢 ····· 만날 봉
◇ 去 ····· 갈 거
◈ 任病身(임병신) ····· 병을 핑계삼아.
◈ 看花(간화) ····· 꽃구경.

爭鷄岩 (쟁계암)

雙岩並起疑紛爭　　쌍암병기의분쟁
一水中流解忿心　　일수중류해분심

쌍으로 된 바위가 서로 다투듯 서 있는데,
한 줄기 물이 가운데로 흐르며 분한 마음 풀어 주네.

[註] 전라남도 강진군 군동면 보은사 부근에는 옛날부터 쟁계암(爭鷄岩)이라고 하는 두 바위가 개울가에 나란히 마주 보고 싸우는 듯이 서 있다. 그리고 그 두 바위 사이를 맑은 물이 흐르고 있다. 김삿갓이 그곳에 다다르자 사람들은 이제부터는 이들 두 바위가 싸우지 못하도록 글을 지어 달라고 부탁한다. 물 한 줄기가 두 바위의 모든 울분을 씻어 주듯 그 사이를 흘러가니 이제부터는 싸우지 않으리라고 하는 내용의 글을 지었다.

◇ 雙 …… 쌍 쌍
◇ 並 …… 나란히 병
◇ 疑 …… 의심할 의
◇ 解 …… 풀 해
◈ 紛爭(분쟁) …… 서로 다툼.
◈ 一水(일수) …… 한 줄기의 물.
◈ 忿心(분심) …… 마음.

逐客(축객)······ 손님을 쫓음

人到人家不待人	인도인가부대인
主人人事難爲人	주인인사난위인
設宴逐客非人事	설연축객비인사
主人人事難爲人	주인인사난위인

사람이 사람 집에 가도 사람 대접을 하지 않으니
주인의 인사가 사람답지 못하도다.
잔치를 베풀고도 손님을 쫓는 것은 인사가 아니니
주인의 인사가 사람답지 못하도다.

[註] 어느 환갑 잔칫집에 들른 남루한 옷차림의 김삿갓을 보고 문 앞
에서 박대를 하자, 화가 나서 지은 시이다. 이 시의 특징은 넉
줄의 글 가운데 두 줄이 주인인사난위인(主人人事難爲人)이고 32
자 중에 인(人)자가 10자나 들어 있는 묘한 시다. 주인은 이 시
를 보고 크게 뉘우치고 그를 잘 대접했다고 한다.

◇ 到 ······ 다다를 도
◇ 待 ······ 대접할 대, 기다릴 대
◇ 宴 ······ 잔치 연
◇ 難 ······ 어려울 난
◆ 逐客(축객) ······ 손님을 쫓다.

看金剛山(간금강산)······ 금강산 구경

一步二步三步立	일보이보삼보립
山青石白間間花	산청석백간간화
若使畵工摸此景	약사화공모차경
其於林下鳥聲何	기어림하조성하

한 걸음 두 걸음 세 걸음걸음마다 멈춰 서서 구경하니
푸른 산 흰 바위 그 사이사이에 곱게 핀 예쁜 꽃!
만일 화가에게 이 아름다운 경치 그리게 한다면
숲 속에서 지저귀는 새소리는 어찌할꼬.

[註] 너무나 아름다운 경치에 매료되어 발길을 옮길 수 없다. 산세만
아름다운 것이 아니고 물소리 새소리 또한 마음을 흡족하게 하
는데, 아무리 유명한 화가를 불러와서 이 광경을 그림으로 그려
도 새소리는 어찌한단 말인가.

◇ 步 ······ 걸을 보
◇ 間 ······ 사이 간
◇ 摸 ······ 모방할 모
◇ 景 ······ 경치 경
◇ 於 ······ 어조사 어
◆ 畵工(화공) ······ 그림을 그리는 장인.
◆ 若使(약사) ······ 만일에 ~시킨다 해도.

玉門(옥문)

遠看似馬眼	원간사마안
近視如膿瘡	근시여농창
兩頰無一齒	양협무일치
能食一船薑	능식일선강

멀리서 보니 마치 말 눈깔 같고
가까이 보면 마치 곪은 상처 같은데
두 볼에 이빨 하나 없어도
한 척 배의 생강을 몽땅 먹어치웠구나.

〔註〕 포구 선술집에는 이야기도 많다. 주모가 들려주는 이야기로는 어느 생강 장사가 배 한 척의 생강을 몽땅 팔아서 기생 밑에 다 넣고 빈손 털며 돌아갔다는 이야기를 한다. 술이 거나하게 취한 손님들은 모두 이 이야기로 야단들이다. 생강 한 배를 씹지도 않고 몽땅 삼킨 옥문에 대해 한 수 읊으라는 요청으로 지은 농시이다(혹설에는 주모의 작시라고 하는 설도 있음).

◇ 頰 …… 볼 협
◇ 薑 …… 생강 강
◉ 膿瘡(농창) …… 곪고 짓무른 상처.

狂蝶忽飛(광접홀비) …… 미친 나비 날아가다

昨夜狂蝶花裡宿 　　작야광접화리숙
今朝忽飛向誰怨 　　금조홀비향수원

어젯밤 미친 나비, 꽃의 품속에 묻혀 자고
오늘 아침 훌쩍 날아가니 누구를 원망하리.

[註] 오래도록 묵고 있던 서당훈장의 과년한 딸과 눈이 맞아 하룻밤
　　정을 통하고 더 이상 그곳에 머물기가 민망스러워 훌쩍 길을 떠
　　나면서 그녀에게 용서를 빌기 위해 남긴 시이다.

◇　狂 …… 미칠 광
◇　蝶 …… 나비 접
◇　宿 …… 잘 숙
◇　向 …… 향할 향
◇　誰 …… 누구 수
◇　怨 …… 원망할 원
◆　昨夜(작야) …… 어젯밤.
◆　忽飛(홀비) …… 훌쩍 날아가다.

看金剛山白雲峰(간금강산백운봉)······ 금강산 백운봉 구경

朝上白雲峰頂觀	조상백운봉정관
夜投峰下孤庵宿	야투봉하고암숙
夜深僧定客無眠	야심승정객무면
杜宇一聲山月落	두우일성산월락

아침에 백운봉 올라 정상을 구경하고
밤에는 산아래 외진 암자에서 잠을 잔다.
깊은 밤 스님은 참선을 하고 나그네는 잠 못 드는데
두견새 우는소리에 산의 달 지도다.

[註] 금강산 백운봉을 구경하고 밤에는 작은 암자에서 자게 되었다. 깊은 밤 스님은 묵묵히 앉아 참선을 하는데, 나그네는 잠이 오지 않아 홀로 깨어 있다. 어디서 두견새 우는데 산에는 달도 져 버린다.

◇ 頂 ······ 꼭대기 정, 산의 정상을 말함.
◇ 投 ······ 던질 투, 산에서 내려옴을 뜻함.
◇ 眠 ······ 잠잘 면
◈ 定(정) ······ 선정(禪定)의 준말, 마음을 한 곳에 모아 흩어지지 않게 하는 불교의 수행 방법.
◈ 杜宇(두우) ······ 두견새.

五更登樓(오경등루)······ 오밤중에 누각에 오름

天高萬里不擧頭	천고만리불거두
地闊千里不宣足	지활천리불선족
五更登樓非翫月	오경등루지완월
三朝辟穀不求仙	삼조벽곡불구선

하늘은 만리로 높고 아득하건만 머리를 둘 곳 없고
땅은 천리 넓건만 다리를 쉴 곳 없네.
깊은 밤 누각에 오른 것은 달구경하려는 것 아니고
삼 일을 굶은 것도 신선되려 함 아닐세.

[註] 야박한 세상 인심이다. 아무도 재워 주는 사람 없고 밥 한 그릇
주는 사람이 없다. 잠잘 곳이 없어서 빈 누각에 홀로 오르니 이
는 달구경하러 온 것이 아니고, 삼 일을 굶은 것도 신선이 되기
위해 단식하는 것도 아니다. 하늘이 높아도 머리 둘 곳이 없고
땅이 넓어도 다리를 편히 펼 곳이 없는 가엾은 신세를 한탄한
시이다.

◇ 宣 ······ 펼 선
◇ 翫 ······ 구경할 완
◇ 仙 ······ 신선 선
◆ 辟穀(벽곡) ······ 화식은 아니하고 생식하는 것.

老客何(노객하)······ 노인의 안부를 물음

春去無如老客何   춘거무여노객하
出門時少閉門多   출문시소폐문다
杜鵑空有繁華戀   두견공유번화련
啼在靑山未落花   제재청산미락화

봄은 가는데 늙으신 분 어떠한지 안부 알 수 없고
나들이 줄어들고 방안에만 계시네.
두견새는 무엇이 그리워 할 일 없이 울고만 있나
너 울음소리에 못 다 핀 청산의 꽃 떨어지리라.

[註] 나이가 들어 바깥출입을 못하고, 방안에만 앉아 있는 어떤 노인
을 생각하고 지은 시이다.

◇ 空 ······ 빌 공
◇ 戀 ······ 연연할 련
◇ 啼 ······ 지저귈 제
◆ 出門(출문) ······ 문 밖 출입.
◆ 杜鵑(두견) ······ 두견새.
◆ 繁華(번화) ······ 번성하고 활하다.

船上離別(선상이별)

春風桃花滿山香	춘풍도화만산향
秋月送客別淚情	추월송객별루정
我今舟上一問之	아금주상일문지
別恨與君誰短長	별한여군수단장

봄바람 불어오니 복사꽃 향기 온 산에 가득하고
가을 달 떠오를 때 님 보내는 정 눈물뿐이네.
배 위에서 지금 나 그대에게 묻나니
이별의 아픔 그대와 나 누가 더한 것 같은가?

〔註〕 이별은 언제나 서러운 거다. 배를 타고 떠나는 김삿갓이나 그를
보내는 여인이나 모두 가슴이 찢어지는 듯한 아픔이 있으리라.
그 아픔이 더욱 크다는 것을 잘 나타낸 애틋한 시이다.

◇ 香 …… 향기 향
◇ 別 …… 나눌 별, 헤어질 별
◇ 淚 …… 눈물 루
◇ 恨 …… 한스러울 한
◇ 誰 …… 누구 수
◆ 挑花(도화) …… 복숭아꽃.
◆ 短長(단장) …… 적고 많은가.

人生 · 無常
(인생 · 무상)

論鄭嘉山忠節死 嘆金益淳罪通于天(논정가산충절사탄
김익순죄통우천)······ 정가산의 충절사와 김익순의 죄가 하늘에 닿음을 논하라

1)	曰爾世臣金益淳	왈이세신김익순
	鄭公不過卿大夫	정공불과경대부
2)	將軍挑李隴西落	장군도리농서락
	烈士功名圖末高	열사공명도말고

1) 말하노니 너 세신(世臣) 김익순은 듣거라.
   정공은 경대부에 불과해도 충사(忠死)하지 않았는가.
2) 너는 농서에서 적에게 항복한 한나라의 이능(李陵)과 같으나,
   정공은 그 공명이 열사로서 길이 빛나게 되리라.

〔註〕 김삿갓은 23세 때 이 시로써 과거에 급제하였는데, 알고 보니 자
　　기가 욕을 한 김익순은 그의 조부였다. 뒤늦게 그 사실을 안 그
　　는 그 뒤부터 삿갓을 쓰고 유랑의 생활을 했다.

◈ 世臣(세신) ······ 대대로 벼슬을 하며 왕을 섬기는 신하.
◈ 鄭公(정공) ······ 홍경래의 난 때 가산 군수 정시(鄭蓍)를 말함. 그
　때 그는 그의 부친과 함께 싸우다가 전사하였음.
◈ 卿大夫(경대부) ······ 고을에 보잘것없는 벼슬.
◈ 李(이) ······ 흉노족에게 항복한 중국 전한 때의 장군 이능(李陵).
◈ 隴西(농서) ······ 중국 강서성 공창부의 서쪽.

3)	詩人到此亦慷慨	시인도차역강개
	撫劍非歌秋水溪	무검비가추수계
4)	宣川自古大將邑	선천자고대장읍
	比諸嘉山先守義	비제가산선수의
5)	淸朝共作一王臣	청조공작일왕신
	死地寧爲二心子	사지녕위이심자
6)	升平日月歲辛未	승평일월세신미
	風雨西關何變有	풍우서관하변유

3) 시인 또한 이 일에 분개하노니
   칼을 어루만지며 추수(秋水) 가에서 한탄하노라.

4) 선천(宣川)은 예로부터 대장이 지켜 온 큰 고을이고
   가산(嘉山) 땅에 비하면 충의를 먼저 지킬 땅이로다.

5) 둘은 다 청명(淸明)한 한 조정의 신하로서
   사지(死地)에 이르러 어찌 두 마음을 품었단 말인가.

6) 태평 세월이던 신미년에
   비바람 관서에 몰아치니 이 무슨 변고인가.

◈ 慷慨(강개) …… 분계하다.
◈ 大將(대장) …… 궁이나 서울을 지키던 장수.
◈ 升平(승평) …… 나라가 잘 다스려져서 태평함.

7)	尊周孰非魯仲連	존주숙비노중연
	輔漢人多諸葛亮	보한인다제갈양
8)	同朝舊臣鄭忠臣	동조구신정충신
	抵掌風塵立節死	저장풍진입절사
9)	嘉陵老吏揚名旌	가능로리양명정
	生色秋天白日下	생색추천백일하
10)	魂歸南畝伴岳飛	혼귀남묘반악비
	骨埋西山傍伯夷	골매서산방백이

7) 주(周)나라에는 노중연(魯仲連) 같은 충신이 많았고
한(漢)나라를 돕기 위해 제갈량 같은 사람 많았도다.

8) 우리 나라 조정에도 충신 정가산이 있어
맨손으로 병란 막아 충절로써 죽었도다.

9) 쓰러진 늙은 충신 정가산의 높은 명성
가을 하늘에 밝은 태양같이 빛나리라.

10) 그의 혼은 남묘로 돌아가 악비(岳飛)와 함께 살고
뼈는 서산에 묻혀 백이(伯夷)와 함께 하리라.

◈ 魯仲連(노중연) …… 주(周)나라의 충신.
◈ 岳飛(악비) …… 중국 남송(南宋) 때의 충신.
◈ 伯夷(백이) …… 중국 은나라 때의 현인이며 충신.

11)	西來消息慨然多	서래소식개연다
	問是誰家食祿臣	문시수가식록신
12)	家聲壯洞甲族金	가성장동갑족김
	名字長安行列淳	명자장안항렬순
13)	家門如許聖恩重	가문여허성은중
	百萬兵前義不下	백만병전의불하
14)	淸川江水洗兵波	청천강수세병파
	鐵甕山樹掛弓枝	철옹산수괘궁지

11) 그러나 서쪽에서 매우 슬픈 소식 들려 온다.
    묻나니, 너는 누구의 녹을 먹던 신하인가.
12) 가문은 명성 높은 장동 김씨요,
    이름은 장안에서도 떨치는 순자(淳字) 항렬이로다.
13) 가문이 이와 같고 나라의 성은 또한 두터우니
    백만 대병 앞에서도 대의를 잊지 못할 것이로다.
14) 그런데 청천 강물에 씻은 무기와
    철옹산 수목으로 만든 활은 어디에 두고

◈ 甲族(갑족) …… 가문이나 문벌이 아주 훌륭한 집안.
◈ 名字(명자) …… 이름.
◈ 長安(장안) …… 서울.

15)　吾王庭下進退膝　　오왕정하진퇴슬
　　　背向西域凶賊脆　　배향서역흉적취
16)　魂飛莫向九泉去　　혼비막향구천거
　　　地下猶存先大王　　지하유존선대왕
17)　忘君是日又忘親　　망군시일우망친
　　　一死猶輕萬死宜　　일사유경만사의
18)　春秋筆法爾知否　　춘추필법이지부
　　　此事流傳東國史　　차사류전동국사

15) 우리 임금 뜰 앞에 꿇던 그 무릎으로
　　등을 돌려 서쪽 흉악한 도적에게 무릎을 꿇으니
16) 죽은 너의 혼 황천에도 못 갈 것이고
　　선왕(先王)이 아직 있는 지하에도 못 가리라.
17) 너는 임금을 버린 날 조상 또한 버렸으니
　　한 번의 죽음은 오히려 가볍고 만 번 죽어 마땅하리라.
18) 너는 공자의 춘추필법을 아느냐 모르느냐
　　이 일 동국사기에 남겨 천추 만대에 전하리라.

◆ 九泉(구천) …… 황천.
◆ 春秋(춘추) …… 공자의 춘추필법(春秋筆法)의 준말.
◆ 東國史(동국사) …… 우리 나라 역사를 말함.

天地萬物之逆旅(천지만물지역려)

1)	造化主人蘧盧場	조화주인거로장
	隙駒過看皆如許	극구과간개여허
2)	兩開闢後仍朝暮	양개벽후잉조모
	一瞬息間渾來去	일순식간혼래거
3)	回看宇宙億千劫	회간우주억천겁
	有道先生昨宿所	유도선생작숙소
4)	無涯天地物有涯	무애천지물유애
	百年其間吾逆旅	백년기간오역려

1) 조물주가 만들어 놓은 신비한 천지에
   말 타고 달려가는 나그네 같은 인생.
2) 천지가 개벽한 뒤에 낮과 밤이 생기고
   무상한 세월은 순식간에 오고 가는데,
3) 아득하고 영원한 우주를 생각해 보면
   도통한 선인들 지난밤에 자고 간 곳일세.
4) 천지는 무한하나 만물은 한이 있으며
   백 년도 못 사는 인생 그 속에서 묵어 가는 객줏집일세.

◆ 造化主人(조화주인) …… 조물주.
◆ 逆旅(역려) …… 객줏집.

5) 蒙仙礧空短長篇　　몽선뢰공단장편
　　釋氏康莊洪覆語　　석씨강장홍복어
6) 區區三萬六千日　　구구삼만육천일
　　盃酒青蓮如夢處　　배주청련여몽처
7) 東園挑李片時春　　동원도리편시춘
　　一泡乾坤長感敍　　일포건곤장감서
8) 光陰倏去倏來局　　광음숙거숙래국
　　混沌方生方死序　　혼돈방생방사서

5) 몽선(蒙仙)의 현묘한 이야기는 짧고도 긴 수수께끼요,
　　석가의 무궁한 이야기는 세상을 덮었는데
6) 구구하게 살아온 그들의 백 년, 삼만 육천 일
　　술잔삼아 마시는 푸른 연잎의 꿈과 같도다.
7) 동쪽 뜰에 잠시 피었다 지는 복사꽃과 오얏꽃은
　　하늘과 땅이 내뿜는 긴 숨결과 같은 것이며
8) 세월이 가고 오는 이 순간에
　　혼돈한 만물은 금시 태어났다 금시 죽는 것이로다.

◈ 蒙仙(몽선) …… 원나라 때 수심결(修心訣)의 저자인 몽산화상.
◈ 釋氏(석씨) …… 석가모니.
◈ 康莊(강장) …… 번화한 거리.

9)	人惟處一物號萬	인유처일물호만
	以變看之無巨細	이변간지무거세
10)	山川草木盛變場	산천초목성변장
	帝伯候王飜覆緒	제백후왕번복서
11)	其中遂開一大廈	기중수개일대하
	地皇天皇主男女	지황천황주남녀
12)	分區軒帝廣庭衢	분구헌제광정구
	練石皇媧高柱礎	연석황왜고주초

9) 사람은 한 번 살다가 가도 만물은 그렇지 않고
변화의 눈으로 살펴보면 크고 작은 것이 없도다.

10) 산천초목은 성쇠를 거듭하며 변해 가고
제왕과 호걸도 흥망성쇠를 거듭하네.

11) 하늘과 땅 사이에 커다란 집 하나 지으니
지황씨와 천황씨가 남녀를 다스리네.

12) 헌제(軒帝)는 터를 닦고 뜰을 넓히고
황왜(皇媧)는 돌을 다듬어 주춧돌을 높이네.

◆ 帝伯候王(제백후왕) …… 제왕과 제후.
◆ 大廈(대하) …… 큰 집.
◆ 皇媧(황왜) …… 여왜씨(女媧氏)를 말함.

13)	行人一錢化翁債	행인일전화옹채
	明月淸風相受與	명월청풍상수여
14)	天台老嫗掃席待	천태노구소석대
	大抵三看桑海陼	대저삼간상해저
15)	牛山落日客宿齊	우산락일객숙제
	蜃樓秋風爲過楚	신루추풍위과초
16)	扶桑玉鷄第一聲	부상옥계제일성
	滾滾其行無我汝	곤곤기행무아여

13) 길 가던 나그네가 한 푼 두 푼 빌린 빚은
    청풍과 명월로 서로 주고받았지만

14) 늙은이를 기다리는 극락세계는 자리를 쓸고 기다리니
    상전이 벽해됨을 세 번이나 보았도다.

15) 우산(牛山)에 해가 지니 나그네는 제(齊)나라에서 잠을 자고
    신루(蜃樓)에 가을 바람 부니 초(楚)나라를 지나도다.

16) 신선계에서 첫닭 우는소리 들리니
    끝없는 나그네길에는 너와 내가 없도다.

◈ 牛山(우산) ······ 우면산(牛眠山), 즉 명당의 뜻.
◈ 蜃樓(신루) ······ 신기루(蜃氣樓)를 말함.
◈ 扶桑(부상) ······ 바다 속에 있는 선경(仙卿).

蘭皐平生詩(난고평생시)······ 평생을 돌아보며

1)	鳥巢獸穴皆有居	조소수혈개유거
	顧我平生獨自傷	고아평생독자상
2)	茫鞋竹杖路千里	망혜죽장노천리
	水性雲心家四方	수성운심가사방

1) 새도 둥지가 있고 짐승도 굴이 있어 보금자리가 있건만
   내 평생 돌아보니 집도 없이 홀로 외로웠구나.
2) 짚신 신고 대지팡이 짚고 천리 길 떠돌며
   물처럼 구름처럼 방랑하며 천지사방 가는 곳이 내 집이었다.

[註] 김삿갓도 이제 늙었다. 한 조각 구름과 같은 인생! 한많은 일생이었다. 돌이켜보면 기구하기 그지없는 오십 평생이었다. 그러나 마음은 그렇게도 편안할 수가 없었다. 지나온 과거를 돌아보며 다음과 같은 긴 시를 남기고 영영 우리의 곁을 떠나고 말았다. 정말로 아까운 천재! 그러나 시대는 그를 따뜻이 안아 주지 않았다.

◈ 茫鞋(망혜) ······ 짚신.
◈ 水性(수성) ······ 물같이.
◈ 雲心(운심) ······ 구름같이.

3)	尤人不可怨天難	우인불가원천난
	歲暮悲懷餘寸腸	세모비회여촌장
4)	初年自謂得樂地	초년자위득락지
	漢北知吾生長鄕	한북지오생장향
5)	簪纓先世富貴人	잠영선세부귀인
	花柳長安名勝庄	화류장안명승장
6)	隣人也賀弄璋慶	인인야하농장경
	早晚前期冠蓋場	조만전기관개장

3) 그러나 어찌 사람을 원망하고 하늘을 탓하랴
   해마다 해 저물 때면 슬픈 회포 가슴에 가득하네.

4) 초년에는 나도 행복한 집안에서 태어났으니
   한북(漢北) 땅이 내가 자란 그리운 고향이네.

5) 벼슬 높던 조상들은 부귀한 사람들이고
   영화롭던 장안서도 이름 높던 가문일세.

6) 이웃 사람들 옥동자 얻었다고 축하해 주었고
   언젠가는 출세하리라 기대하였다네.

◆ 簪纓(잠영) …… 비녀와 갓끈, 즉 부귀공명한 집안을 기리킴.
◆ 花柳(화류) …… 아름답다.
◆ 弄璋慶(농장경) …… 농장지경(弄璋之慶), 득남의 기쁨을 말함.

7)	鬚毛稍長命漸奇	수모초장명점기
	灰劫殘門飜海桑	회겁잔문번해상
8)	依無親戚世情薄	의무친척세정박
	哭盡爺孃家事荒	곡진야양가사황
9)	終南曉鐘一納履	종남효종일납리
	風土東方心細量	풍토동방심세량
10)	心猶異域首丘狐	심유이역수구호
	勢亦窮途觸藩羊	세역궁도촉번양

7) 자랄수록 운명은 점차 기박하여
   오래잖아 멸족의 문중에는 상전이 벽해로 변했네.

8) 의지할 친척도 없는 세상 인정마저 야박한데
   부모마저 돌아가서 집안은 망했도다.

9) 종남산 새벽 종소리에 짚신 한 짝 둘러메고
   동방의 풍토를 골고루 헤매었다네.

10) 마음은 아직도 타향에서 고향 그리는 여우 같고
   신세 또한 울타리에 뿔이 걸린 궁한 양과 같네.

◆ 殘門(잔문) …… 멸문(滅門)의 가문.
◆ 爺孃(야양) …… 부모를 뜻함.
◆ 首丘狐(수구호) …… 여우는 죽을 때 고향 쪽으로 머리를 둔다.

11) 南州從古過客多 남주종고과객다
轉蓬浮萍經幾霜 전봉부평경기상
12) 搖頭行勢豈本習 요두행세기본습
揳口圖生惟所長 혈구도생유소장
13) 光陰漸向此中失 광음점향차중실
三角青山何渺茫 삼각청산하묘망
14) 江山乞號慣千門 강산걸호관천문
風月行裝空一囊 풍월행장공일낭

11) 예로부터 남쪽 고을에는 과객이 많은데
쑥대궁 굴듯 부평초 떠돌듯 몇 년이나 떠돌았던가.
12) 고개를 떨구는 버릇이 어찌 내 본성이리요
입을 놀려먹고 살기 위해 생긴 버릇이었다.
13) 아까운 세월 그런 사이에 다 지나가 버리고
삼각산 푸른 모습 어찌 이리 눈앞에 아득한가.
14) 팔도강산 걸식하는 소리 천호에 익숙하고
풍월을 벗삼는 행장은 언제나 무일푼!

◈ 光陰(광음) …… 세월.
◈ 搖頭(요두) …… 구걸할 때 머리를 긁적거리고 흔드는 모습.
◈ 渺茫(묘망) …… 수면이 한없이 넓고 아득한 모양.

15) 千金之子萬石君　천금지자만석군
　　厚薄家風均誠嘗　후박가풍균성상
16) 身窮每遇俗眼白　신궁매우속안백
　　歲去偏傷鬢髮蒼　세거편상빈발창
17) 歸兮亦難佇亦難　귀혜역난저역난
　　幾日彷徨中路傍　기일방황중로방

15) 천금 같은 귀공자와 만석꾼 부잣집
　　후하고 박한 가풍 골고루 맛보았네.
16) 내 신세 기구하니 항상 남의 냉대 받고
　　세월이 갈수록 백발은 늘고 마음 더욱 아프네.
17) 아! 돌아가기도 어렵고 머물기도 어려운 내 신세여!
　　얼마나 길가에서 외롭게 방황하였던가.

[註] 김삿갓은 이렇게 자기의 일생을 돌아보며 긴 시를 남겼다. 글재주가 없어서 이렇게 솔직한 마음을 털어놓지 못하는 우리들의 마음까지도 그가 대신해서 잘 나타내 준 것만 같다.

◇ 蒼 …… 흰털 창
◇ 佇 …… 우두커니설 저, 머뭇거릴 저
◉ 眼白(안백) …… 눈에 흰자위가 나와 돌고 눈을 흘김.

김삿갓 시집

2023년 10월 20일 중판 발행

역해자 * 권영한

펴낸이 * 남병덕

펴낸곳 * 전원문화사

07689 서울시 강서구 화곡로 43가길 30. 2층
        T.02)6735-2100. F.6735-2103

E-mail * jwonbook@naver.com

등록 * 1999년 11월 16일 제 1999-053호

Copyright ⓒ 2001, by Jeon-won Publishing Co.